U0636536

孙浩元 / 著

杀人游戏

之现场直播

重庆出版集团 重庆出版社

图书在版编目（CIP）数据

杀人游戏/ 孙浩元著.-重庆：重庆出版社，2009.10

ISBN 978-7-229-01200-7

Ⅰ.杀… Ⅱ.孙… Ⅲ.长篇小说-中国-当代 Ⅳ.I247.5

中国版本图书馆 CIP 数据核字（2009）第 154683 号

杀人游戏

SHAREN YOUXI

孙浩元 著

出 版 人：罗小卫

策　　划：人華 华章同人

责任编辑：陈建军

特约编辑：苏俊祎　黄卫平　孙丽莉

封面设计：八牛·设计 baniu_zhu@163.com DESIGN

重庆出版集团
重庆出版社　出版

（重庆长江二路 205 号）

三河市宏达印刷有限公司　印刷

重庆出版集团图书发行公司　发行

邮购电话：010-85869375/76/77 转 810

E-MAIL：sales@alphabooks.com

全国新华书店经销

开本：787mm×1092mm　1/16　印张：17.5　字数：230千

2009年11月第1版　2009年11月第1次印刷

定价：28.00元

如有印装质量问题，请致电023-68706683

目 录

苏镜瞥视杨宇风，只见他气定神闲地看着电脑上的串联单。自己的属下一个被杀，一个被抓，而他还能津津有味地谈论着两人的爱情故事，他对新闻也真够执著的。一个好记者，也许就该是一个六亲不认的人吧。

一条条新闻犹如一堆形态各异、色彩斑斓的散乱的珍珠，通过新闻编辑的精心搭配，用"播出顺序"这根无形的金线把它们串接起来，变成一条美丽的珍珠链。这条珍珠链就叫串联单，陆教授扬了扬手中的串联单："你是说这七张纸里暗藏着谋杀线索？"

第一次终审稿：2008 年 2 月 14 日情人节那天，陈某第一次攻击了一家大型网站，赚取了第一笔网络黑金。从那之后，他一发不可收拾，多次攻击他人网站，赚取网络黑金。

第二次终审稿：2008 年 2 月 14 日，陈某第一次攻击了一家大型网站，赚取了第一笔网络黑金。从那之后，他一发不可收拾，多次攻击他人网站，牟取不正当收益。

第一章 死亡直播

宁子晨一停，严昭奇又喊一声"走"，接着和简易同时操作，一条四平八稳的时政新闻《林达夫：合力推进顺宁项目建设》便开始播出了。

人们并不知道，此时，死神已经在向宁子晨招手了。

1.死神在招手

刖，劓，宫，幽闭，缢首，棍刑，锯割，灌铅，腰斩，镬烹，肢解，抽肠，骑木马，车裂，剥皮，刷洗，凌迟，点天灯……中国的酷刑数不胜数。悠悠五千年，不知道多少大奸大恶之徒、仁义兼具之士死于各种酷刑。

枪杀，刀杀，扼颈，毒杀，重击，溺毙，高空推落，机关杀人，心理杀人……谋杀的方法千奇百怪，每年，全世界有数以万计的人死于各种谋杀。

大部分谋杀都平淡无奇，很快就被人遗忘，甚至根本不会进入人们的视野。最震撼的谋杀，是众目睽睽之下杀人于无形。

宁子晨是顺宁电视台的新闻节目主持人，在一个秋风萧瑟的夜晚，她死在了新闻直播台上。当时她面色发红、浑身抽搐，往前一扑就再也没了气息。150万电视观众看得目瞪口呆，却没人知道这一切是怎么发生的。

宁子晨26岁，长得非常漂亮，身材高挑，一双杏眼脉脉含情。刚到电视台工作那会儿，她时常眨着电眼，把一干结婚没结婚的大老爷们儿电得晕头转向。她总是穿着一条短裙，露出雪白细腻的大腿，走起路来婀娜多姿、风情万种，这使她的电眼威力倍增，只要她一放电，没几个人能抵挡得住。最近半年多来，她渐渐收敛起来，不胡乱放电了。但是曾经被她电晕的还大有人在，他们至今还对宁子晨抱有各种罗曼蒂克的幻想。

顺宁电视台有新闻、财经、体育、影视、购物、动漫六个频道，宁子晨主持的是新闻频道。每天晚上八点，《顺宁新闻眼》便会0秒延时准时直播，主要报道各种各样的时政新闻和社会新闻，其中不乏尖锐的批评报道。因为敢说真话，《顺宁新闻眼》很受老百姓欢迎，收视率节节攀升，从草创时的1%一直飙升到8%。可是达到历史顶峰后，《顺宁新闻眼》便不可遏制地走上了下坡路，到现在收视率只有2%，而且还有不断下探的势头。

宁子晨并不在乎收视率的高低，那是制片人操心的事，对她来说，只要把新闻导语一字不差地播完就可以了。她每天的工作很简单：下午四点上班，给记者采写的新闻稿配音，然后化妆，最后坐在直播台上，对着提示器读导语，最多再念几条热心观众发来的短信，坚持半个小时，她就可以走下直播台，结束一天的工作。

这本是周而复始、毫无新意的人生轨迹，宁子晨本可以再干几年退出一线，当个小科长、继而处长什么的，但是这条人生轨迹却突然终止于6月28日20点15分38秒。

那天晚上，她像往常一样走上直播台，对着摄像机摆正位置理理头发，哑了一下嘴，接着发现胸花不好看，便急匆匆地回到化妆室换了一个胸花，又赶紧跑向直播台。重新坐定之后，她念了一遍打印好的导语，以对马上要播出的新闻有一个简单的把握。

19：59：55。

导播间里，导播严昭奇开始计时，他大声叫着："五秒倒数，4，3，2，1，走——"与此同时，他按下了切像按钮；几乎同时，另一名导播简易也按动了播放键，《顺宁新闻眼》的片头开始播放了。一阵激昂的音乐之后，画面切换到主持人宁子晨。宁子晨笑语盈盈地说道："欢迎收看顺宁新闻眼。今天下午，顺宁市市委书记林达夫主持召开全市项目建设推进工作会。林达夫指出，要对经济发展中出现的问题和难点集中力量进行破解，并抓好各项工作的落实，尤其是顺宁市项目建设工作的推进落实。"

宁子晨一停，严昭奇又喊一声"走"，接着和简易同时操作，一条四平八稳的时政新闻《林达夫：合力推进顺宁项目建设》便开始播出了。

人们并不知道，此时，死神已经在向宁子晨招手了。

2.谋杀直击

晚上八点，苏镜习惯性地打开电视机，一按遥控板，锁定了顺宁电视台新闻频道，《顺宁新闻眼》的音乐如期响起。他一屁股坐在沙发上，端起一杯咖啡，准备看看今天都有什么新闻。《顺宁新闻眼》越来越水了，以前半个小时的新闻，始终能紧紧地揪着你，让你非看完不可，等真看完了，又觉得稍稍有点失落。可是后来，《顺宁新闻眼》渐渐变味了，以前都是劳资纠纷、邻里矛盾、老公打老婆、跳楼自杀、火灾现场等各种刺激有趣的新闻，近半年来，这种新闻越来越少了，领导新闻却越来越多，不是开会就是视察，甚至有时候一个副市长会见了另外一个城市的副市长也要当个新闻报道一下。苏镜看得很腻味，但他多年来养成的收视习惯一时还改不了，而且，毕竟只要领导们开完会了、视察完了，《顺宁新闻眼》还是会给观众带来一点惊喜的。

对现在的主持人宁子晨，苏镜也不喜欢。他觉得宁子晨就像个花瓶，而且是那种特把自己当回事儿的花瓶，整天正经八百地坐在那里，表情是千篇一律的微笑，就像一个道貌岸然的大学教授在给观众上课。可是她毕竟年纪轻轻，有了教授的架子，却不具备教授的气质，这就有了点沐猴而冠的味道。

宁子晨大概是半年前主持《顺宁新闻眼》的，之前的主持人叫欧阳冰蓝，年纪应该比宁子晨大一些。论长相，欧阳冰蓝和宁子晨不相上下，不过她们的美不是同一种：欧阳冰蓝是静如处子的美，而宁子晨总让人觉得有点矫揉造作；论气质，欧阳冰蓝秀外慧中，就像邻家小妹，听她播新闻，就像听一个知心朋友在给你讲故事，而宁子晨呢，她是在教育观众。

苏镜曾经不怀好意地想，电视台领导的脑子肯定进水了，要不就是被宁子晨的"人肉炸弹"击中了，否则绝不会这么孜孜不倦地毁掉一个节目——的确，《顺宁新闻眼》真的是越来越不济了。

市委书记林达夫的新闻播完之后，那个做作的花瓶又蹦了出来，还是那么一副淡淡的笑容，还是那种异常冷静的口吻，还是那么四平八稳地播道："今天，顺宁市委常委、市长洪天明在全市物业管理进社区工作会议上强调，要全面推进顺宁市物业管理工作，在明年内达成预计工作目标。"

苏镜无奈地靠在沙发上，看着敬爱的市长表情激昂态度坚决地发言。苏镜曾经看过一个记者的博客，上面有一句话说得很好："做好一档节目很难，毁掉一档节目很容易。"他叹了口气，到书房拿来前天看到一半的畅销小说《人肉搜索》，一边坐在沙发上看书，一边等待这段冗长的时政新闻播完——苏镜很喜欢《人肉搜索》这种精彩的新闻悬疑小说。他时常想，要不是当初服从父母的意愿报考警察学校，或许自己会成为一名优秀的新闻记者呢。大概过了十分钟，等书记、市长、副书记、人大主任、副主任、副市长、政协主席、副主席的所有新闻都播完之后，主持人又微笑着出现在电视屏幕上："您现在收看的是正在直播的《顺宁新闻眼》，接下来您会看到，男子遭雷击奇迹复活，电流右手穿入左脚穿出；女子轻生，跳楼瞬间被消防员飞身抱住；深度调查：暴雨冲出豆腐渣，文心路水浸爆出黑幕。"

宁子晨话音一落，马上开始插播广告。苏镜的好奇心顿时被她刚才预告的新闻勾了起来，尤其是文心路水浸的事情，他特别关心。前几天顺宁暴雨，他驾车经过文心路，结果刚修好的路变成了一片水泽。苏镜小心翼翼地通过，最后还是中招了，汽车熄火在一片汪洋里，苏镜只好弃车回家，等水退了才把车开走。当时他就觉得奇怪，那天的暴雨并不是很大，又不是经常听到的"百年一遇"，文心路又是新修的路，怎么说水浸就水浸了呢？现在看来，果真有黑幕，真的是豆腐渣。

一段《顺宁新闻眼》的小片头之后，新闻又重新开始了。

《男子遭雷击奇迹复活》讲的是一个市民在前几天的暴雨中被雷击中，千万伏的电压转化成强大的电流，从他的右手穿入身体，又从左脚穿出，但他不仅没有被雷劈死，经过治疗，身体的各项指标还都恢复了正常。

接下来是一条《住院老汉偷偷溜出去嫖娼，不料骨折伤情加重》，看得苏镜忍俊不禁。

然后是《女子轻生，跳楼瞬间被消防员飞身抱住》。这条新闻很精彩，记者把营救的全过程都拍摄了下来。新闻很长，有三分多钟，看得苏镜意犹未尽。接下来又是主持人宁子晨出现在屏幕上了，只是这次她刚一露脸，就是一副皱着眉头的表情，过了一会儿，似乎意识到画面已经切给自己了，她这才赶紧换上一副笑脸，但是这笑脸要多难看有多难看，笑容里带着一种厌恶。她继续播报道："前几天的暴雨使顺宁市很多地段发生水浸，其中最严重的地段是文心路，积水一度淹到腰部。很多人说暴雨造成积水，这是天灾，可是记者调查发现……"

宁子晨说话越来越急促，到后来干脆不说话了，面色通红，大口大口地喘着粗气，继而浑身颤抖起来，眼神也变得散乱，最后她竟然"啊"的一声大叫……

苏镜一下子坐直了身子，目瞪口呆地看着屏幕，只见宁子晨的双手一抖一抖的，脸部肌肉也开始抽搐起来。

她中毒了！

职业敏感告诉苏镜：主持人出事了。

果然，宁子晨抽搐了片刻，一头栽倒在直播台上，一头乌黑的秀发垂落下来，在屏幕上晃啊晃……

几秒钟后，音乐突然响起，电视上开始播出《顺宁新闻眼》的片花。

苏镜立即关掉电视机，匆匆走出家门，驾车奔向顺宁电视台。作为顺宁市刑警大队队长，看到凶杀案，他不能无动于衷。

3.死亡现场

《顺宁新闻眼》的直播室由两个房间组成，一个直播间，一个导播间，中间的墙壁上装着厚厚的双层玻璃，直播间的主持人和导播间的工作人员可以彼此看见。此外还有一道隔音门，主持人要先经过导播间，推开隔音门，才能走到直播台上。

6月28日晚上，除了宁子晨外，直播室里还有八个工作人员，其中一个制片人、两个编辑、两个美编和两个导播都坐在导播间里，一个摄像师跟宁子晨在直播间里。

当时新闻直播进行得非常顺利，一段冗长的时政新闻播完之后，每个人都松了一口气。制片人杨宇风踌躇满志地等待着，他知道接下来的新闻会很精彩，会把逐渐失去的观众重新拉回到电视机前。《顺宁新闻眼》曾经非常辉煌，可是后来随着时政新闻逐渐增多，观众缘便越来越差。当杨宇风发现时政新闻已经无法回避，他便决定放弃这块阵地，全力做好其他版块——即便前十分钟的收视率为0，只要后面的社会新闻做得精彩，他相信收视率完全可以重上8%，广告订单照样可以源源不断。《深度调查：暴雨冲出豆腐渣，文心路水浸爆出黑幕》是他今天最得意的一条片子，为了播出这条片子，他不惜得罪了多年的老同事。可是宁子晨播出这条片子的导语时，明显不在状态上，杨宇风咕哝道："妈的，就这操性，还给我当主持人。"

美编苏景淮慢悠悠地说道："小心点啊，人家上面有人。"

编辑夏秋雨呵斥道："你们怎么说话的？也不积点口德！"

两人被夏秋雨一通教训都不说话了。夏秋雨今年46岁，也许是因为到了更年期；她最近说话总是火药味十足。杨宇风想，得罪谁都不能得罪女人，尤其是处在更年期的女人。

"宁子晨怎么了？"编辑秦小荷突然叫道。

众人一齐抬头看屏幕，他们前方的墙壁上镶嵌着二十几个电视屏幕，其中三个屏幕显示的是宁子晨的画面。只见她浑身颤抖，目光散乱地看着镜头。

导播简易奇怪地问道："这是安排的哪一出啊？"

没有人答理他，众人都目瞪口呆地盯着电视屏幕。当宁子晨"啊"的一声惨叫，身子往前一扑，倒在直播台上时，大家才缓过神来，杨宇风大叫一声："快，切走！"

一向训练有素的严昭奇此时却手忙脚乱，按了几次按钮才按对，《顺宁新闻眼》的片花播出了。

众人的目光从前方的电视屏幕上转移到隔壁房间，只见宁子晨趴在直播台上一动不动，摄像叶守蓝进退维谷，看看直播台又看看屋内众人，不知道该不该上前看看到底出了什么事。直到直播已经停止了，开始播放《顺宁新闻眼》的片花音乐，他这才慌里慌张地冲到直播台上。其他人也早已离开导播台，呼啦啦地跟着冲进隔壁，在宁子晨身边围成了一圈。杨宇风着急地呼唤着："宁子晨，你怎么了？"说着，他将宁子晨的脑袋扶起来，只见她面目狰狞，脸部肌肉拧结在一起，双目圆睁，瞳孔已经放大，嘴角还挂着涎水。

众人大惊失色，宁子晨死了！

杨宇风带领众人离开直播间，拨打了110报警，接着又向李国强台长汇报了情况，之后一屁股坐在椅子上，颓丧地看着身边诸人。警察很快就到了，杨宇风连忙站起身来跟警察握手，然后期待地看看警察身后。

"没有人了，我是自己过来的，你们已经报警了吧？"

"是。"

"我是苏镜，市局刑警大队的。"

杨宇风好奇地打量着苏镜，眼前这个年轻人五官端正，相貌英俊，眉宇间充满阳刚之气。如果把他培养成一名主持人，也许效果会很不错，杨宇风想。

苏镜介绍完之后，匆匆问道："现场在哪儿?"

杨宇风忙带着苏镜走进直播间，指着还趴在那里的宁子晨说："刚才我们几个同事都进来看了，她已经死了。"

"现场没有动过吧?"

杨宇风支支吾吾地说道："这个……动过一点点。"

苏镜斜睨了他一眼，道："动了就是动了，没动就是没动。"

"就我一个人把她的头抬起来看了看，其他人都没动。"

苏镜点点头，和杨宇风一起将宁子晨抬下直播台，仰面放在地上。宁子晨脸上已经没有一点血色，苏镜撑开她的双眼，瞳孔散乱放大，没有一丝鼻息。苏镜的鼻子很尖，同事曾开玩笑说，有他在警犬都不必用了。他自嘲道："我还真的属狗啊!"此时，苏镜使劲吸了吸鼻子，闻到一股淡淡的苦杏仁的味道，他转身问道："宁子晨死亡之前，最后跟谁接触过?"

杨宇风回答道："我们一个编辑，叫夏秋雨。"

"什么时候?"

"八点十分。"

"八点十分? 那时候不是正在直播吗?"

"我们开始放像时，主持人的画面观众看不到，夏秋雨就是这时候上直播台的。"

苏镜沉思道："八点十分到八点十五分，有五分钟的间隔，这时间也太长了。"

"什么间隔?"杨宇风问道。

"哦，没什么。"苏镜继续问道，"她去干什么?"

"送观众发来的短信。"

苏镜是《顺宁新闻眼》的忠实观众，他知道主持人经常要读一些热心观众发来的短信。他继续问道："夏秋雨在直播台上有没有什么异常的举动?"

杨宇风想了想说道："没有。"

"我想见一下夏秋雨。"

"好，我马上去找她。"杨宇风说着走向导播间，带进来一个面带哀伤的中年妇人。她的头发不少已经白了，在脑后挽了一个大大的发髻；面色白净，只是皮肤松弛，皱纹处仿佛皮肉分离，就像戴了一副面具。此时她眼圈红红的，不停地抹着眼泪。苏镜看着她的样子，总觉得她像是在表演，而且是过火的表演。

"你是夏秋雨?"

"是。"声音里带着一丝哽咽。

"宁子晨死之前，最后是跟你接触的。"

"是。"声音里有一丝警觉。

"你发现她有什么异常吗?"

"没有。"回答得非常肯定。

苏镜紧盯着夏秋雨的眼睛，什么异样都没有发现，便打发她离开了直播间。此时，刑警大队的同事都赶来了，当中一个愣头青一见到苏镜便惊呼道："哎? 老大，你怎么在这儿?"

苏镜抬起手腕看看手表，说道："按照我们的规定，你们来晚了一分钟。"

这愣头青叫邱兴华，工作一年多，整天跟在苏镜屁股后面"老大长老大短"的，人也很勤快，脑袋瓜也够使，深得苏镜赏识。此时听到苏镜质询，他嘿嘿一笑，露出一口白牙，说道："我们不是到处找你吗? 就耽搁了一分钟。"

"不会打我手机啊?"

"你没接。"

苏镜拿出手机一看，果然有个"未接来电"，可能走得匆忙，没有听见。他念头一转骂道："净会给自己找理由。"

在两人说话的当儿，其他人已经开始拍照、查勘了。法医杨湃则蹲在宁子晨尸体旁边，从头到脚地检查，甚至还翻开了眼睑、口腔，然后皱着眉沉思起来。苏镜刚想开口问询，又赶紧闭上了嘴，他知道这个杨湃的脾性，他从来不用"也许""可能"之类的字眼，他认为根据第一印象马上得出结论，会把侦破引向歧途。他总是要仔细检查，确定无疑之后才得出肯定的结论。也正因为如此，现在问他死因，他肯定什么都不会说。

果然，杨湃检查了一会儿说道："我现在已经有了点儿初步印象，但是还不能确定，我得回去详细检查。"

"好，尽快！"苏镜吩咐手下将宁子晨的尸体搬走。

其他人都离开了电视台，邱兴华留下来协助苏镜。这时候，一个中年男子急三火四地走到导播间，他身材矮小，体态肥胖，一双眸子精光有神，劈头盖脸地骂道："杨宇风，你他妈怎么搞的？"

杨宇风慌里慌张地说道："这……这个……我也不知道啊，她……她突然就死了。"

"播出事故！重大的播出事故！"

苏镜看着中年男子似乎肺都要气炸的样子，不禁替宁子晨悲哀起来。人都死了，这人想的不是人命关天，而是播出事故。也就是说，宁子晨如果不是死在直播台上，他才懒得管呢。

只听中年男子继续大吼大叫道："这到底是怎么回事？谁干的？"

"我……我不知道啊。"

"不知道？哼，你不知道，这下你可满意了，是不是？"

苏镜疑惑地看看中年男子，再看看杨宇风，只见后者满面通红、紧张万分，结结巴巴不知道该说什么好。

中年男子看了看一身便装的苏镜，又看了看穿着警服的邱兴华，便赶紧握住邱兴华的手，说道："警官，你好，我是电视台台长李国强。"

邱兴华一脸窘态，红着脸说道："这位是我们刑警大队苏队长。"

李国强马上笑容可掬地握住了苏镜的手："失敬失敬。发生这种事情，我真是很震惊，我在家里看电视，却看到这么一幕，赶紧过来了。真是没想到，没想到啊。"

几秒钟前还是恼怒万分，几秒钟后就笑脸相迎，这变化实在太快，苏镜一时间竟无法适应了，他笑呵呵地说道："呃……呃……不知道你刚才的话是什么意思？"

"什么话？"李国强怔了一下，继而说道，"嗨！没什么，就是一时气话。"

"宁子晨是什么时候参加工作的？"

"啊？什么时候？"李国强转头问杨宇风，"宁子晨是什么时候参加工作的？"

"四年前。"杨宇风立即答道。

"她有什么仇人吗？"

杨宇风看了看李国强，见台长没有回答的意思，便说道："好像没有，起码没听说过。"

苏镜点点说道："没有仇人？那谁会下这毒手呢？"

"哎，真是天降横祸。"李国强叹息一声道，"苏警官，我就不打扰你们，我先告辞了。"

"好。"苏镜点头道。

"杨宇风，你陪着苏警官，不能有半点马虎。"李国强走了几步，又转过头来，"还有，今天在场的每个人，都不能走。苏警官他们走了，你们才能走，听明白没有？"

"嗯，知道了。"

"什么知道了？我问你明白没有？"

"明白了。"

正说着，李国强手机响了起来，他拿起来一看，说道："看，我一直等这电话呢，果然打来了。"

苏镜正疑惑着，只见李国强接通了手机，方才还趾高气扬地对杨宇风呼来喝去，现在却立即换了一副面孔，低声下气地说道："林书记，你好……唉……我在……是是是……一定一定……真是对不起，让您操心了……是是是……"

李国强放下电话之后，又对杨宇风说道："刚才是林书记打来的，市领导对这事很关注。你们一定要配合苏警官，尽早把这案子破了。"李国强说着话，乜斜着眼看了看苏镜，那意思是说，林书记交代的事情，你们也得尽力。

李国强离开了导播间，杨宇风对苏镜苦笑了一声。这时候又听到李国强在门口训人："你来这里干吗？"

一个女子的声音回应道："我为什么不能来这里？"

声音有点耳熟，苏镜觉得自己肯定在哪儿听到过。他觉得很奇怪，这个女子怎么敢跟台长这么说话呢？比之杨宇风，她实在多了很多血性。正这么想着，他的手机也响了起来，是局长侯国安打来的。宁子晨之死，已经轰动了整个顺宁市，市里重要领导都纷纷打电话过问此事，市委常委、市长洪天明明令要求立即破案，严惩凶手。听着侯局长的话，苏镜连连点头："是，我正在现场。"

放下电话，只听杨宇风还跟邱兴华唠叨着："要不是她的表现很奇怪，我们可能都会以为她是心脏病发作猝死的。其实直到现在我都奇怪，这太离奇了，她是怎么死的？播得好好的，这人怎么说没就没了呢？"

苏镜问道："今天下午有可疑的人来过你们的工作区吗？"

杨宇风皱着眉头想了半天说道："没有。"

"都有哪些人来过呢？"

"苏警官，那可就多了。我们直播室外面就是编辑房，几十号记者都在这里编片子。"

"直播开始后，整个 12 楼还有几个人？"

"那就不多了，最多十多个吧！"

"好！有会议室吗？我想跟在场的每个人谈话。"

"有，有。"杨宇风带着苏镜、邱兴华二人离开直播间走到导播间。邱兴华立即在直播室的门上贴了封条。

杨宇风问道："这个……这个……我们明天还要播出呢。"

苏镜说道："直播出这么大的事，明天还能播出吗？"

杨宇风叹口气说道："唉！封吧，封吧！竟然能出这种事！"

导播间里众人一直在唧唧喳喳议论不休，这时见苏镜三人走出来，就有人吵着说道："杨制片，我们什么时候可以走啊？"

"苏警官要跟每个人谈谈，录个口供。"

"我们看见的，都是你们看见的，还有什么好问的？"

杨宇风瞪了那人一眼，不怒自威地说道："简易，你这是什么话？同事被人杀了，你还有空说这种风凉话？"

简易咕哝了一声"哪儿风凉了"，低下了头。

杨宇风的眼神就像一把刀，扫过简易之后，又扫向众人，然后朗声说道："这个案件已经引起了市委市政府领导的高度关注，这个案子能不能尽快侦破，将关系到我们这个栏目组的生死存亡。所以，希望大家配合警方的工作，把自己看到的，听到的，哪怕是想到的，都要一五一十毫无保留地告诉苏警官。"

第二章　嫌疑清单

欧阳冰蓝会为此杀人吗？苏镜可不愿意相信自己喜欢的主持人竟会谋杀！可是这种事情谁拿得准呢？人心总是那么复杂，在生死攸关的时刻，天使也会变成魔鬼。

1.傲慢的主持人

苏镜坐在椅子里，迅速打量了一眼杨宇风。这是一个三十出头的男人，已经有点发福，浑身肉嘟嘟的，给人一种亲切的感觉；一张圆脸也是胖乎乎的，眼神里流露出落寞和沮丧，不过更多的还是一种坚定；眉毛上扬而且很平顺，从面相上来说，这种眉毛代表着不认输的性格。这种人好胜心很强，即使事业失败了，很快又可以重新站起来。果真这样的话，《顺宁新闻眼》应该不会那么容易停播，也不会继续堕落下去。他看着杨宇风，没有谈案子，倒是说起了栏目的事："我很喜欢《顺宁新闻眼》，几乎是天天追着看。"

杨宇风一怔，自嘲道："可惜啊，一蟹不如一蟹了。"

"哈哈哈，我本来就想这么说，但是不好意思。"

"实事求是嘛，你看我们广告就知道，以前广告有八分钟，现在只有两分钟了。"

"你们全靠广告费养活这么多人？"

"是啊，几年前就断奶了，市里也没有财政补贴了，我们只能靠做节目拉广告才能经营下去。"

"这个宁子晨……"苏镜斟酌着说道，"以前的主持人欧阳冰蓝呢？"

"退居二线了，宁子晨什么时候休息，她什么时候顶替一下。"

"哎呀，可惜，我很喜欢她的主持风格。"

杨宇风苦笑一声："没办法，即使全市人民喜欢，只要领导不喜欢，那也没用。"

"哦，哪位领导那么看重宁子晨？"

杨宇风沉吟了一会儿，笑道："刚才那位领导，我们李台长。"

"哦，这是没办法的事。"苏镜接着问道，"宁子晨为人怎么样？"

"怎么说呢？按理说，人死了我也不好说她什么。但是这个人吧，"杨宇风思索着选择恰当的措辞，"业务很一般，这你大概也看出来了。而且也不知道提升自己，就仗着自己后台硬，特把自己当回事儿，一点儿不同意见都听不进去。"

"你给她提过意见？"

"提过，今天还提过呢，她根本就不理你。我跟她说这新闻不能这么播，一口的播音腔，要多难受有多难受。她跟我说什么，中央台《新闻联播》就是这样的。你说《新闻联播》有几家啊？全国就那么一家，你干吗老跟《新闻联播》比啊？说到最后，她干脆跟我说，你直接找欧阳冰蓝回来不就行了？"

"那你就找她回来好了，我就喜欢欧阳冰蓝。"

"这怎么可能啊？她就是知道我没办法让欧阳冰蓝上节目才故意这么说的。"

"她跟李国强什么关系，他竟然这么挺她？"

"切，懒得说这些。"

"那除了业务方面，宁子晨这人性格怎么样？"

"爱招摇，说话带刺，经常伤人。她这人吧，有时候不是故意要伤害谁，但是说的那些话吧，总是给人添堵，让人下不来台。"

"那你刚才说她没有仇人？"

"都是些鸡毛蒜皮的事，算得上什么仇人啊。"

"有时候一件非常微不足道的事情，就可以成为谋杀的动机。"

"那我就不知道了。"

"那她有没有特别要好的朋友？"

"倒是有个忘年交，我们的夏秋雨夏大姐跟她关系特别好，都快认干女儿了。"

"干女儿？"

"就是刚才你见到的那个夏大姐，我们编辑。"

"她主要负责什么工作？"

"审记者稿子，直播的时候要协助制片人。比如说哪个记者的新闻马上要播出了还没做完，她就负责去催记者快点做；再就是哪天有记者现场报道，她提前跟记者联系，保持通讯畅通，看看前方传回来的画面是否清晰；还有就是给主持人送观众短信。"

"她岁数好像挺大了？"

"是啊，46岁了。"

"46岁也不算小了。你们电视台跟我们公安局应该是一样的，都是靠资历吃饭的。这么大岁数的人，还干这些琐事，也没提拔？"

"嗨！这人天天神神道道的特迷信，家里烧香拜佛不算，还整天说我们电视台大楼的风水不好，动不动就要给人家看面相看手相，所以一直没提拔。"

"电视台还有这种人啊？"

"嗨，这不是林子大了什么鸟都有嘛。"

"在宁子晨死亡之前，还发生过什么事情？哪怕看上去特别细小的事。有没有跟以前不同的事情发生？"

杨宇风断然说道："没有，我们的直播一直这样进行的，没有什么特别的事。"

"好吧，杨制片，再麻烦你件事情。"苏镜说道，"请你给我列一个在场人的清单，并且简单介绍一下每个人的工作职责，待会儿给我好吗？"

"这个……"杨宇风为难地问道，"你不会怀疑是我们的人干的吧？"

"呵呵，小心驶得万年船。"苏镜说道，"再说了，今天也没有外人进来过，那么凶手八成就是自己人啦。"

"那简直……太恐怖了！好吧，一会儿给你。"杨宇风说着离开了会议室。

2.氰化钾

杨宇风刚走，苏镜的手机就响了，是杨湃打来的电话。杨湃将宁子晨尸体带回解剖室后，迅速进行了尸检。解剖尸体时，闻到了一股浓浓的苦杏仁的味道，进一步检查发现，死者的肌肉和血液因为含氧高而呈鲜红色，全身的脏器都有明显的窒息征象，而且大脑中的海马、纹状体和黑质都充血水肿，神经细胞变性坏死，胶质细胞增生，心、肝、肾实质细胞肿胀。所有症状都显示，宁子晨是死于氰化物中毒。杨湃又用尿硫氰酸盐检验，证实了这一推测。

苏镜问道："她是怎么中毒的？"

杨湃答道："我提取了死者胃脏里的内容物和血液进行分析，结果证实死者胃里的内容物是没有问题的，所以肯定不是口服。而她的血液里则含有高浓度的氰化钾，据此推断，死者是吸入了氰化物中毒。"

"这怎么可能呢？"苏镜知道，吸入氰化物中毒一般都是吸入氰化氢，这是一种气体。如果真是这样中毒的话，当时还有一个摄像跟宁子晨是待在一个房间里的，为什么摄像没有中毒？更何况，死者的血液里所含的不是氰化氢，而是氰化钾。氰化钾是固体，又怎能吸入呢？难道是吸入了氰化钾的粉末？可是吸入高浓度氰化钾在两分钟内就会中毒身亡，而在这之前，根本就没人有机会下毒！

杨湃继续说道："我还化验了宁子晨的粉盒……"

"粉盒？"苏镜打断杨湃问道，"直播台上那个粉盒？"

"是。粉盒里含有大量的氰化钾。"

"哦，原来是这样。"苏镜沉思着点点头。

"还有一点很奇怪，"杨湃说道，"粉盒里还有一点点蜡烛的粉末。"

"蜡烛？"苏镜越来越糊涂了，"怎么会有蜡烛？"

放下电话之后，苏镜揪着自己头发不停地扯着，自言自语道："粉盒，蜡烛，氰化钾……太不可理解了。"

一旁的邱兴华说道："老大，身体发肤受之父母，别跟头发过不去啊。"

"他妈的！"苏镜白了他一眼，说道，"走，我们去化妆间看看。"

正巧，杨宇风敲敲门走了进来，递给苏镜一张纸，说道："这就是在场每个人的情况。"

杨宇风（男），32岁，制片人，负责审稿子、制作串联单，并在播出线上随时调整串联单；

秦小荷（女），25岁，编辑，协助制片人播出，负责将串联单和打印的导语放到直播台上；

夏秋雨（女），46岁，编辑，协助制片人播出，负责跟前方记者连线，打印热心观众发来的互动短信，并在直播进行时送给主持人；

原东怀（男），27岁，美编，负责在直播时给新闻上标题和记者名；

苏景淮（男），35岁，美编，根据制片人指令，临时修改导语，并把导语发送到主持人面前的提示器上；

简易（男），28岁，导播，负责放像；

严昭奇（男），34岁，导播，负责切像；

叶守蓝（男），45岁，摄像，负责在直播间里拍摄主持人；

米瑶雨（女），29岁，化妆师，负责给主持人化妆；

苏楚宜（男），28岁，记者，新闻播出前，正在赶制一条新闻；

展明秋（女），36岁，记者；

欧阳冰蓝（女），30岁，《顺宁新闻眼》备播主持人。

3.风流化妆师

化妆室不大，最多只有十平方米，四周都是镜子，贴墙一圈都是梳妆台，台面上放着一个梳妆盒，敞开着口，里面装满了各种化妆用品，但是少了粉盒。

"这是宁子晨的?"苏镜问道。

"是。"杨宇风立即回答。

苏镜眯着眼睛仔细察看，梳妆台上遗落了一些白色和红色的粉末，白色的肯定是混合着氰化物的粉，红色的肯定就是蜡烛了。

化妆室的角落里矗立着一个衣柜，打开门，里面装满了主持人的衣服。在最下面一层放着一个黑色的挎包，外国牌子，质地看不出来有多好，价钱却一定很贵。苏镜将包拿出来问道："这是宁子晨的吗?"

杨宇风说道："是，就是她的。我们这里只有她一个人用这个牌子。"

苏镜拿出包打开拉链，将里面的东西全都倒出来，有钱包、硬币包、车钥匙、房门钥匙、口红、眉笔、小镜子……还有一张纸牌。这张纸牌引起了他的注意。纸牌跟普通的扑克牌差不多大小，却不是扑克牌。牌的背面是纯黑色的，正面画着一个诡异的图案，主色调是黑、白、红三色，那是一个卡通人物，穿着镶白边的黑衣，蒙着脸，露出一双红色的眼睛。

"这是什么东西？"

杨宇风摇摇头说道："不知道。"

"小邱，你认识吗？"

"不认识，没见过。"

三个大男人都不知道这张纸牌是什么，但米瑶雨一眼就认出来了。检查完化妆室后，苏镜和邱兴华又重新坐在会议室里，询问每个人。米瑶雨是拎着一个小挎包走进会议室的，一进门就带来一股浓浓的香气。这是一个三十岁左右的女人，双耳挂着一双大大的白金圆形耳环，在灯光下熠熠生辉。她的眼睛特别大，双眼皮，描了蓝色眼影；脸上涂了粉，显得特别白，脸腮衬了粉色的胭脂，娇滴滴的，让人忍不住想咬一口。她一进门，就大大咧咧地往椅子里一坐，说道："问吧。"

"米小姐很爽快啊。"

"我还有事呢。"

"这么着急？"

"那当然了。"

"这张牌是从宁子晨包里找到的，你见过吗？"

"见过。"

"什么时候见过？"

"今天傍晚给她化妆的时候，她翻包时我看到了。"

"你知道这个纸牌是干什么用的吗？"

"警官，这你们都不知道啊？这是杀人游戏用的纸牌嘛！"

"什么？杀人游戏？"

"是啊，"米瑶雨说道，"杀人游戏你们都不知道？"

苏镜微感不悦，说道："玩过，但不都是用扑克牌的吗？"

"朋友之间随便玩就用扑克牌，但是在俱乐部里就用这种纸牌。"

"什么俱乐部？"

"健智思维拓展俱乐部。"

"米小姐也去健智俱乐部玩过杀人游戏？"

"去过啊。"

"这张纸牌是什么角色？"

"平民。"

"宁子晨也去玩过？"

"我前几天去玩，碰到过她。"

"俱乐部的纸牌可以拿走吗？"

"当然不行啦。"

"宁子晨怎么拿出来了？"

"我哪儿知道啊？"

"你同事还有谁去健智俱乐部玩过杀人游戏？"

"我曾经跟欧阳冰蓝一起去过，还碰到过原东怀、苏楚宜。"

"什么时候碰到的？"

"也就一个礼拜之内吧。"

"你一直负责给宁子晨化妆？"

"我不是负责给她化妆，我负责给《顺宁新闻眼》的主持人化妆。"

"看来你不喜欢宁子晨啊。"

"不喜欢，打心眼儿里不喜欢。"

"为什么？"

"这人特叽歪，整天横挑鼻子竖挑眼的，还真以为自己是明星了。"

"她怎么挑鼻子挑眼了？"

"不是埋怨眼影化得太浓了，就是埋怨脸上的粉敷得太少了，要不就是唇彩颜色太浅了。我干化妆干了这么多年，从来没遇到过这么多事的女人。动不动就说，化得太难看了，台领导会不高兴的，你说这人贱不贱？"

"她死了，你应该很开心吧。"

"怎么说呢？有这种想法其实是不对的，毕竟是人命关天的事。但是我还真觉得挺开心的，以后估计又要给欧阳冰蓝化妆了，人家从来不挑三拣四的。一个主持人大家喜不喜欢，不是看你妆化得多么漂亮，是看你肚子里有多少墨水。你要是草包一个，再怎么显摆，也就一花瓶，你说是不是？"

苏镜不置可否地笑笑："杀了她，她就不会难为你了。"

米瑶雨哈哈一笑："你现在才说这个？我一直在等着你问呢。告诉你吧，我从来都没想过杀她，我只是在给她化妆的时候，特别想划破她的脸，看她以后怎么臭美。"

"毁容事大啊！"

"对，失节事小。"

"你今天是几点给她化妆的？"

"六点五十开始化的，七点一刻化完的。"

"记得这么清楚？"

"是啊，我不是告诉你晚上有事吗？所以很关心时间嘛。"

"什么事？"

"这个很重要吗？"

"我们不能放过任何一个细节。"

"哈哈，女人晚上约会还能干什么？当然是抠仔啦。"

邱兴华不禁抬头看了看。

米瑶雨咯咯笑道："这位警察叔叔很帅啊，晚上一起吃夜宵吧。"

邱兴华红着脸笑笑，还没回答，苏镜抢先说道："录完口供，你们再约吧。你七点一刻就化完妆了，为什么一直没有走？不是要急着抠仔吗？"

"再怎么急，去早了也没用啊！我跟人家约的时间是八点一刻。"

"约会时间八点一刻，你提前一个小时就开始看表了？"

"哈哈哈，你这问题问得很刁钻，很适合当记者啊。我这人啊就这毛病，只要有约会，就一直担心迟到，闲着没事就要看看表。"

"你记得宁子晨用的粉盒吗？"

"记得，那也是她经常臭显摆的玩意儿，说什么朋友从法国带回来的原装进口的名牌。谁不知道那段时间只有李台长去法国出差了？就因为她老这么臭显摆，以前一个名牌口红和一个啫喱水都被偷过。"

"谁偷的？"

"小偷呗。"

苏镜被米瑶雨噎得够呛，邱兴华倒是扑哧一声笑了出来。米瑶雨说道："还是这位警官有幽默细胞。"

苏镜懒得理她的调笑，继续问道："你记得宁子晨用的粉盒是什么颜色的吗？"

"粉色的，上面有个大大的商标。边角有个磕印，前几天宁子晨说她看到有人在偷她粉盒，那人受到惊吓，手一哆嗦，粉盒就掉到地上了。"

"是谁偷她粉盒的？"

"我才懒得问她呢，谁爱偷谁偷去。"

邱兴华抬起头来问道："那个粉盒会不会就是那时候做了手脚呢？"

米瑶雨一听问道："你是说毒药放在粉盒里？"

"是。"

"毒药肯定不是那天放的，要不她早就死了。"

苏镜接着问道："你能确定直播台上的粉盒就是宁子晨的吗？"

"那当然了。宁子晨上了直播台后，突然嚷嚷着要我把粉盒给她拿上去，我就帮她拿去了。"

"你亲自交到她手上了？"

"没有，被严昭奇接过去了。"

"他是干什么的？"

"导播，负责切像的。"

"切什么像？"

"这与案子有关吗？"

"只是好奇。"

"我们这里有两个导播，另外一个叫简易。简易面前摆着三台放像机，把等待播出的新闻按照顺序放在不同的机器里，等主持人把导语说完后，严昭奇就负责把信号切换到放像机上，同时简易按播出键，新闻就出街了。"

"那他为什么要帮你拿粉盒给宁子晨呢？"

"哈哈哈，我哪儿知道？也许是臭味相投吧，一个骚一个臭，这叫惺惺相惜。"

"臭？什么意思？"

"你们还没问过严昭奇吧？待会儿你们就知道了。"

苏镜心里一边疑惑，一边继续问道："你把粉盒交给严昭奇是几点？"

"问时间问题，你算是问对人了，那时候是七点四十二分。"

"你的时间太精确了，我都怀疑真实性了。"苏镜笑问道，"你刚才进来的时候是几点？"

"九点三十一分。"

苏镜看看邱兴华，后者翻看了记录向苏镜点点头。

"没问题吧？"米瑶雨得意地笑着。

"米小姐的记忆能力真是让人佩服。另外，你给宁子晨化妆后一直待在化妆室吗？"

"待那儿干吗？我到处走了走。"

"那时候化妆室没人？"

"一个人都没有。"

"宁子晨的粉盒就在化妆室里？"

"是。"

"最后，我还有个小小的请求。"

"说吧，本姑娘尽量满足你。"

"我想看看你的包。"

"搜查？"

"当然，我没有搜查证，但是我想你也愿意撇清自己吧？"

米瑶雨想了想说道："好吧。"

她把挎包拿到桌面上，然后口朝下把里面的东西全都倒了出来，有一包纸巾、一副墨镜、两个安全套、一串钥匙、一把小梳子，还有一个粉盒、一瓶指甲油、一瓶防晒霜、一个MP4。

邱兴华眼睛瞥着安全套看，苏镜则拿起粉盒、指甲油、防晒霜，小心翼翼地看着。米瑶雨狠狠地瞪了他一眼，然后打开粉盒拿出粉扑，往自己鼻子周围抹了抹，又打开指甲油瓶和防晒霜瓶盖，凑在鼻子前狠命地吸了一口，然后说道："没事吧？"

苏镜调笑道："爽快爽快，我们邱警官就喜欢爽快的女人。是不是啊，小邱？"

邱兴华红着脸没说话，米瑶雨倒开口了："还爽快呢，眼睛贼溜溜地偷看套套，没见过吗？"

苏镜哈哈大笑："现在找个处男不容易啊。"

米瑶雨瞥了一眼苏镜："这还有点儿意思。"说罢米瑶雨把零零碎碎的东西往包里捡，准备捡套套的时候，却被苏镜一把按住手："慢着。"

"又有什么事啊?"

苏镜拿起两个套套,扯了扯封口处,接着笑道:"不错,还是新鲜的。"

"有毛病!"米瑶雨咕哝一声,把所有东西都捡到了包里,"没事我就走啦。"

"记得给我们邱警官打电话啊。"苏镜笑嘻嘻地说道。

"关你啥事啊?"米瑶雨转向邱兴华说道,"是不是啊邱警官?"

邱兴华呵呵地笑笑。他是来办案的,实在没有做好调情的准备,却见米瑶雨突然又转头说道:"对了,宁子晨把平民的牌拿回家了,没准儿杀人游戏还没有结束,被杀手追上门来了。"

邱兴华不可思议地张大了嘴巴,还没等他说什么,米瑶雨已经笑嘻嘻地离开了。他这才对苏镜说道:"老大,你也太不像个警察了吧?"

"像流氓是吧?"

"像,很像。"

"我这叫见人说人话,见鬼说鬼话。"

"真是一个迷人的女鬼啊。"

"得了吧你,你还真入魔道了,一个包里随时带着安全套的女人也能把你迷住。我告诉你,我为什么要检查她的包?就因为她太香了。氰化物带有一种淡淡的苦杏仁的味道,而浑身的香水味很可能就是为了掩盖这种味道。"

"哦,"邱兴华点点头,"那你扯人家套套干吗?"

"你不觉得那个套套太乍眼了吗?我想看看那里面会不会装点毒药什么的。"

邱兴华笑了:"老大,你太有想象力了。"

"行了行了,我不吃这一套,你把笔录拿给我看看。"

邱兴华将记录本往前一推,苏镜皱着眉头仔细看起来,手指时不时在桌面上敲击着。过得片刻,苏镜说道:"你看,七点一刻宁子晨化妆结束;七点四十二分,米瑶雨把粉盒拿给严昭奇,严昭奇又送给宁子晨。在这二十七分钟时间里,任何单独进过化妆室的人,都有可能下毒。"

"是。"

"而七点四十二分到八点一刻,粉盒在直播台上。在这三十三分钟时间里,任何上过直播台的人也都有可能下毒。"

"严昭奇为什么要接粉盒呢？这点就很奇怪，我觉得他也许有问题，会不会是他下毒呢？"邱兴华分析道。

"不错，还有呢？"

"八点十分，夏秋雨上过直播台，她也有可能下毒。"

"那时候可是众目睽睽啊。"

"也许其他人都在盯着屏幕看，没注意夏秋雨呢？"

"那宁子晨难道看不到？"

"呃……也许宁子晨正在看别的地方呢？"

"嗯，有这可能。"苏镜点头认同，吩咐道，"先找夏秋雨吧。"

4.偷窃癖

夏秋雨的眼神里似乎藏着一丝恐惧，悲痛地看着两位警官。苏镜说道："听说你和宁子晨关系特别好。"

"嗯。"夏秋雨点点头。

"一般来说，人总是喜欢跟自己年龄相仿的人交朋友，你们这样的忘年交很少啊。"

"她跟我女儿一天生日，就是晚了两个时辰，所以我特别喜欢她，心底里总是把她当自己女儿看。真不知道是哪个杀千刀的，竟然下这么狠的毒手。做坏事的人早晚会有报应的。佛祖说，不是不报，时候未到，时候一到，一切都报。"

苏镜笑了笑说道："对，因果报应，逃是逃不了的，所谓天网恢恢疏而不漏，也是这个道理。听说你快认宁子晨当干女儿了？"

"没人的时候，她都喊我夏妈妈，以前经常到我家吃饭。"

"以前经常去你家吃饭，那后来为什么不去了？"

"后来……后来……她当上这档节目的主持人了，就开始忙起来了。"夏秋雨支支吾吾地说道。

苏镜看她神色有异，继续追问道："很多观众都说不喜欢她，觉得她不如欧阳冰蓝，可是为什么她还能一直做主持人呢？"

夏秋雨脸色马上涨红了，嚷嚷着说道："你别听他们瞎嚼舌根，子晨跟李台长一点关系都没有，李台长只是欣赏她而已。是，很多主持人为了上一个好节目都会出卖色相，但子晨不是这种人。"

"我没说她跟李台长怎么样啊。"

"哦，我只是提醒你，万一有人嚼舌根，你不能被蒙骗了。"

"你刚才说宁子晨经常去你家吃饭，那她跟你家人关系怎么样？"

夏秋雨沉默了半天说道："我没有家人。"

"哦，这个……"苏镜一时间不知道怎么问了。他不知道没有家人是什么意思，难道她一直没有结婚？或者她的家庭曾经遭遇过什么灾难？

"两位警官，如果没有什么事，我就先走了。我现在心里很难受。"夏秋雨说道。

"还有几个小小的问题。"苏镜忙说道，"今天的直播，你觉得有没有什么跟以前不同的状况发生？"

"没有。"

"你连想都没想，就说没有？"

"还能有什么状况呢？直播开始前，子晨就坐到直播台上了。直播开始后，我给她打印了观众短信送进去，后来发现她的妆有点阴影，就让她补补妆，然后画面重新切给她的时候就出事了。"

"补妆？"苏镜立即想起了那个毒粉盒，"补什么妆？是不是重新上点粉？"

"是。"

"谁让她补妆的？"

"制片人杨宇风。"

"在直播时，经常补妆吗？"

"几乎每天直播都要补的。"

"一般都是谁提出补妆要求的？"

"制片人杨宇风、编辑秦小荷，还有我。有时候子晨自己觉得不好，也会补一下。"

"哦，"苏镜点点头，"你觉得在你们同事当中，有没有人会想杀宁子晨？"

"谁会杀她呢？杀她对谁都没有好处。也许欧阳冰蓝算一个受益者，宁子晨死后，肯定就是她主持《顺宁新闻眼》了。"

欧阳冰蓝会为此杀人吗？苏镜可不愿意相信自己喜欢的主持人竟会谋杀！可是这种事情谁拿得准呢？人心总是那么复杂，在生死攸关的时刻，天使也会变成魔鬼。

"你跟宁子晨这么熟悉，她有没有跟你说起过什么事情呢？请你想一想，哪怕是特别微不足道的事情，都告诉我们。"

"没有。"

苏镜对夏秋雨真是无可奈何了。她回答问题实在太快了，答案似乎根本没有经过大脑就脱口而出了，而且每次回答都是断然的否定。他知道，每个人都有自己固定的一套思维模式，夏秋雨的思维模式也许就是否定吧。真是该死的模式！他只能客气地笑着说声"谢谢"，让夏秋雨离开了。正当他失望透顶的时候，夏秋雨却突然停住了脚步，转过身来狐疑地说道："有件事情，我不知道与谋杀案有没有什么关系。其实，这事是很小的，也许根本就是捕风捉影。"

苏镜本来靠在椅背上，一听这话马上坐直了身子，说道："说说看，也许有很大牵连呢。"

"你们做警察的肯定知道，有一种人天生就喜欢做贼，他们不停地偷东西，不是因为需要那东西，而是为了满足一种偷窃癖。"

"嗯，是，这是一种病态，心理障碍。"

"我怀疑我们部门就有这样的人。"

"哦？"苏镜想起了米瑶雨说的，曾经有人要偷宁子晨的粉盒。

"说出来也许你们不相信，我们的工资也不算低了，谁也不会穷到去偷东西吧？可是我们的东西总是丢。最开始的时候，是少支笔，少个采访本什么的，后来手机也开始丢了，我们栏目组至少丢了十多部手机，而且很多女孩子的化妆品也被偷过。"

"你知道是谁偷的？"

"我不知道，但是子晨知道。"

"哦？"

"她前几天跟我说的，她说她知道谁是小偷了。"

"她没告诉你那人是谁？"

"没有，我问她她也不说。她说她正在逗那小偷玩，时不时地吓唬那个小偷要告发。每次那个小偷都哭着求她：'子晨姐，你大人大量，放过我吧，我以后再也不敢了。我正在看心理医生，我会改掉的。'"

"小偷在看心理医生？"

"我不知道，子晨这么说的。"

"对了，你玩过杀人游戏吗？"

"什么？杀人游戏？"

夏秋雨的无知看上去不像是装的，苏镜点点头，让她走了。一直在做笔录的邱兴华抬起头说道："作弄小偷，也许就是在玩火。"

"嗯，这个小偷疑点很大。"

偷窃癖一般从童年或少年期就开始发生了，每次行窃后心理上都会感到快感与满足。而小偷主动去治疗，说明他已经厌恶了这种行为。

"连化妆品都偷，应该是个女人吧？"

苏镜敲了邱兴华脑袋一下："你难道不知道还有男人偷女人底裤的？"

4.狐臭导播

会议室的门刚被推开，苏镜和邱兴华就闻到一股浓浓的狐臭味，接着走进来一个一身肥肉的男人，腰围大概有四尺多，肚子上的肉一颤一颤的，看上去有两百多斤。两人顿时明白米瑶雨说的"臭"是什么意思了。他皮肤黝黑，眼睛就像没睡醒一样眯着，不过眼神倒是很傲慢。他往椅子里重重一坐，两个警察禁不住担心椅子会被坐塌。这个人就是严昭奇，《顺宁新闻眼》负责切像的导播。他一坐下来，斜睨了两个警察一眼，说道："怎么才轮到我？我都等了很久了。"

"等什么？"

严昭奇眼睛一瞪——虽然瞪起来还是那么小——说道："等着你们问我话啊。"

"你等着我们问你什么话？"苏镜还是一副满不在乎的表情。

"少来这一套了，我没杀宁子晨！"严昭奇握紧拳头往桌子上狠狠地一砸，邱兴华的记录本都跟着颤了颤。

苏镜马上来了兴致，紧紧地盯着严昭奇的眼睛，想从他眼睛里发现点什么。眼睛是心灵的窗户，除非非常优秀的演员，否则眼睛肯定会出卖人的心。严昭奇的眼睛里有一丝慌乱和烦躁，他慌什么又烦什么呢？苏镜接着严昭奇的话问道："你怎么证明你不是凶手？"

"我……我……宁子晨死的时候，我在导播间里，大伙儿都可以证明。"

"哈哈哈，是，她死的时候，每个人都在导播间里，除了摄像叶守蓝。可是叶守蓝也离她很远。难道宁子晨是自杀的吗？你当然知道不是。"

"你们警察办案要讲证据，你们不要听信别人胡说八道。"

"严先生，你知道别人怎么说你吗？"

"哼，无非就是我想杀宁子晨。我告诉你，我根本没有那种想法。"

"没有？"苏镜问道，"那为什么有人说你想杀她呢？"

"我……我……我只是随便说说，我只是说气话，我根本犯不着去杀她。"

"宁子晨是死于氰化物中毒，而她的粉盒里的粉就含有大量的氰化钾，这个你知道吗？"

"不知道。"严昭奇咕哝道。

"严先生，我有件事情不明白，你怎么想到要帮宁子晨把粉盒拿上直播台？"

"我都说过了，我没有杀她！"

"我现在还没有说你杀了她。"苏镜逼视着严昭奇问道，"告诉我，是为什么？当时是化妆师米瑶雨准备把粉盒拿给宁子晨的，但是走到半路却被你接过去了。我想知道，你为什么这么好心，难道突然想做雷锋了？"

严昭奇脸色涨红着，呼吸急促，肚子剧烈地一起一伏。

苏镜接着说道："严先生，我希望知道每一件事情。"

严昭奇似乎下了最大的决心，说道："我是要上去骂她。"

"你骂她什么了？"

"我骂她是婊子，我骂她不得好死。"

"在直播台上？"

"是。"

"你为什么骂她？"

"骂就是骂了，没有为什么。"严昭奇猛地站起来，把椅子往后一踢，"反正我没杀人！要抓我就拿逮捕令来。"说罢，转身要离开会议室，却听到苏镜突然说道："严导播，还有个问题。"

"什么？"

"你玩过杀人游戏吗？"

"无聊，没玩过。"严昭奇说罢就离开了会议室。

邱兴华长长地出了一口气，说道："老大，你能不能少问几个问题啊？熏死我了。"

"我比你离得还近呢。确实臭死了，真难以想象其他人怎么会愿意跟他待在一个小房间里。"

"他的情绪好像很不稳定啊。"

"这是一个很奇怪的人。"

5.三条平行线

简易一走进来，就用手在鼻子附近扇着风，呵呵笑道："真是辛苦两位警官了。"说着话把两扇窗户打开了。夜晚的秋风吹进屋里，带来清爽的空气，苏镜和邱兴华顿时觉得舒服了很多。简易继续说道："两位警官真是太有定力了，我可比不上你们。"

简易是一个长得很帅气的年轻人，身材挺拔，五官端正，算是一个标致的美男子，尤其那一脸的笑容更是让人感到愉快。苏镜笑道："我们也受不了啊。其实我们更应该佩服你们才是啊！我俩这才多大一会儿啊，你们要天天共事。"

"别提了，每次上节目，我都要坐在他旁边，那个味儿简直不是人受的。我这几年肺活量明显增大，这都是逼出来的。"

"他脾气好像也不是很好。"

"这得理解嘛，都三十多岁的人了还是单身，心里能没火吗？就是找个小姐，人家估计也受不了他那味儿啊。我跟你说，这还是秋天，要是在夏天，那就更没法忍受了。"

"他除了脾气大，为人怎么样？"

"不怎么样。这人不合群，懒得理人，大伙也懒得理他。"

"他跟宁子晨有没有什么过节？"

"两条平行线，能有什么过节？"

"你呢？"

"我？"简易犹豫了一下，"我也是导播，加上我，我们就是三条平行线，哈哈。"

"七点一刻到七点四十二分之间，你有没有进过化妆室？"

"去那儿干吗？我又不是主持人。"

"化妆室难道只有主持人去吗？"

"当然不是，化妆师也要去嘛，哈哈！"简易笑道，"还有记者也会去。"

"记者？"

"记者的稿子终审通过之后，有时候要去化妆室找主持人配音。"

"宁子晨被杀，你不是很伤心啊。"

"生老病死，都是很正常的事，不要看得太重嘛。人生一世草木一秋，没什么值得悲伤的。"

"如果是你的亲人惨遭横祸，你也会这么达观吗？"

简易顿时红了脸，他瞪了瞪苏镜，不耐烦地说道："话不能这么说嘛。"

"你知道你们栏目组有个小偷吗？"

"呃，听说过，不过我的东西没丢过。"

"你们有怀疑过谁吗？"

"哈哈，估计每个人在心里都把其他人排着怀疑了一遍。"

"你觉得谁最有可能呢？"

"这个我可不知道。"

苏镜沉思着点点头，继续问道："七点四十二分到八点一刻之间，你有没有上过直播台？"

"去那儿干吗？"简易脸色稍微红了红。

"就是没去过了？"

"没有。"

"好吧，以后想起什么事情，不管是你自己的还是别人的，都记得跟我说。"

"好，没问题。"

"还有，你玩过杀人游戏吗？"

"哈哈，警官怎么问这个问题啊？玩过呀！"

"在哪儿玩过？"

"那地方就多了，吃饭的时候可以玩，旅游坐车的时候可以玩，只要人够多，随时都可以玩上一局嘛！"

"去过健智俱乐部吗？"

"那是个什么地方？"

"玩杀人游戏的地方。"

"跟一群陌生人玩杀人游戏有什么意思啊？"

……

简易走后，邱兴华问道："你觉得他怎么样？"

"好像有什么事情在瞒着我们。"

6.本能反应

秦小荷是一个 25 岁的年轻女孩，扎着一个马尾辫，皮肤黑黑的，脸上长了不少青春痘，鼻梁高耸，架着一副高度近视的眼镜。她坐在苏镜对面，毫不畏惧地看着苏镜的眼睛。这是一种挑战的眼神，这种眼神似乎在表明："你想问什么尽管问吧，反正不是我干的。"可问题是，为什么还没等调查，就急于用这种眼神来撇清自己呢？

"请问你是负责什么工作的？"苏镜开门见山问道。

"播出之前修改记者的稿子，然后把串联单和导语打印出来，放到直播台上。之后基本上就没什么事了，一直坐在导播间里看着新闻播完。"

"今天播出有异常情况吗？"

"有啊，主持人死了。"

苏镜一愣，心想跟这帮人打交道，一定得注意措辞才行，要不然他们会时不时地揪住你话里的漏洞揶揄你一下。

"宁子晨死之前，直播有什么异常吗？"

"那就没有了，每天都是这么播的。"

"你来顺宁电视台工作几年了？"

"三年了，大学毕业就来了。"

"你在办公室丢过东西吗？"

"丢过。"

"什么东西？"

"丢过……丢过……丢过几次卫生巾。"秦小荷脸色越发红了。

正在笔录的邱兴华笑道："连这东西也偷啊，可真够变态的。"

"听说你们经常丢东西。"苏镜看着秦小荷说道。

"是，大家都说有小偷，但是一直不知道是谁干的。"

"如果有人要杀宁子晨，你觉得会是谁？"

"这怎么可能？肯定不是我们部门的，一定是外面的人干的。"

"先不要这么肯定。"苏镜问道，"你一点风声都没听到？"

"没有。"秦小荷坚决地回答。

"你玩过杀人游戏吗？"

"几年前玩过。"

"最近没玩？"

"没有。"

等秦小荷离开会议室，邱兴华说道："杨宇风和秦小荷两人都相信是外面的人干的，可是电视台保卫这么森严，外面的人怎么能进到电视台呢？"

"不，还是不一样的。我刚才问秦小荷，并没有说怀疑《顺宁新闻眼》栏目组，但是她却非常着急地把屎盆子扣到外人头上了。"

"也许只是一种本能？"

"什么本能呢？逃离危险？有什么危险呢？这个秦小荷肯定有问题。"

7.冷漠摄像师

摄像叶守蓝打着哈欠，一脸倦怠地走了进来。这是一个四十多岁的男人，穿着电视台的红色工作服，坐进椅子里之后一言不发地看看苏镜和邱兴华。他的眼神是漠然的，仿佛整个世界都不存在，存在的只有他自己。他看着苏镜，焦点却在苏镜身后很远很远的地方，虽然苏镜身后只是一堵墙。如果用佛家的观点来看，他已经臻于化境，看破红尘，了无挂碍；如果从世俗的观点来看，他就是一具行尸走肉了，风也好雨也好，都不关他什么事，日图三餐夜图一宿，除此之外别无他求。

"你玩过杀人游戏吗？"苏镜单刀直入。他知道，对付这种人绝不能绕弯子，否则最后被绕死的肯定是自己。

"没有。"叶守蓝回答得也很干脆。

"为什么？"

"年轻人的无聊把戏。"

"你喜欢宁子晨吗？"

"不喜欢。"

"为什么？"

"她一不是我老婆二不是我闺女，我为什么要喜欢她？"

"你什么时候进直播间的？"

"七点四十。"

"你进直播间之后，就一直待在里面?"

"是。"

"有没有看到谁上过直播台?"

"我上过。"

"你上去干什么?"

"主持人的椅子没摆正，我上去帮她把椅子摆正。"

"当时宁子晨也在直播台上?"

"是。"

"椅子没摆正，你跟她说一下，让她自己挪挪位置不就行了?"

叶守蓝斜着眼睛看了看苏镜，说道: "有些人是很蠢的。"

"谁?"

"我让她往左一点点，她'哐'一下把椅子挪了一大截，我再让她右一点，她又是'哐'一下一大截。我他妈指挥了半天，她不是偏左就是偏右。"

"所以你只好自己上去了?"

"是。"

"那时候是几点?"

"七点五十二分。"

"记得这么清楚?"

"我们是直播啊，对时间要求很精确的。要是马上到八点了我再上去，画面一切，把我播出去了那还了得?"

苏镜点点头，算是对叶守蓝的回答表示满意，然后继续问道: "除了你之外，还有谁上过直播台?"

"七点四十三分，严昭奇上去过，说是给她拿什么粉盒;七点五十一分，秦小荷上去过，放串联单;她刚下来，简易又上去了;之后就是我上去过;新闻播出后，八点十分，夏秋雨上去过，送观众短信。"

"简易上去过?"

"是。"

"他为什么上直播台?"

"我怎么知道?"

"他突然闯进直播间走向直播台?"

"之前他就在直播间里跟我聊天，然后说着话就走到直播台上看了会儿。"

"他是去跟宁子晨说话的吗？"

"不是，当时宁子晨离开了一会儿。"

"为什么离开，那是几点几分？"

"七点四十五分，她嫌胸花不好看，就去化妆室拿胸花了。"

"这么说，秦小荷送串联单的时候，宁子晨也不在？"

"是。"

"你有没有看到秦小荷或者简易动过宁子晨的粉盒？"

"没有，他们都是背对着我。"

叶守蓝走后，邱兴华说道："简易在撒谎。"

"是，他为什么这么愚蠢呢？竟然撒谎！"

"要不马上叫他来？"

"不用，他跑不了。先问其他人吧。"

"你觉得这个叶守蓝怎么样？"

"说不准，可能是事不关己高高挂起，也可能是城府极深深藏不露。"

8.隐情

刚送走一个城府深的，就进来一个看上去毫无城府的年轻人。

"我呀，我就挺喜欢她的。"记者苏楚宜毫不掩饰地表达了对宁子晨的爱慕之意。这个人年纪跟简易相仿，性格也很相像，同样是热情爽朗，只不过比之简易，苏楚宜又多了几分玩世不恭。当苏镜问他，《顺宁新闻眼》栏目组有没有人喜欢宁子晨时，他马上做了前面的回答，之后又觉得言犹未尽，继续说道："谁不喜欢她啊？脸蛋漂亮身材又好，还是主持人，要是找这样的女人做女朋友，走在大街上要多有面子就多有面子。唉，真可惜啊，这么好一女人，说没就没了。"

苏镜笑道："不过有人说她是个花瓶。"

"嗨，花瓶就花瓶嘛。说她是花瓶的有两种人，一种是男人，一种是女人。"

"这不是废话吗？"苏镜心里想着，不满地看看苏楚宜。而苏楚宜却沉浸在自己的分析中："男人嘛，是吃不到葡萄就说葡萄酸，真要跟她睡上一觉了，你就根本不在乎她是不是花瓶；至于女人，那就是嫉妒，说人家是花瓶，往往隐藏着对自己的夸耀，证明自己有内涵。"

"你这么喜欢她，没去追她？"

"我还是有自知之明的。我一没钱二没权，她怎么会看得上我啊？"

"不试一下，你怎么知道不可能？"

"我可没那胆子。"

"追女孩子，大不了被拒绝嘛，有什么好怕的？"

苏楚宜压低声音说道："人家上面有人。"

苏镜想起了夏秋雨为宁子晨的辩护，问道："李台长？"

"呵呵，我还以为我是第一个告诉你这消息的人呢。"

"他们有多久了？"

"应该有半年多了。就是宁子晨跟李台长好上了，这才当上了《顺宁新闻眼》的主持人。"

"她以前是干什么的？"

"配音呗，做幕后的。她刚进电视台的时候，我就看出来她不简单。她那双眼睛啊，整天贼溜溜地盯着各个领导瞅，最后终于抱到了李台长的大腿。"

"你这消息从哪儿来的？"

"这叫无风不起浪，全台都在传。"苏楚宜神秘兮兮地说道，"所以啊，漂亮女人其实也是不能追的，因为你留不住她们，傍上一个高枝就飞了，要不就给你戴上一顶绿帽子。"苏楚宜停顿一会儿又说道："原东怀肯定很郁闷。"

"原东怀？那个美编？"

"是啊，他俩是大学同学，据说大学时就恋爱了，后来一起到电视台工作。我第一次见到宁子晨的时候，就知道他俩长不了。原东怀是那种很淡泊的人，对什么功名利禄之类的东西一点都不感兴趣。但是宁子晨的心野着呢，一进电视台就向每个男人放电。你说他俩能长久吗？"

"他们分手了吗?"

"好像是分了吧,我也不是很清楚,反正今天还吵过架呢。"

"什么时候?"

"傍晚。"

"直播之前?"

"是。"

"你怎么知道?"

"我在做条片子……"

"什么片子?"苏镜打断他问道。

"《网瘾少年失恋,攻击网站赚黑金》。你们是看不到了,辛辛苦苦做的片子,却播不了了。"

"你是跟展明秋合作的吗?"

"展大姐?不是。"

"她也在做片子吗?"

"哈哈哈,不是。"苏楚宜大笑起来,"这事很有意思,待会儿你就听她讲吧,她都快气疯了。"

苏镜微微点点头,说道:"好吧,讲讲你是怎么知道原东怀和宁子晨吵架的。"

"我的稿子终审之后去化妆室找宁子晨配音,走到门口就听到他俩在吵架。"

"那是什么时候?"

"七点二十。"

"你们同事是不是每个人的时间概念都很精确啊?"

"能不精确吗?一个萝卜一个坑,少一条新闻就要开天窗,这个责任谁负得起啊!"

"你听到他们吵什么了吗?"

"宁子晨说:'看不惯拉倒,我就是这种人,你瞎眼了吧?'原东怀说:'是,我是瞎了眼。不过我告诉你,我得不到的东西,别人也休想得到!'"

这是很关键的一句话,苏镜马上来了精神:"他真是这么说的?"

"是,"苏楚宜说道,"不过我可不觉得原东怀真会去杀人。"

"为什么？"

"那么木讷一人，他有那胆量吗？"

"你有吗？"

"杀人的胆量？"

"嗯。"

"玩玩杀人游戏还行，真要杀人……哎呀，这个问题我还真没想过，我不知道有没有这个胆量。"

"你经常玩杀人游戏？"

"常玩。"

"去过健智俱乐部吗？"

"去过呀，我就是在那里玩的。"

"跟一群陌生人玩有意思吗？"

"那得看你运气怎么样了。"苏楚宜说着话两眼放光，"如果你在大街上看到一个美女你会怎么样？肯定是看一眼又赶紧看别的地方，因为你会不好意思嘛！老盯着人家看，会被人以为你是流氓呢。但是玩杀人游戏就不同，你可以盯着一个美女看很久，而且眼睛都可以不用眨。"

苏镜笑了笑，拿出那张平民纸牌问道："见过吗？"

"咦？这不是健智俱乐部的纸牌吗？你从哪儿搞的？"

"宁子晨包里拿出来的。"

"她把这个拿出来干什么？"苏楚宜说道，"她会不会把杀手引上门了？"

"你跟米瑶雨的想法很像啊！"

"呵呵，这说明我们都有想象力。"

"咱们还是继续说今天晚上的事吧。"苏镜接着问道，"你去化妆室的时候，化妆室里只有宁子晨和原东怀两人？"

"那肯定啦，小两口吵架，难道还要找人见证啊？"

"你去找宁子晨，她是马上出来的吗？"

"是。出来的时候，还笑得跟朵花儿似的。"

"你呢？"

"我怎么了？"

"你去哪儿了？"

"我跟着宁子晨走了啊，她去配音室，我去编辑房。"

"原东怀出来了吗？"

"没有。"

"宁子晨给你配音配了多久？包括走路的时间。"

"七八分钟吧。"

"也就是说，宁子晨离开配音间时是七点二十八分？"

苏楚宜用力地点点头。

"好，你先回去吧，我们也许还会再联系你的。"

苏楚宜走出会议室之前，回头对苏镜说道："苏警官，你可别出卖我啊。别告诉原东怀是我听到他们吵架的，会影响我们同事团结的，哈哈。"

"放心吧，我们会保护证人的。"

苏楚宜走后，邱兴华说道："我觉得很多人都很奇怪。比如原东怀和宁子晨的事，我们竟然刚刚知道，之前几个人为什么都不说呢？"

苏镜冷笑道："没有一个是省油的灯啊。"

9.伤人的爱情

原东怀走进会议室时，眼眶还是红红的。他坐在椅子里，手指不停地揉捏着眉心，眼睛看着桌面，整个世界仿佛都已经不存在了。苏镜一言不发地看着他，他想知道面前这个男人的痛苦有几分是真情流露，有几分是装腔作势。

"我爱她，你知道吗？"原东怀自己先说话了。他的声音有点哽咽，抬起头直勾勾地看着苏镜说道："你不知道，你们都不知道，你们不知道子晨对我有多重要。"

苏镜鼓励道："讲讲你们的故事吧。"

"她是我同学，我们一起上课一起吃饭一起逛街一起旅游一起毕业，又一起来到顺宁电视台，甚至一起到了《顺宁新闻眼》栏目组。我爱她，我不能没有她。你知道吗，子晨已经跟我融为一体，不管什么力量都无法把我们分开的，我的血液里流淌的全是对她的爱。"原东怀絮絮叨叨地说着，缓慢低沉，仿佛在自言自语。

"她还爱你吗？"苏镜问道。

原东怀苦笑了一下，说道："爱，她当然爱我了，她一直都爱我的。"

"听说她和你们台长关系很好。"

"胡说八道，空穴来风。"

"有些事情已经发生了，你何必还要装做没有发生呢？"

原东怀不说话了，鼻子一抽一抽的，忍了很久终于忍不住了，眼泪夺眶而出，哗哗地沿着脸颊流淌下来。他哽咽着说道："我没有想到，真的没有想到，她……她竟然是这种人。我们曾经那么相爱，什么海枯石烂山盟海誓，到头来全是竹篮打水一场空。这个世界上还有真的爱情吗？可是，我虽然已经知道她变了，变成了娼妓泼妇破鞋，我还是忍不住要爱她。她已经融入了我的生命，离开她，就像从我心口割去了一块肉。那种痛，那种苦，你们是体会不到的。"

苏镜说道："其实有时候人们害怕分手，并不是害怕失去对方，而是害怕失去对方后留下的心灵空白。"

"哈哈哈，"原东怀边笑边流泪，"你是不明白爱情的。你太理性了，而爱情是感性的。现在还有几个人相信爱情啊？有的人的爱情，其实只是婚姻罢了；有的人的爱情则只不过是商品，可以明码标价，可以摆在橱窗里展示；还有的人的爱情则是筹码，可以换来需要的任何东西。"

"宁子晨有爱情吗？"

"哈哈哈……爱情！她也谈爱情？她的所谓爱情是肮脏不堪的。"

"即便如此，你还是爱着她？"

"是。我无法忘记她，我总在努力改变她，我想让她回心转意，让她回到我身边来。"

"可是她拒绝你了？"

"是，她说她的心已经死了。哼哼，女人啊，双腿一分心就死了。"

"你们傍晚吵架了？"

"谁告诉你的？"

苏镜没有回答他的问题，继续问道："你是几点去找宁子晨的？"

"七点一刻，她刚化完妆。"

"当时除了宁子晨，还有谁在化妆室？"

"米瑶雨。"

"后来呢？"

"我进去之后，米瑶雨就走了。"

"然后你们就吵架了？"

"我本来不想跟她吵架的，可是她实在太不可理喻了，而且她说我瞎了眼。是啊，我真是瞎了眼了，我怎么会爱上她呢？"

"你说你得不到的东西别人也休想得到，是吗？"

原东怀痛苦地摇摇头，说道："那都是一时气话。我怎么舍得杀她呢？我是爱她的啊！"

苏镜继续问道："宁子晨离开化妆室后，你为什么还待在里面？"

"我……我……"原东怀嗫嗫嚅嚅说道，"我不知道啊。我当时很生气，我想……我想我的脸色肯定很难看……所以……所以……我想先平静一下再出来，而且……我……你知道……我不想让同事看到我脸色有多难看，我不想在外人面前那么窝囊。虽然……虽然……我知道，他们都在背后嘲笑我。"

看着痛苦不堪的原东怀，苏镜眉头越皱越紧，沉思了半晌又问道："你是什么时候开始玩杀人游戏的？"

"上大学的时候，我和子晨就是玩杀人游戏的时候熟悉起来的……谁知道……她竟然变成了这样。"

"工作之后还玩过吗？"

"玩过，跟子晨一起去健智俱乐部玩过。"

"最后一次去那儿玩是什么时候？"

"大概半年前吧，我跟子晨一起去的。后来她不理我了，我就没去玩过。"

"有人说，最近在俱乐部遇到过你。"

原东怀稍显慌乱，眼神变得飘移，说道："哦……是……是这样……我……我不是去玩的。那天我看到子晨一下班就去俱乐部了，不知道为什么……我鬼使神差地就跟着她去了。我没有跟她说话，就是想看着她在游戏中杀人或者……或者被杀……"

"这应该反映你潜意识里的东西吧?"

"不……不,没有的,我怎么会舍得让子晨死呢? 即便她不爱我了,我也希望她能快快乐乐地活着。"

"那是什么时候?"

"6 月 23 号。"

"那天去俱乐部,她是一个人去的吗?"

"是。"

"她玩到几点?"

"她是晚上九点去的,十几分钟后就出来打了个电话,然后就直接走了。"

"当时那局游戏结束了吗?"

"应该还没有,不会那么快的。"

"好,谢谢你,你先回去吧。"

原东怀缓缓地站起来,脚步略显踉跄地走出会议室,留下了一片悲怆和落寞。

"好可怜的人啊,"邱兴华说道, "我觉得他不像杀人的人。"

"哼哼,谁知道呢。"苏镜说道, "小邱,我们现在是在电视台查案,这些人的表演才能非其他人群可比,所以对每个人的表现,我们都要在心底里打个问号。现在我们知道,原东怀单独在化妆室待过,他是有下毒机会的,而且他的潜意识里是希望宁子晨死掉的。"

10.名记者

苏楚宜说展明秋都快气疯了,但是当展明秋走进会议室的时候,一点儿都没有生气的迹象。她皮肤白皙,留着一头烫过的短发,眼角处浮现出几条鱼尾纹,脸上带着庄重的微笑。虽然已经三十多岁将近四十岁了,但她身上依然散发着迷人的气质。她落落大方地坐在椅子里,叹息一声,说道: "宁子晨是一个好女孩，我真想不出谁会这么心狠手辣。"

展明秋话说得平平淡淡，毫无感情色彩，就像某个政府部门的新闻发言人发布着不痛不痒的消息。

苏镜说道："这个心狠手辣的人很可能就是你同事。"

"这……这怎么可能？"

"除了宁子晨，有十二个人在十二楼，而凶手就是其中之一。"

展明秋稍显震惊，但很快恢复了平静，说道："苏警官肯定在开玩笑吧？这绝不可能，宁子晨那么好的一个女孩，大家都很喜欢她……"

"是吗？"苏镜打断了她的话，"大家都喜欢她？"

"那……那当然了。"

"杨宇风好像就不喜欢她。"

"那是两码事，杨宇风不喜欢的只是她的主持风格。"

"米瑶雨好像也不喜欢她。"

"真的吗？这个我倒不知道。"

"你喜欢她吗？"

"我？我……我跟她没有深交。"

"那你怎么会说大家都喜欢她呢？"

展明秋稍显慌乱，不过马上镇定下来了，嫣然一笑道："也许只是我的一相情愿吧。"

"展记者很善良。"

"呵呵，大家都这么说我。"

"展记者怎么这么晚还不回家？"

"我……我……我做片子啊。"

"展记者这是何必呢？这种谎言是很容易被拆穿的，你今天根本就没有做任何新闻。"

展明秋重重地喘口气，说道："是，这种谎话是很容易被拆穿的，哈哈。我怎么能骗两位警官呢，哈哈哈。"她自嘲地笑笑，然后又说道："其实我就是找制片人有点事。"

"什么事？"

"呃……这个嘛，我想与案情没什么关系，而且这是我的私事。"

"展记者何必藏着掖着呢？同样的问题，我找杨宇风不是一样能问到吗？"

"哼哼，他要是好意思说，就让他说吧。"

苏镜咂摸着这句话，觉得话里有话，但是又不知道是什么意思，便继续问道："你跟杨宇风关系不错吧？"

"哪敢啊？人家是大制片人，我这种小记者哪能攀上人家的高枝啊。"

"展记者真是谦虚了。我是经常看《顺宁新闻眼》的，展记者做的很多新闻都给我留下很深的印象。如果我没记错的话，由于你在2003年抗击SARS的报道中表现出色，被评为顺宁市的"抗非英雄"，那时候顺宁市的传染病医院完全与外界隔绝，是你冒着生命危险驻守在医院里，及时报道了对患者的救治情况；2008年，四川发生特大地震，也是你深入灾区采访报道，你的很多报道感动了整个顺宁。"

听着苏镜的夸奖，展明秋没有一点开心的迹象，甚至更多了几分不满与失望，叹口气说道："这又有什么用呢？没有人会在乎你做过什么的，到头来，还不是照样翻脸不认人？"

"你说的是杨宇风？"

"我不想多说。"

"那说说你自己吧，"苏镜随意地问道，"你今天傍晚去过化妆室吗？"

"去过。"

"什么时候？"

"七点二十左右。"

"你去干吗？"

"找杨宇风。"

"去化妆室找他？"

"我先去编辑房找他，秦小荷说他去找宁子晨了，于是我便到了化妆室，可是他不在。"

"宁子晨当时在化妆室吗？"

"不在，里面没人。"

"你在化妆室里待了多久？"

"两三分钟吧。"

"之后呢？"

"之后杨宇风就来了。"

"然后你就跟他说你们的秘事了？"

展明秋瞟了苏镜一眼："没什么秘事，我只是懒得说这事。"

"你跟杨宇风聊了多久？"

"没聊，他不跟我说，说他有事。人家都这么决绝了，我也不好老赖着人家，所以我就走了。"

"你走之后，杨宇风就留在化妆室？"

"是。"

"你知道杨宇风找宁子晨干吗吗？"

"还能干吗呀？不就是与虎谋皮吗？"

"展记者，能不能说具体点？"苏镜笑问道。

"制片人不喜欢宁子晨的主持风格，肯定又找她沟通了。"

"怎么说是与虎谋皮呢？"

"你之前已经问过这么多人了，难道没有一个人告诉你宁子晨跟台长的关系？人家有那么硬的后台，他一个小小的制片人，人家会放在眼里吗？"

对展明秋的询问结束了，等她离开了会议室，邱兴华说道："又有一个单独进过化妆室的人。"

"不，是两个，"苏镜说道，"杨宇风也进去过。"

11.肉体资源

"难道我就这么不重要吗？竟然把我放在最后一个来问。"苏景淮一进门，便笑嘻嘻地嚷嚷着。他瘦得跟麻杆儿似的，两只眼睛贼溜溜的，给人的第一印象就是：这人很不安分。这个不安分的人一坐进椅子里便继续嚷嚷着："也许我就是凶手呢。"

"如果你就是凶手，你有什么杀人动机吗？"苏镜就势问道。

"这个嘛，如果要杀人的话，总能找到动机的，难道不是吗?"

"同事被杀，你好像一点都不难过。"

"哎哟，对啊!我应该难过一下的。"但是苏景淮依然呵呵笑着，根本看不出一点难过的样子。

他举止轻佻，言辞轻浮，很难让人想象面前这个人竟然已经三十好几了。苏镜想，电视台真是个怪地方，什么样的人都有。

"你觉得宁子晨这人怎么样?"

"哈哈，这个女人很会利用资源啊。"

"什么意思?"

"你们知道她跟我们台长有一腿吧?"

"知道。"

"这事在我们台已经是公开的秘密了，可是很多人不知道她还在外面赚外快呢。"

"什么意思?"

"明码标价，一次十万，这就叫充分利用肉体资源。"

"你怎么知道的?"

"哈哈哈，世上没有不透风的墙。"

苏镜问道:"这与宁子晨被杀有什么关系吗?"

"原东怀是她男朋友啊!"苏景淮煞有介事地说道，"我的女人要是在外面胡搞，我不剥了她皮才怪!"

"你觉得原东怀就是凶手?"

"我可不敢这么说，毕竟破案要讲证据，我只是提出一个杀人动机，哈哈哈。"

"七点一刻到七点四十二分之间，你去过化妆室吗?"

"哈哈哈，开什么玩笑，我又当不了主持人。"

"那你今天上过直播台吗?"

"哈哈哈，肯定没有啦，我去那儿干吗呀?"

"你玩过杀人游戏吗?"

"听说过，没玩过，怎么了?"

"为什么没玩?不喜欢?"

"没啥意思，一群人唧唧歪歪地瞎吵吵。"

12.补妆之疑

苏景淮走后，苏镜长长地打了一个哈欠。已经凌晨一点多了，十一个人的口供都录下来了，当时在场的欧阳冰蓝早已回家，看来只好明天再问她了。想到马上就要跟偶像正面交锋，苏镜不禁有点兴奋。其他人回答完提问后都回家了，只有杨宇风还一直留守，这时候他走进来，问道："两位警官发现什么了？我还是不相信是我们自己人干的。"

邱兴华拍了拍厚厚的记录本："线索都在这里了，肯定会有什么蛛丝马迹的。"

"不，"苏镜说道，"还有个环节没有补齐。"他看着杨宇风说道："杨制片，你傍晚找过宁子晨？"

"是啊，我不是跟你说了吗？"

"你是说了，但是没说具体时间。"

"我想想，应该是在七点二十到七点半之间吧。"

"展明秋说七点二十去化妆室找你，没看到你。"

"哦，我那时候去消防通道抽烟了。我们办公室不准抽烟，要抽烟只能去消防通道。"

"你回来后就看到展明秋了？"

"是。"

"她要跟你说什么？"

"她没说吗？"

"没有。"

"她不说我也懒得说，这人还是个名记者呢，一点儿记者的职业精神都没有。"

"怎么回事啊？"

"这事与宁子晨的死没什么关系。算了算了不说了，这么多年的老同事了，我也懒得在背后嘀咕人家。"

"你在化妆室等宁子晨，她什么时候回来的？"

"这个……记不太清楚了。"

"之后你们似乎没有谈拢，然后你就离开化妆室了？"

"是啊，她水米不进，根本不听我说话，扭头就走了，说要去洗手间。我也只好跟着出来了。"

"你可以带我们去看看化妆室吗？"

"可以，这没问题。"

化妆室只有十平方米的样子，两面墙壁上装着大镜子，镜子下面是三个水龙头和三个洗脸盆。一面镜子旁边摆放着啫喱水、发胶的瓶子，还有两把梳子、一个电吹风筒。另外一面墙壁靠墙摆着衣柜，是用来装主持人服装的。剩下一面墙靠墙摆着一张桌子，桌子旁放着一把椅子。

苏镜一屁股坐进椅子里，狐疑地看着四周。前方镜子上方挂着一台石英钟，显示已经凌晨一点半了，但是苏镜毫无睡意，他转身摸摸桌面，问道："主持人的包一般都是放在这张桌子上吧？"

"是，"杨宇风又补充道，"化妆盒一般也都是放在这里的，一些常用的东西也会放在桌子上。"

"你进来时看到粉盒了吗？"

"看见了。粉盒、眉笔还有一些别的化妆品，都放在桌子上。"

苏镜微微皱起眉头，疑惑地看了杨宇风一眼，然后点点头向门外张望，但是根本看不见外面，只能看到门框。这里算是一个视觉死角，也就是说，凶手下毒根本不必担心被人看见。

苏镜沉思了一会儿又问道："我们刚才得知，宁子晨在直播台上补过妆，是你让她补的，是吗？"

"是。"

"为什么要补妆？"

"这个……"杨宇风疑惑地看着苏镜，不知道这个警察何以对这个技术问题如此关心，"当时我看到她脸上妆不匀，灯光一照脸上就有块阴影，所以就让她补补妆。怎么了？"

"因为她的粉盒里被人掺进了氰化钾，补妆后，宁子晨吸入了氰化钾颗粒导致死亡。"

"啊?"杨宇风惊讶地叫道，然后捶胸顿足道："早知道……早知道，我就不让她补妆了。"

"补妆是几点几分的事?"

"八点十四分，那时候正在播出那条《女子轻生被消防员飞身抱住》的新闻。等她开始播深度调查的导语时就出事了。"

苏镜拿出那份杨宇风提供的嫌疑人清单，饶有趣味地看着，就在这十二个人中潜藏着一个凶手，而他要把这个凶手尽快揪出来。杨宇风见状问道："难道凶手真的是我们自己人?"

"现在看来就是这样。"

"可……可是为什么? 我们谁都跟宁子晨没有深仇大恨啊。"

"未必，"苏镜说道，"你们栏目是不是经常丢东西?"

"是啊，你怎么知道?"

"你们报过警吗?"

"这种事情有什么好报警的? 报警了估计也查不出来。我们只是找保安查了一下，每次丢东西，都去看监控录像，什么都看不到。"

"也就是说，小偷专门拣那种监控死角下手?"

"是，"杨宇风点点头，又问道，"这与谋杀案有什么关系?"

"有，宁子晨知道谁是小偷。"

"啊?"杨宇风不敢相信自己的耳朵，"她为什么不跟我说啊?"

"因为她自作聪明，喜欢看着小偷整天哀求她。她喜欢折磨人，折磨人脆弱的神经。"

"真是缺心眼儿。"

"好了，时间不早了，我们该回去了。"苏镜说道，"杨制片，最后还有件事情，你这里有每个人的照片吗?"

"有。"

"好，我要每个人的照片，越多越好。另外，"苏镜拿出了那张纸牌，说道，"这是一家俱乐部玩杀人游戏用的纸牌，不知道杨制片有没有玩过这个游戏?"

"玩过。"

"去俱乐部玩过吗?"

"没有,都是跟同事朋友拿扑克牌玩的。"

"杨制片喜欢当杀手还是平民?"

"我喜欢当杀手,因为我的分析推理能力很强,每次当平民,总会被人第一个干掉。"

第三章　时间密码

19：15，米瑶雨给宁子晨化妆结束，原东怀来了，米瑶雨走了；19：20，苏楚宜去化妆室找宁子晨配音，两个人一起离开了化妆室，原东怀一个人留在化妆室里；19：20左右，展明秋问秦小荷制片人杨宇风在哪儿，秦小荷说杨宇风去化妆室找宁子晨了。展明秋在化妆室待了两三分钟，之后走出来（19：23），看到杨宇风吸烟回来，准备……

1.案情分析会

6月29日早晨召开的案情分析会，是顺宁市公安局有史以来最热闹的一次案情分析会。在《顺宁新闻眼》的150万观众中，其中有不少就是警察，大家一起目睹了宁子晨突然死亡的全部过程。局长侯国安面色凝重，心事重重，他扫视全场一眼，问道："苏镜呢?"

"在!"苏镜腾地站了起来。

"昨天的案子大家肯定都知道了，众目睽睽之下竟敢行凶杀人，实在是无法无天，这是对我们警察队伍的公开挑衅。林书记、洪市长连夜给我打电话，要求我们迅速破案。苏镜，你先给大家讲讲。"

苏镜面对几十双询问的眼睛，详细地讲述了案发经过、验尸情况以及死者每个同事的口供。苏镜讲完，会议室里又是唧唧喳喳一片，大伙儿把每个人都猜来猜去，但依然不得要领。侯国安干咳一声，止住了大家的议论，说道："一个一个说，考虑成熟再说。"

一个叫张跃的警察站起来说道："我觉得杀人并不难。如果跟宁子晨有仇，直接上门杀人就完了，为什么非要在直播台上杀人? 我认为有四个可能。第一种，凶手想卖弄他的胆量或者杀人技巧，或者他就是想挑战警察，想跟警察斗智，以显示自己多么聪明。如果是这样的话，那么他可能还会继续杀人。这种人表面上非常自信，他也许是一个事业上非常成功的人，但是内心深处却可能很自卑很孤独。第二种可能是，凶手非常仇恨宁子晨，就是要让她当众出丑——宁子晨很漂亮，于是凶手就让她当着一百多万观众的面浑身抽搐丑态毕露。第三种可能，刚才苏队说了，宁子晨还在私下做皮肉生意，也许很多大老板都搞过她，凶手在直播台上杀她，可能是向那些老板们示威。第四种可能是，宁子晨可能是某一群人的仇人，凶手跟同伙无法及时取得联系，于是把宁子晨杀死在直播台上，等于是通风报信。"

旁边一个警察说道："这也太有想象力了吧？"

苏镜说道："办案有时候就是需要一点想象力，因为你不知道你的对手想象力会有多丰富！把人杀死在直播台上，不就很有想象力吗？"他又转向张跃说道："你分析得很透彻，我再补充一点：第五种可能，如果一个人一直被忽视，被人看成是无足轻重的，那他可能也会采取这种方式杀人，以此来证明自己的能力。"

张跃忙恭维道："还是苏队分析得全面。"苏镜狠狠地瞪了他一眼，张跃马上不好意思地脸红了，因为苏镜告诉过他们，任何场合都不许乱拍马屁。

苏镜又说道："我本想归纳一下凶手的基本性格特征，但是我发现这个简单的工作其实也很难。粉盒里的毒可能是在化妆室下的，也可能是在直播台上下的。如果是在化妆室下的毒，那么这个凶手只要有冷静的头脑、敏捷的身手就可以了，因为当时办公室里就那么几个人，不会有很多人去化妆室；而如果是在直播台上下毒，那么就要求凶手有超强的心理素质，他必须胆大心细，因为当时摄像机是开着的，导播间里起码有三个屏幕显示的是直播台上的画面。"

侯局长点点头，问苏镜道："接下来，你准备从何处着手？"

"第一，调查氰化钾的来源。王天琦，这事由你来负责。"

"是。"一个年轻的小警察应道。

"第二，《顺宁新闻眼》栏目组里有一个小偷，经常偷化妆品、手机，没人知道他是谁，直到前几天被宁子晨发现了。宁子晨一直在戏弄他，所以，不能排除小偷杀人的动机。我们了解到，这个小偷行窃不是为了钱，而是有心理障碍，他最近一直在接受心理治疗。柳晓波——"

"在。"

"你去调查各医院的心理科诊室，看有没有电视台的员工在接受治疗。要注意，那人很可能用的是化名。"

"是。"

苏镜从包里掏出二十多张照片递给柳晓波："这是当时在场的每个人的照片，你挨家医院比对。"

"是。"

苏镜又掏出那张纸牌，说道："这张纸牌是在宁子晨的包里发现的，这是杀人游戏中用到的一张纸牌，这个图案代表平民身份。宁子晨在一家俱乐部里玩杀人游戏,但是中场离开时把这张纸牌带走了。我在跟宁子晨的同事们聊天的时候,有两个人非常有想象力地说,那场杀人游戏还没有结束,宁子晨是被杀手干掉的。"

此言一出,会议室顿时安静了下来,但是只安静了一小会儿,便又闹腾开了。不少人质疑这种可能性,也有人感到了杀手的恐怖。如果这个推断成立,那么这个杀手一定是沉迷在游戏里不能自拔了。苏镜继续说道:"这个杀手可能是一个非常自负的人,自信自己可以杀光所有平民,但是一个平民却半路离开了游戏,杀手感到不完美,于是动了杀心⋯⋯"

侯局长说道:"好了,下面再谈谈另外三宗谋杀案。"

三宗谋杀案分别由三位警察负责。

第一宗谋杀案发生在 5 月 30 日凌晨,死者叫沐悦,27 岁,是金凤歌舞厅的领舞小姐,她被杀死在一个城中村的出租屋里,死因是煤气中毒。当时死者被赤裸裸地捆绑在床上,身上黏糊糊的,经检验是可乐。死者嘴里塞了一条毛巾,身上没有伤,死前也没有过性行为。此案由张跃负责,一个月来,他走访了金凤歌舞厅的老板、小姐,但是毫无所获。沐悦卖淫,经常在出租屋里接客,所以没人在意谁进过她的房间。而且死亡时间是下半夜,没有目击证人。

第二宗谋杀案发生在 6 月 10 日晚上 9 点左右,死者叫闫桂祥,26 岁,是顺业地产中介公司的一名客户经理。当天晚上他跟朋友喝酒回家,走到一个僻静的地方,被人用刀抹了脖子,当场毙命。奇怪的是,他嘴里塞满了树叶。唯一的线索是死者同事提供的:闫桂祥生前曾接到过一封匿名信,看信后非常恐惧,马上把信烧掉了,没人知道信的内容是什么。此案由王天琦负责,他调查了闫桂祥的每个客户,没有发现任何疑点,此案至今仍无进展。

第三宗谋杀案发生在 6 月 15 日到 17 日之间,死者叫何婉婷,26 岁,是天平律师事务所的律师,刚刚打赢了一场棘手的官司。6 月 20 日,她被渔夫从清水江里捞出来,本来以为是失足溺毙,但脖子上有勒痕,证明是被人谋杀之后投江。死者一丝不挂,乳房被人用针扎过,而死前也没有性行为。法医鉴定死亡时间为 6 月 15 日到 17 日之间,而对其同事的调查也证明,从 15 日开始,就再也没见过何婉婷。此案由徐荣负责,他首先去调查了何婉婷经手的那场官司,但是毫无疑点,此案也陷入了停顿。

听完三个警察的汇报,侯局长面色铁青,站起来说道:"不到一个月的时间连出四宗谋杀案，这简直就是我们的耻辱。同志们啊，我们不能辜负了党和人民对我们的嘱托，我们要对得起我们头顶上这枚国徽！我要求你们掘地三尺，也要把凶手全部给我缉拿归案，否则我跟你们一起下岗！"

2.健智俱乐部

杀人游戏现在已经风靡世界各地，只要有一副扑克牌，有七八个人，随时随地都可以杀上一轮。曾经有两个人从众人参与的杀人游戏中退出来，闲极无聊开始对杀，互相指责对方是凶手，要通过辩论让对方承认甚至相信自己就是凶手。还有一个叫孙浩元的家伙，在一次杀人游戏中抽到了杀手牌，刚杀了一个人就被人指认出来了，原因是旁边的人说他拿到牌后喘了一口粗气。这是一个锻炼口才和心理素质的游戏，笨嘴笨舌的平民经常被冤"死"，心理素质差的杀手很容易被揪出来。当然口才好、心理素质超强、推理能力一流的玩家也很容易被干掉，因为他活着是对杀手一个威胁。

蒋继宁就是这样，由于他玩得高明，经常在第一轮就被干掉了。这次，当他睁开眼睛，看着法官笑嘻嘻地指着他说"对不起蒋老板，你被杀了"时，他大声嚷嚷着："太坏了，为什么是我啊？"

这次参与游戏的一共有 12 个人，九男三女，此时 11 个人都笑嘻嘻地看着他，有的人他认识，是老顾客了，有的人是生面孔，第一次来俱乐部。

他怀疑自己的遇害肯定是熟人所为，因为熟人知道他的水平比较高。这些人里面，来得次数最多的有两个人，一个男的，叫曲广生，戴着眼镜，看上去斯斯文文的，但是眼神里总有一丝笑意，微笑里藏着杀机；一个女的，叫李慧贤，留着长发，忽闪着一双大眼睛，眼神里总是透露出一丝无辜和纯情，但她杀人时绝不手软，辩解时那双泪汪汪的大眼睛总是能打动人心。

"我怀疑不是曲广生就是李慧贤，"他指着两人说道，"因为只有他们知道我的存在对杀手来说是一种威胁。所以我建议大家先把曲广生投出去，第二轮再投李慧贤。发言完毕。"

接下来是身旁的人发言，那是一个生面孔，长得还算英俊，脸上一直挂着似笑非笑的表情，他说道："我刚来玩的，对大家也不熟悉，所以我就听蒋老板的吧。"

第三个人是个女孩子，年纪大约在二十七八岁之间，蒋继宁看见过她几次，似乎姓陈，是一个护士。她属于那种一当平民就兴致勃勃、一当杀手就紧张兮兮的人，一看她的表情就知道，她现在肯定是平民。只见她兴奋地把每个人打量了一番，然后笑嘻嘻地指着第二个人说道："我怀疑是他。"

"理由呢？"法官问道。

"因为他是生人。"陈护士说道，"如果我是杀手的话，我肯定先把老板干掉，留着老板太危险了。"

"啊？"第二个人转向蒋继宁问道，"你是老板？这家俱乐部的老板？"

蒋继宁微笑道："是。"

那人还待追问，法官制止了他们："你们的发言已经结束了，不许再说话了。下一位！"

第四个人是个男人，长得精瘦精瘦，脸上胡子拉碴的，蒋继宁知道他是个画画的，姓张。张画家说道："暂时没有意见。"

第五个人就是李慧贤了："我先替自己辩护一下。蒋老板说我怕你对我有危险所以才杀了你，这个理由非常好，好得无以复加，几乎都是板上钉钉的真理了。但是，正因为这个杀人动机一眼就会被人看穿，所以杀你是非常愚蠢的一招。蒋老板，你认为以我的水平，我会傻到第一个就杀你，然后让你名正言顺地怀疑我吗？如果让我指认杀人凶手的话，我就指认他，"李慧贤指着第二个人说道，"如果按照蒋老板的推理逻辑，那么这个人是最容易被怀疑的。"

第六个人也是一张生面孔，长着一张娃娃脸，似乎一副稚气未脱的样子，说道："我起初认同蒋老板的意见，但是现在被李小姐一说，我开始犯糊涂了，过吧。"

第七个人姓杨，是一家公司的会计。第八个人姓刘，是一家网络公司的编辑，他们俩也都说不出个子丑寅卯来。第九个人是曲广生，他嘿嘿笑了笑，说道："我不得不承认，蒋老板的推理非常有逻辑。但是正如李小姐所说，这个逻辑太强大了，太顺理成章了，所以一个熟练的杀手是肯定不会杀你的。但真是这样吗？我觉得未必，我跟李小姐可能都会反推你的推理过程，所谓负负得正，以此蒙混过关。所以我跟李小姐其实是脱不了干系的，因为我不是杀手，所以我指认李小姐。"

第十个人是个女人，大概二十五六岁，长得非常漂亮，尤其是领口很低。她叫梁茵，好像是个模特。她环顾一圈说道："今天参加游戏的人有两个是生面孔，我还是怀疑陌生人，所以我怀疑他。"她手指着第二个人，那个人正无辜地看着她。

发言结束，法官说开始投票，焦点集中在第二个人和李慧贤，那个陌生男子得三票，李慧贤得七票。投票给陌生男子的人是：李慧贤、陈护士和梁茵。

陌生男子笑道："我女人缘这么差啊？一共三位女士，全都指认我是凶手。"

曲广生笑道："男人不坏，女人不爱嘛！"

然后法官说道："天黑请闭眼。"

众人一阵惊呼，七嘴八舌地说道："原来不是李小姐啊！"

"我早就说了不是我嘛！"

"天黑了，请闭上眼睛，"法官重复道，"快点闭上眼睛，都闭上……杀手睁开眼睛……杀手杀人……杀手闭上眼睛……天亮了，大家睁开眼睛。"

这是最有悬念的时刻，除了杀手和法官，没人知道自己是生是死。曲广生说道："不会是我吧？"

法官微微一笑，说道："曲先生，对不起……"

"啊？真的是我！"

"……你还活着，"法官卖了个关子，继续说道，"梁茵，对不起，你死了。"

"简直就是辣手摧花啊。"第六个人说道。

"好了，梁小姐，你有遗言吗？"法官问道。

"我就指认他，"梁茵指着第二个人说道，"因为我刚才想杀他，他觉得危险，所以他就杀了我。"

轮到第二个人，他为自己辩护道："梁小姐，我有两点理由证明我不是杀手。首先，你指认我我马上就杀你，我这不是自投罗网吗？杀手杀你，为的是一箭双雕，既能干掉你又能干掉我。第二，即便我是杀手，我怎么忍心杀你呢？你这么漂亮，谁舍得杀啊？"

"可是你早晚得杀我啊！"

"我不是杀手，为什么要杀你？我现在怀疑两个人，一个是曲先生，他问自己是不是被杀了，多少有点矫情，这叫欲盖弥彰。还有一个就是他，"他指着第六个人说道，"他故意说那句话，也是此地无银三百两。"

陈护士说道："我怀疑是曲先生，他说那句话实在让人生疑。"

张画家说道："很多人知道，我是一个画家，画家就是要善于观察生活，观察人脸部的每一个细微的表情。"他指着第六个人说道："他的表情有点儿怪，就在刚才被指认的时候，他的脸部肌肉稍微抽搐了那么一下。对了，哥们儿，你还没介绍一下自己呢。"

那人傻笑道："首先我来自我介绍一下，我叫邱兴华。我不是杀手，我没觉得我的肌肉动过啊。我倒觉得曲先生有点可疑。"

杨会计指认张画家，刘编辑指认曲广生。曲广生辩解说："我刚才之所以觉得我会被杀，是因为我太自负了，自负真的会带来杀身之祸啊！我觉得我的水平比较高，杀手要杀人的话，肯定要把我干掉。但是我没想到，杀手竟然这么狡猾，故意把我留下来，等着我被大家冤死。我可以严肃认真地告诉大家，我不是凶手，我是良民。我开始怀疑这位陌生人了，哥们儿，先介绍一下自己吧。"他指着第二个人说。

第二个陌生人说道："我叫苏镜。"

"好，苏镜，我就怀疑你。"曲广生说道，"你是新来的，你的水平可能很高也可能很低，总之现在你是深藏不露防不胜防。即便我们不能确定你就是杀手，但是何不把你冤死，让局势明朗起来呢？"

苏镜笑道："你可真会挑拨群众关系啊，把我整死，对你有什么好处呢……"苏镜还想继续说，但是被法官打断了，因为按照游戏规则，每个人只允许发言一次。好在举手投票之后，曲广生被淘汰出局，法官继续说："天黑了，请闭上眼睛……"

经过几轮角逐之后，只剩下三个人了：苏镜，陈护士，张画家。在这三个人中，肯定有一个是凶手。凶手刚刚干掉了邱兴华。

张画家微笑着看了看两人，然后说道："你们俩真是狡猾，你们表现得那么无辜，竟然杀遍了这里的所有高手。陈护士，以前玩过几次，难道是我低估你了？还是凶手故意把你留到最后？苏镜，你对我们来说是疑点最大的一个，因为我们没人了解你。你何不介绍一下，你从事什么工作呢？"

苏镜呵呵一笑，说道："我是市公安局刑警大队队长。"

众人一听苏镜的身份，不禁惊讶地瞪大了眼睛。蒋继宁问道："苏队长，你到我们俱乐部来做什么？"

"蒋老板，别紧张，我们只是来玩玩的。"

"你们？"

苏镜指着邱兴华说道："那是我同事。"

张画家禁不住拍起了巴掌，笑道："你们俩配合真是默契啊，把水全搅浑了。"

苏镜说道："我们有过配合吗？"

邱兴华说道："苏队长还指认过我呢！"

法官制止了："死人不能说话。"

张画家说道："那也许是演戏呢？"

苏镜笑了："这个游戏只有一个杀手，我们现在既然在游戏里，就没有同事和朋友关系，只有杀手和平民。假如我是杀手的话，邱兴华一个平民他为什么要跟我联合？"

一直沉默不语的陈护士说道："也许是一种惯性吧！既然你是队长，那么邱警官肯定是你手下了，也许他在玩游戏的时候，还是情不自禁地要跟你合作呢？"

苏镜笑道："如果我跟我们局长来玩这游戏的话，我估计我会第一个杀死或者冤死他，当下属的在潜意识里都有搞死领导的念头。"

邱兴华紧张兮兮地说道："老大，我可没那么想啊！"

这次不用法官说话了，苏镜率先说道："闭嘴，死人不能说话！"

法官问道："好了，你们说完没有？说完就投票吧！"

于是苏镜被光荣地干掉了。

曲广生说道："苏警官真是深藏不露啊！"

苏镜把牌亮出来，说道："你们看看这是杀手的牌吗？"

众人一看，立即愣住了："啊？你是平民？"

陈护士笑嘻嘻地把底牌亮了出来，那是一张杀手牌！她笑得花枝乱颤，说道：“好紧张啊，我是第一次当杀手赢了。”

众人说笑一阵，苏镜问道：“诸位都是经常来玩杀人游戏的吧？”

曲广生问道：“苏警官不会是来查案子的吧？”

“正是，”苏镜说着话拿出了一张纸牌，递给蒋继宁，“这种牌全市还有其他俱乐部在用吗？”

“没有了，这套牌是我请一个朋友帮忙设计的，只有我们这里有。这张牌你从哪儿拿到的？”

苏镜呵呵一笑，拿出了宁子晨的一张照片：“这个人大家认识吗？”

在座的有五个人认识，说她是电视台的主持人。苏镜抱拳说道：“对不起诸位，请不认识宁子晨的人暂时离开一下好吗？”等其他人都走了，苏镜继续说道：“宁子晨昨天死了，在她包里发现了这张纸牌。蒋老板，你们的纸牌可以随便拿走吗？”

“当然不能了，”蒋继宁说道，“但是客人要拿走，我们看不到啊。何况，谁会去偷一张牌呢？”

“也许只是无意间拿走了吧。”苏镜问道，“宁子晨最后一次来玩杀人游戏是什么时候？”

蒋继宁想了一会儿说道：“好像是 23 号晚上九点多。”

“她玩了多长时间？”

“这我就不知道了，那天我没玩，只是看到她来了。”

“你们 23 号晚上，有谁跟宁子晨一起玩过？”

曲广生、李慧贤、陈护士三个人几乎同时说道：“我在。”

曲广生说道：“那天她玩了十几分钟就到外面接了一个电话，再没回来过。”

“那一局谁是杀手？”

陈护士说道：“我。”

李慧贤说道：“上次陈护士的杀手当得也算很成功了，如果不是宁子晨提前退场，她很可能就成功了。”

苏镜问道：“怎么？一个平民的提前退场反而把杀手暴露了？”

陈护士说道：“那是特别关键的一个回合，当时宁子晨特别支持我，说我不是凶手。我如果把宁子晨杀死的话，就不会再有人怀疑我了，可是她却提前走了，我只好胡乱杀了个人，结果很快暴露了。"

苏镜琢磨着陈护士的这番话，不禁说道："结果杀人游戏还没结束……"

"什么意思啊？"李慧贤问道。

"哦，没什么，随便说说而已。"苏镜说道，"方便的话，把你们电话给我留下来，我可能还需要联系你们。"

曲广生问道："苏警官，你不会以为宁子晨的死与杀人游戏有关吧？"

"谁知道呢？"苏镜笑了笑，"陈护士，请问您的全名？"

"陈雪。"

待三名玩家离开活动室，苏镜又问道："蒋老板，宁子晨在玩杀人游戏的时候有没有得罪过什么人？"

"争吵是在所难免的，"蒋继宁说道，"宁子晨这人吧，说话比较冲。如果她不是凶手而被人指认为凶手，她会骂人家脑子进水了。如果她被冤死了，也会满嘴脏话。不过人长得漂亮，很多人就不会太在意。"

"如果她骂的是女人的话，人家可能就不会不在意了。"

"这倒也是，她曾经就把一个女孩子给骂跑了，气得人家再也不来玩了。"

"谁？"

"这都是去年的事了，我想不起来了。"

"她跟陈雪之间有过争吵吗？"

"有，就 23 号那天还争过呢。"

"那天宁子晨不是一直在替陈雪辩护吗？"

"这游戏，敌我双方经常变化的。陈雪最初指认宁子晨是凶手，宁子晨就说人家有病，当时陈雪差点跟她吵起来。但是宁子晨这人吧，好像没什么心眼，吵完就完了，随后又替陈雪说话。"

苏镜笑了笑说道："真是好诡异的游戏啊！"

"呵呵，不是有人说了嘛：和朋友，可以喝酒可以旅行可以逛街可以结死党，可以相互吹吹牛拍拍马……但就是不能一起玩'杀人游戏'。因为，'杀人游戏'就是一个凶险江湖的缩影，一不小心，就暴露了你隐藏很深的底牌，得不偿失。"

3.迷影疑踪

顺宁电视台大楼有 25 层，每层楼有两扇门进出，一扇是消防通道，一扇是电梯间，每个门上方都安装了摄像头，不管是谁进出，都可以看得清清楚楚。两扇门装的都是电子锁，每个员工的工作证上安装了芯片，进出大门只要在门前感应器上一刷，大门就会应声而开，同时谁在几点几分进了哪道门，总监控室都会清清楚楚地记录下来。如果有外人想进入大楼，必须办一张临时来宾证，在监控室授权，才能打开相应楼层的大门。

总监控室在一楼，一面墙壁上镶嵌着几十个屏幕，轮番显示着电视台周边及各层楼的监控情况。《顺宁新闻眼》的直播室在 12 楼，苏镜、邱兴华在监控室值班保安的协助下，调阅出两道门的监控录像和进出记录。他们从六点半开始查看，但是没有一个陌生人进出，画面一闪，一个熟悉的面孔出现在屏幕上，正是苏镜特别欣赏的主持人欧阳冰蓝。保安查阅电子锁感应的进出记录，发现欧阳冰蓝是晚上七点进来的，八点半离开的，正是顶撞李国强之后。发生这么大的事情，难道她不好奇？她为什么急匆匆地走了呢？她为什么顶撞台长呢？而且李国强好像拿她也没办法。

苏镜继续查看，到 19：46 时，突然又有一人离开了 12 楼，那人穿着一件黑色的 T 恤衫，看上去脏兮兮的，似乎是个工人。

苏镜问道："这人是谁？"

保安皱了皱眉头，似乎不是很清楚，说道："我查查记录。"

来宾卡的进出记录显示，此人是五点进入 12 楼的，保安继续调阅来宾登记资料，说道："他是来送纯净水的。"

顺宁电视台每个楼层都有几台饮水机，隔三差五就有送水公司派工人来送水。苏镜说道："送水？送了两个小时四十六分钟？"

保安这时也警觉起来，慌张地看着苏镜。

"你们这里办临时来宾证，不是需要身份证登记吗？帮我查查。"

保安一脸苦相，说道："这些送水工人，我们从来没有登记的。"

苏镜沉重地叹息一声："真是百密一疏啊。"

送水工人一直低着头走路，透过摄像头，根本看不清他的脸。苏镜问道："你还记得他的相貌特征吗？"

保安支支吾吾地说道："他大概有一米七五的个子，不胖，肌肉很结实。大概有四五十岁吧，脸上皱纹很多。"

"他是哪家公司的？"

"是顺飞纯净水公司的。"

4.美女主持人

苏镜已经不知道办了大大小小多少宗案件，问询的嫌疑人、目击证人、死者家属、亲戚、朋友也有好几百人了，但是没有一次问询像这次这样充满期待。他虽然已经过了崇拜偶像的年龄，但是欣赏一个女人总是可以的吧？他正是以这样一种欣赏的眼光看着欧阳冰蓝莲步轻移地走进会议室，仿佛带进来万缕阳光。苏镜知道，很多主持人在电视上和在现实生活里是大不一样的，她们被一层又一层的脂粉包裹起来，打扮成千篇一律的美女，可是卸妆之后走下直播台，很多人就没法看了。但是欧阳冰蓝不同，她跟电视上差别不大，还是一副邻家女孩的乖巧模样，她明眸善睐皓齿朱唇，见到两位警察，微微地点点头，说道："让两位久等了。"

"名主持总是很忙的嘛。"苏镜适度地恭维道。

欧阳冰蓝呵呵笑道："你见过下岗的名主持吗？"

"见过啊，不就是你嘛。"

"苏警官真是见笑了，我可不是什么名主持。"

"是不是名主持，并不在于上岗还是下岗，也不在于你是不是你们电视台每年评选的所谓十佳主持人。观众的心中都有一杆秤。"

欧阳冰蓝感激地看了看苏镜，说道："苏警官这么说，我就放心了，我还担心今天晚上上节目，观众会不喜欢我了呢。"

"哦？欧阳主持人还是主持《顺宁新闻眼》？"

"是。你不要叫我主持人好吗？我是有名字的。你可以叫我欧阳，也可以叫我冰蓝。"

苏镜笑了笑，笑容里带着一丝疑虑，问道："《顺宁新闻眼》出了这么大的事，今天晚上还能播出？"

"是啊，越是这个时候，我们越是要强硬。"

苏镜笑笑，说道："我不明白你是什么意思。"

欧阳冰蓝温柔地笑笑："我们杨制片说了，这是不法分子疯狂地向我们栏目组挑战，这个时候，我们绝对不能被吓倒。碰巧，市领导跟他的想法是一样的，都觉得是犯罪分子针对电视台进行的一次攻击，越是这时候，越不能气馁。"

"哦，是这样啊，"苏镜犹豫着说道，"那你……"

欧阳冰蓝笑了，说道："你是想说，宁子晨遇害，我好像是唯一能从中得利的人。"

苏镜不置可否地笑笑，说道："你观察很敏锐，不当警察是警界的一大损失啊。"

欧阳冰蓝爽朗地笑道："我不做主持也是电视界的损失啊。总之要有一个行当牺牲一下了，呵呵呵。"

"是，是，是。"苏镜连声赞同着。

"你可千万别跟着'是是是'，我只是开开玩笑而已。"

短暂的沉默之后，苏镜问道："欧阳小姐，你昨天走得很早啊。"

"我本来就是在一个错误的时间来到了一个错误的地方。"

"这么说也有道理，因为昨天不是你当班，按理说你那时候不该出现在直播室附近的。"

"实话说了吧，我是去找宁子晨的。"

"你找到她了吗？"

"找到了，但是没说上话，因为她很忙。"

"那是什么时候？"

"我七点三十五分左右去化妆室找她，看到她和制片人杨宇风一起出来，她往洗手间的方向走了，我便去化妆室等她。过了一会儿她回来了，但是她说她要马上去直播台，所以我没来得及跟她说话。"

"你在化妆室等了她多久？"

"五分钟。"

"记得这么清楚？"

"等人是很难受的，所以我不断地看时间，而且化妆室有个石英钟。"

"你准备跟她说什么呢？"

欧阳冰蓝微微地叹口气，说道："呃……一些生活上的事情，我想与谋杀案无关吧。"

"不，任何事情都可能有关。"

"但是我不想说这事。"

苏镜无奈地说道："电视台好像有很多秘密，很多人都不愿意透露更多的事情。"

"每个人都有隐私嘛。"

"是，尤其是凶手。"

欧阳冰蓝瞥了一眼苏镜，说道："等你怀疑我是凶手的时候再说吧。"

"好吧，你也知道，凶手可能就在你们中间，我们当然不能排除你。"

"这样做很谨慎，我赞成。"

"《顺宁新闻眼》开始播出之后，你一直在办公室等待，是要等着新闻结束之后再找宁子晨吗？"

"是。"

"在这期间，有没有什么事情引起你的注意了？"

"我没有进直播室，只是坐在编辑房看稿子，时不时地看看电视，所以我看到的跟你们看到的应该是一样的。"

苏镜微笑着审视着面前的美女，然后似乎是不经意地问道："对了，你喜欢玩杀人游戏吗？"

"玩过几次，"欧阳冰蓝说道，"苏警官，米瑶雨昨天已经跟我说过你们都问什么问题了，所以即便我是凶手，也早就知道该如何回答了。"

"欧阳主持真是爽快！看来从你这里，我们得不到更多信息了。不过，如果以后想起什么事情来，不管你觉得这事多么微不足道，都给我打个电话好吗？"

欧阳冰蓝嫣然一笑，离开了会议室。苏镜看着她离去的背影半天没说话，邱兴华抬起头笑道："老大，小心爱上一个凶手啊。"

"你小子，没个正经的，我是那种人吗？"

邱兴华笑笑不说话了。对这位队长，他是再清楚不过了，每次局里来了新的女警，他总是要仔仔细细打量一番，而且还要跟众兄弟一起评头论足，现在当面见识了一位美女主持人，苏大队长心里不知道有多乐呢。

5.人性记录

杨宇风敲了敲会议室的门走了进来，一通寒暄之后说道："苏警官，市里要求我们这节目还要正常播出，你看我们的直播室能不能解封啊？"

"哦，听说了，可以可以。"苏镜吩咐道，"小邱，你去把封条撕了。"

"好。"邱兴华说着便离开了会议室。

"杨制片，听说欧阳冰蓝又可以主持《顺宁新闻眼》了？"

"是，我跟台领导申请的。"

"她跟宁子晨有没有什么过节？"

"如果说有的话，这个主持人的位置就是一个过节啦。从《顺宁新闻眼》开播第一天，欧阳冰蓝就是我们的主持人了，可是后来突然被宁子晨取而代之，她心里肯定不是滋味。"

"听说宁子晨是跟你们台长李国强搅和到一起了，这才当上了主持人？"

"呵呵，这个……我们怎么能说这个呢？"

"欧阳冰蓝这人怎么样？"

"不错，业务没得说，我绝对信得过，而且她从来不摆名主持的架子，特别平易近人，又虚心，同事跟她提什么意见，她都会接受。平时跟大伙儿的关系也都挺不错的。"

苏镜点点头又继续问道："宁子晨的男朋友是原东怀？"

"是，他俩一起毕业的，然后又一起到了我们栏目组。刚开始的时候，我们都说他们是一对金童玉女，谁知道，现在变成这样了。"

"你昨天怎么没跟我说这事？"

"我觉得这事好像跟谋杀案没什么关系。"

苏镜心里叹道："真是自以为是的家伙。"嘴上说着："原东怀今天来上班了吗？"

"来了。"

"女朋友遇害，他还有心思上班？"

"哎，这事说不清。原东怀一直不想分手，也许根本不是因为还爱着宁子晨。"

"那是因为什么？"

"怕空虚。分手会带来空虚，生活完全被打乱，而一般来说，人都喜欢稳定的生活，原东怀尤其如此。所以，他喜欢的是稳定，而不是宁子晨。"

"哈哈，我昨天也差不多是这么跟他说的。"苏镜笑道。

杨宇风也笑了："这叫英雄所见略同啊。原东怀这人吧，真挺脆弱的。"他继续说道："昨天傍晚还来跟我说要离开我们栏目组呢。"

"什么时候？"

"七点十分左右吧，当时我正在改稿子。"

"然后你就劝他分手了？"

"嗨！我哪能干那事啊，宁拆一座庙不毁一桩婚，我让他去跟宁子晨再好好谈谈。"

"你刚才跟我讲了那么一通理论，自己却不劝他分手？"

"哈哈哈，我的理论都是唬人的，竟把苏警官给忽悠了。"

两个人哈哈大笑，苏镜又问道："除了恋爱方面，原东怀这人怎么样？"

"工作也是没得说啊。作为我们的美编，他非常敬业。虽然工作很简单，只是上上新闻标题和记者名字，但是每次都仔细比对，从来没有出过错。有几次，是我们记者写错别字了，编辑也没看出来，到了播出线上，被原东怀纠正了。"

"他人缘怎么样?"

"这人比较内向,不过人缘倒不差,大伙儿还都挺喜欢他的,也有很多人很同情他。"

"不过他觉得很多同事会嘲笑他。"

"他这人还有点疑神疑鬼的,不过也不是很严重。"

"哦,"苏镜表示理解地点点头,说道,"再说说简易吧,这人怎么样?"

"很勤奋,工作很踏实,没什么歪歪毛病,就是有时候不太正经,分不清场合,总是说一些不该说的话。我跟他说过他的毛病,他嬉皮笑脸的,说他自己是个话痨,管不住自己的嘴。不过有一点挺好,我只要提醒他,他马上就不吭声了。"

"呵呵,领教过了,昨天他还唧唧喳喳的,你一说,他立即老实了。"

"是,这个人其实挺不错的。"

"他跟宁子晨有什么过节吗?"

"没什么过节,他俩关系好像还不错,经常在一起讨论股票。"

"他俩都炒股?"

"是。"

"简易应该赚了不少钱吧?"

"呵呵,好像是赔钱了。听说前段时间把房子都押上去了,贷款五十万去炒股,结果那只优质股不涨反跌,全砸进去了。"

苏镜若有所得地点点头,之前他已经派人查过了宁子晨的个人账户,发现她的账户余额有五百多万,进账主要包括工资、股票和不明来源钱财。他想,所谓不明来源的钱财应该就是苏景淮所说的"一次十万"所得。而查阅股市交易记录,他发现宁子晨绝对是短线高手,操作手法与盈利能力远超国内某些自吹自擂的基金经理及所谓的专家。她介入的一支股票,曾经是顺宁一家濒临破产的企业,她在这支股票近三十个涨停板前逐步介入,盈利超过三百万。而一个经常跟她谈论股市的同事,却赔得一塌糊涂,这不能不引起苏镜的怀疑。

苏镜看着杨宇风昨天给他的名单,说道:"秦小荷工作几年了?"

"在我们台干了快两年了,以前在一家公司当文员,后来电视台招聘,把她招进来的。"

"她的性格怎么样？"

杨宇风呵呵笑道："性格？苏警官是在破案吗？"

"当然，分析心理学的创始人荣格说过，性格决定命运。"

"苏警官办案另辟蹊径啊。"

"不敢当。"

"秦小荷这人吧，"杨宇风琢磨着措辞，慢悠悠地说道，"我觉得她内心深处应该有点自卑。毕竟女孩子嘛，都喜欢自己长得漂亮点，可是她却长得不好看，这多多少少会影响她为人处世的一些态度，比如她会故意表现得很强硬，有时候说话也会比较冲，其实都是为了掩藏内心深处的自卑情结。还有因为她搞新闻是半路出家，总担心别人说她不懂业务，所以她看了很多新闻学、传播学方面的书。为了不让别人说她不懂业务，她便经常主动出击，批评别人，其实说白了，还是在掩藏自卑情结。"

苏镜听了杨宇风的解释，不禁笑道："杨制片对心理学似乎很有研究啊。"

"哈哈哈，我研究观众心理学时偶然涉猎了一点。"

"夏秋雨除了迷信之外，跟同事关系怎么样？"

"夏大姐很热心，我们栏目组的报纸每天都是她从传达室拿回来的，看到谁桌面不干净，便忍不住唠叨两句然后帮忙收拾。她快五十岁了，这个年纪的女人一般都爱嚼舌根，但是夏大姐不会，她讨厌在背后议论别人。工作方面，按部就班，特别严谨，从来不会出错，不过正因为这样，也少了很多创新的东西。她改的稿子都不够鲜活，记者经常对她有意见，说她把精彩的内容砍掉了。"

苏镜点点头说道："这么热心，有时候也会招人烦吧？"

"还好，大伙儿都习惯了，哈哈哈。"

"昨天她说她没有家人，我当时不好意思细问，不知道是什么意思。"

"听说是女儿死了，老公跑了。"

"哦？怎么回事？"

"这个是我听同事说的，十几年前的事了，我来顺宁台工作也才八年多，所以具体情况也不是很清楚。"

苏镜又指着苏景准的名字问道："这个美编呢？他怎么样？"

杨宇风微微摇摇头，说道："这个人我不是很喜欢。"

"为什么？"

"说不出来，他迄今也没干什么坏事，但我就是觉得不自在。他虽然整天笑嘻嘻的，但那是皮笑肉不笑，我总觉得他老想着算计人。也许是因为我俩不是一路人，所以毫无好感。"

"化妆师怎么样？"苏镜接着问道。

"米瑶雨这人很复杂，不是三言两语能说清楚的。往好处说，是思想很开放，往坏处说，就是风骚了。而且这人平常看上去落落大方，好像没什么城府，其实心眼多着呢。她对金钱有一种天生的向往，鼻子特别灵，能迅速嗅出哪里有钱赚，一旦瞅准机会就会立即下手。可以说，为了钱，她可以什么都不管，理想、操守都可以放弃。"

苏镜怀疑地说道："这人有这么不堪吗？"

"你别误会，我的意思不是说她为了赚钱就去卖淫了，"杨宇风补充道，"我只是说，她这人基本上没什么原则，没什么底线的。"

"哈哈，这不还是一个意思吗？"

杨宇风有点急了，但是又不知道怎么表达自己，最后只好无奈地说道："这个……不可言传只可意会。"

"女人恪守道德是因为受的诱惑不够多，男人不肯背叛是因为背叛的价码太低。"苏镜说道。

"差不多就是这意思吧。"杨宇风只好妥协了。

"再说说这位导播严昭奇吧。"

"这人脾气很大，估计你也领教过了，我猜是因为身体方面的问题，导致人很压抑；又没有老婆，旺盛的荷尔蒙无处发泄，所以脾气就变大了。脾气一大，人就容易冲动，仿佛一堆干柴，一点火星都能烧起来。"

"是，"苏镜深有感触，"我昨天就一不小心把他点燃了。"

"哈哈，苏警官，你别介意，其实他这人倒是不坏。"

苏镜礼貌地点点头，心里老大不以为然，然后问道："叶守蓝这人是不是很内向？"

"内向？"杨宇风说道，"何止是内向，简直有点自闭。他很少跟人打交道，在路上遇到了，你准备好一张笑脸想跟他打个招呼，可是他冷若冰霜，看都不看你一眼。我最开始遇到他还想招呼一声呢，到后来我见到他也装作没看见。我跟他单独说过的话，一年都不会超过两三句。"

"那你还用他？"

"嗨，我这岗位，说是制片人，可是根本没有人事权。再说了，直播间的摄像，工作很简单的，把摄像机往那一蹾就行了。他也那么大岁数的人了，也没啥追求了，就是每天上上班，拿拿工资罢了。"

苏镜看着那份名单说道："还剩下两个记者，咱们先说哪个呢？"

"说说展明秋吧，"杨宇风说道，"这人能力很强，是我们这里的顶梁柱，就是在整个顺宁电视台也是数一数二的。不但能力强，个性也强，做起事来风风火火。按说她家里那么有钱，换作一般人，早就撂挑子不干了，但她还是干得乐此不疲。"

"苏楚宜呢？"

"他跟简易有点像，但又不完全一样，"杨宇风说道，"两个人话都特别多，喜欢逗笑，有他们俩在，办公室基本上就会很热闹。但是简易呢，毕竟还有那么一点城府，苏楚宜就一点没有了，他就像块透明玻璃，心里想的什么，别人一清二楚。"

"没那么夸张吧？"苏镜问道。

"你别不信，他这人就这样，接触久了，你自然就看出来了。"

苏镜笑了笑接着说道："都说完了，再说说你自己吧。"

"我自己？"杨宇风笑道，"苏警官，你饶了我吧，天底下最难的事就是评价自己了。我们单位经常搞各种学习，对自己进行深入剖析。既要说优点，又要说缺点。说优点时，不能说得太多了，说多了，别人会说你骄傲自大；又不能说少了，说少了，别人不会说你谦虚，只会认为你有自知之明。说缺点吧，更难为情，说多了，别人根本就不把你当人看了；说少了，别人就说你在欺骗组织。"

苏镜听了哈哈大笑，说道："我们单位也经常搞这种活动，那滋味确实难受，杨制片总结得很精到，我就不逼你了。"

"是，是，"杨宇风连连点头，"是非自有公论，这个问题，你还是问我同事吧。"

这时候，邱兴华回来了，脸上挂着一丝潮红。

苏镜问道："解个封也要这么久？"

邱兴华讪讪地笑笑："遇到那个化妆师了，跟她聊了一会儿。"

苏镜恨铁不成钢地说道："杨制片，我们这个小兄弟要被你的人迷住了。"

杨宇风对邱兴华笑道："警官，女人不是随便可以爱的。"

邱兴华被两人说得涨红了脸，苏镜无奈地看了看他，然后对杨宇风说道："杨制片，还有个事情得麻烦您。"

"尽管吩咐。"

"我想要一份昨天《顺宁新闻眼》的串联单和新闻稿。"

杨宇风听罢，立即走出会议室，找到一台电脑，将串联单和新闻稿打印出来交给了苏镜。

6.时间线索

"老大，你要这些串联单和新闻稿干吗呀？"杨宇风走后，邱兴华看着厚厚的一摞 A4 纸问道。

"因为它们会说话，我们问过的这些人，谁知道他们说的哪些是真话，哪些是假话呢。但是这些串联单和新闻稿是死的，它们只要开口就会给我们指出凶手。"

邱兴华撇了撇嘴，一脸的不信任："你准备让它们怎么开口啊？"

苏镜瞥了他一眼说道："拿钳子把它们的嘴撬开！"

邱兴华立即把嘴闭上了，等着苏镜把串联单的嘴撬开，可是撬了二十多分钟也没撬得开，苏镜只好把一叠纸往前一推，说道："你把记录本拿给我看看。"

邱兴华不敢多嘴了，因为他看出来，苏队长现在正心烦着呢。

记录本上录着每个人的口供，根据这些口供，苏镜列出了一份详细的时间表：

19：15，米瑶雨给宁子晨化妆结束，原东怀来了，米瑶雨走了。

19：20，苏楚宜去化妆室找宁子晨配音，两个人一起离开了化妆室，原东怀一个人留在化妆室里。

19：20左右，展明秋问秦小荷制片人杨宇风在哪儿，秦小荷说杨宇风去化妆室找宁子晨了。展明秋在化妆室待了两三分钟，之后走出来（19：23），看到杨宇风吸烟回来，准备说一件"秘密"的事，但是遭到杨宇风拒绝。之后，杨宇风一个人待在化妆室等候宁子晨。

19：28，宁子晨回到化妆室，杨宇风开始跟她谈工作。

19：35，宁子晨上厕所离开了化妆室，杨宇风也走了。随后，欧阳冰蓝一个人进入化妆室。

19：40，宁子晨回到化妆室，没理会欧阳冰蓝，随后两人离开化妆室。

19：42，宁子晨上了直播台，然后说化妆盒没带，米瑶雨帮忙拿来，路上被严昭奇接走，他把粉盒送给宁子晨，骂她是婊子。

19：45，简易走进直播间，跟摄像叶守蓝聊天。

19：45，宁子晨嫌胸花不好看，走下直播台去化妆室拿胸花。

19：51，秦小荷上直播台，放串联单。秦小荷走后，简易走上直播台（不明原因）。

19：52，宁子晨回到直播台，摄像叶守蓝调整机位，走上直播台协助宁子晨转动位置。

20：00，《顺宁新闻眼》播出。

20：10，夏秋雨上直播台给宁子晨送观众短信。

20：15，宁子晨毒发身亡。

苏镜审视着这份时间表，在不同时间段进入化妆室和直播台的人太多了。对于化妆室，外人很难从门外看到屋里的人是谁以及在干什么，所以每个单独在化妆室待过的人都有嫌疑。

直播台呢？

他和邱兴华走出会议室，找到直播室。直播室大门锁着，上面还有贴过封条的痕迹。转眼看到隔壁导播值班室，便推门而入，简易在上网看股市，严昭奇在看报，通栏大标题是《女主持直播现场遭谋杀》。

看到两位警官走进来，严昭奇抬了抬眼睛没有说话，继续看报；简易则热情洋溢地站了起来招呼道："苏警官，邱警官，你们咋有闲心来看望我们啦？"

"我们是误打误撞，"苏镜说道，"我们想到直播室看看，怎么锁着门啊？"

"我们直播室下午七点才开门的，"简易说道，"你们要看，我马上开门去。"

在简易的带领下，两人穿过导播间，走进直播间，苏镜坐到直播台上，看着不远处的摄像机镜头，再隔着玻璃窗看看导播间。直播台不是平板一块，朝外的边缘竖起来一块，这样在导播台上放个粉盒之类的小东西，外人是看不到的。

苏镜吩咐邱兴华："你去导播间，注意观察我。"

邱兴华莫名其妙地走到导播间，隔着玻璃窗张望着苏镜，只见苏镜站了起来，手里似乎拿着几张纸，放在直播台上分拣着。稍后，他又坐回到直播台上，招手让邱兴华进来。

"你刚才看到什么了？"

"你在摆弄那些纸啊。"

"还有呢？"

"没有了。"邱兴华狐疑地回答道。

苏镜拿出手机，说道："我刚才把手机放在衣袖里，然后从衣袖里滑到了台面上。"见邱兴华还是一脸迷茫，苏镜解释道："我本来一直觉得在直播台上下毒，风险很大难度很高，现在看来未必如此，只要有点胆量的人或者被逼到穷途末路的人，都会轻而易举地走到这里来下毒。"苏镜说完，又转向旁观的简易："是不是啊，简导播？"

第四章　全民调查

苏镜无可奈何地听着两个女人的插科打诨。查案是多么严肃的事，这两个女人竟然如此儿戏，也许干记者的见多识广，对什么都不在乎了。不过，苏镜心里倒蛮喜欢这种氛围的，毕竟陈燕舞、何旋长得都很俊，听她们说话自然不会觉得累。何况，这种随意的调侃也许能牵引出什么重大线索呢？

1.谎言制造者

简易被问得有点心慌，脸色微微发红，嗫嚅着说道："是，是啊。"

"简导播似乎很紧张啊。"

简易很快恢复了正常，哈哈一笑说道："我紧张啥？同事都说我没心没肺，不管什么事情，都不会放在心上。"

"哦？真的吗？哪怕是负债累累债台高筑？"

简易愣了一下，继而又笑了："佩服佩服，这么短的时间，两位警官就把我的底细摸得一清二楚了。"

"那是应该的，这是我们的职责，我们的工资都是你发的呢，能不好好干活吗？"

"啊？"

"你也是纳税人啊。"

"哦，哈哈，苏警官真会开玩笑。"

"跟我们讲讲你炒股的事吧。"

"败军之将，有什么好说的？"

"前车之覆辙，后车之明鉴嘛。听说你经常跟宁子晨一起讨论股票的事？"

"是，受益匪浅啊。"

"嗯，宁子晨是短线高手，她怎么就没教你几招？"

"切，"简易不屑地说道，"高手个屁，要是没有内幕消息，她能在三十个涨停板之前买一只垃圾股？"

"可她的确赚到钱了啊。"

"那还不是有内幕消息。这年头，没有内幕消息，休想赚到钱。"

"你跟宁子晨交流，其实就是想套点内幕消息出来？"

"妈的，这娘们儿真是欠操。哦，不好意思，说粗口了。我问她点消息，她死活不肯说，你说一起赚点钱不行吗？又没赚她的钱！这人人品绝对有问题。"

"人家不说，你也不能这么评价她吧？"

"靠，她真不说就好了。后来还是说了，结果我就买了，然后就被套到现在。"

"听说你是贷款炒股的？"

"人嘛，总得有点儿冒险精神，老想着四平八稳，发不了财的。只是这次信错了人。"

"股市有风险，投资需谨慎，你买错了股票，也不能怪宁子晨啊。"

"是，她也跟我重复这句话，先说这支股票两个月内可以翻十倍，然后又千叮咛万嘱咐，说什么入市要谨慎啊之类的屁话。"

"你用房子做抵押，现在贷款还不了怎么办？"

"还能怎么办？赔了三十多万，也只能割肉了，我下午就卖掉。"

"你的投资失利，她应该负主要责任吧？"

"那当然了。"

"所以你就杀了宁子晨以泄心头之恨。"苏镜突然冷冷地说道。

"什么？"简易大惊失色，惊恐地看着苏镜。

"简先生，我觉得你很蠢，你撒谎的时候，难道就没想过会被人拆穿吗？"

"我……我……我撒什么谎了？"

"你昨天说你没上过直播台，你现在还坚持吗？"

简易无奈地叹口气，继而抬起头看着苏镜说道："我没有杀人。"

"没有杀人？那你为什么撒谎？"

"因为大家都知道我因为宁子晨的推荐……所以，所以……我怕你们以为我是凶手。"

"恐怕不是'以为'的事吧？"

"我真的没有杀人。"

"你就没想过报复她？"

"想过，但我只是想，如果有机会一定好好羞辱她一番，最好让她当众出丑，闹闹洋相。"

"你上直播台干什么？"

"我……我……你……你们……"简易打量一眼会议室的门，说道，"你们能不能替我保密。"

"这要看你准备说什么了。"

"我只求你们别告诉我们制片人，要不我肯定会被开除，"一向爽朗活泼的简易压低了声音，怯生生地说道，"我当时上直播台，就是想看看怎么能让宁子晨当众闹洋相，结果……结果……她就死在直播台上了，所以我很害怕，怕你们怀疑我。"

"你准备让她闹什么洋相？"

"比如把耳机线弄断，让她变成聋子。"

"什么耳机？"

"就是戴在主持人耳朵上的，可以听到导播间的指令。如果弄断了的话，她就变成聋子了，她的应变能力又没有欧阳冰蓝好，肯定会慌里慌张的。"

"你得手了吗？"

"没有，我很紧张。那天我一靠近直播台，就觉得所有的人都在盯着我看。"

苏镜沉思了一会儿又问道："其他人跟宁子晨有什么过节吗？"

简易如释重负地出了口气，终于不问他的事了，心情也变得轻松起来，说道："宁子晨这人素质不怎么样，嘴巴倒很大，她那张嘴经常得罪人。"

"她得罪过谁？"

"昨天还把严昭奇给得罪了，但是她还不知道。"

想起严昭奇昨天那副暴躁的样子，苏镜马上问道："怎么回事？"

"昨天我上厕所，听到宁子晨在女厕所嘲笑严昭奇，而严昭奇当时就在男厕所，宁子晨的话他全都听到了。"

"那是什么时候的事？"

"七点三十六分，别问我为什么记得这么清楚，因为我当时正在办大事，又怕耽误直播，所以一直拿着手机看时间。"

"宁子晨在跟谁说话？"

"应该是在打手机。"

"她怎么嘲笑严昭奇的？"

"她一边笑一边说：'天啊，他身上那味儿，简直能熏死好几头猪……狐臭呗，大概就因为这个吧，所以三十多岁了，还没结婚……不知道，也许真的是老处男，哈哈哈。'"简易学得惟妙惟肖，苏镜夸赞道："简先生不去演戏，真是太可惜了。"

"呵呵，苏警官夸得我都不好意思了。"

"严昭奇听了之后有什么反应？"

"他骂了一句'操，臭婊子，骚货'就走了。"

"他没跟你说话吗？"

"我在单间办大事，他在外面办小事，他根本不知道我在。"

"你关着门？"

"是。"

"那你怎么知道那是严昭奇？"

"他说话了呀，而且关键是他身上那股味，别人想装是装不来的。"

又得到一条新线索，但是苏镜并不满意。简易又说道："对了，肯定还有另外一个人听到了这事。"

"谁？"

"不知道，那人也在上厕所，"简易说道，"他就在我隔壁，因为我每次上厕所一般都用最靠窗的那个蹲位，但是昨天我拉门没拉开，里面有人，于是就到隔壁了。"

苏镜沉思一会儿，让简易离开了。

邱兴华问道："我们是不是把严昭奇叫来再详加盘问？"

苏镜沉思着摇摇头说道："先不用，这个厕所里的人不知道会是谁。"

这时候王天琦打来了电话，他对粉盒上的指纹进行了比对，结果显示，有四个人动过粉盒，分别是：米瑶雨、宁子晨、严昭奇和夏秋雨。

邱兴华说道："这下好了，十二个嫌疑人一下子变成了三个。"

苏镜立即沉下脸来喝斥道："你凭什么这么说？"

"因为……因为……"

"因为个屁！"苏镜骂道，他这人跟下属关系一向很好，下属开小差、犯点小错误什么的，他从来不放在心上，但是如果有人不动脑子就张口胡说，他绝对要发飙的。此时邱兴华已经如坐针毡了，只听苏镜数落道："粉盒上有这四个人的指纹只能证明这三个人动过粉盒，却不能说明其他人没动过。如果有心不留下指纹，不是很容易吗？"

邱兴华马上说道："我……我刚才一时糊涂，我……"

"你这个'一时糊涂'，会把破案方向整个搞乱的，你知道吗？"

"知道了，知道了。"邱兴华连声应道。

"现在，你仔细想想，我们该找谁谈？"

"这个……这个……"邱兴华抓耳挠腮，急得就像热锅上的蚂蚁。

苏镜说道："看看你的记录，我给你五分钟时间，证明你只是'一时糊涂'而不是'一直糊涂'。"

邱兴华立即翻出记录本，一目十行地看下去，没用五分钟时间就发现了端倪："我们是不是该先找夏秋雨谈？"

"我需要一个确定的回答。"

"我们应该先找夏秋雨。"

"为什么？"

"米瑶雨和严昭奇都交代过自己曾经动过粉盒，但是夏秋雨却没有说，她为什么要动粉盒呢？她是在八点十分送观众短信给宁子晨的，过了五分钟，宁子晨就中毒身亡了。这也许不仅仅是巧合呢？"

苏镜如释重负，叹道："孺子可教。记住，以后遇事要先动脑再说话。"

2.粉盒上的指纹

夏秋雨泰然地坐在椅子里，以一种复杂的眼神看着苏镜和邱兴华。那眼神里有淡定又有紧张，有急于脱口而出的表达愿望，又有欲语还休的小心谨慎。她的眼神是慌乱的，但她又尽量在掩饰这种慌乱，当然，眼神中还少不了一丝淡淡的哀伤。

还没等苏镜开口，夏秋雨微微叹口气，说道："有句话，我不知道该不该说，我想，说了你们也不会相信。"

苏镜马上来了精神，很多案子都是从一些看似无关紧要的小事情上找到突破口的，只听夏秋雨继续说道："我都跟他们说了很多次了，我们这电视台的大楼不吉利，犯煞，早晚要出事的，可他们就是不听。"

苏镜以为夏秋雨准备说什么呢，谁知道讲的竟是风水，只听她继续神乎其神地说："我们这楼犯了三种煞，一种是枪煞，这是一种无形的气。所谓一条直路一条枪，你看我们电视台大门正对着马路，每天那些车好像都是冲着我们撞过来的；一种是镰刀煞，你看我们这楼后面就有一座立交桥，其中一座桥就像一把镰刀把我们拦腰斩断；第三种是穿心煞，地铁就从我们楼下穿过，没了根基。三煞犯身，想不出事都难。"

苏镜不耐烦地说道："照你这么说，我们可以不用追查凶手了？凶手就是这栋楼了。"

夏秋雨有些恼怒："我就知道，说了你们也不信。"

苏镜无可奈何地看看她，也懒得跟她争论，毕竟他是来办案的，不是来争论世界观的，于是问道："宁子晨也相信这些吗？"

说到宁子晨，夏秋雨的表情顿时凝重起来，眼神里的悲伤越来越多，渐渐的，眼眶湿润起来，她微微叹口气道："子晨真可怜，年纪轻轻的。"说着，一粒泪珠夺眶而出。

夏秋雨的悲伤似乎发自肺腑，但是苏镜总觉得她是虚情假意。

"你知道宁子晨是怎么死的吗？"

"我不知道，昨天你们说她是中毒死的，我不相信，我不相信有人会那么恨她。我宁愿相信她是心脏病发作，不，这都是这幢楼的风水不好。"

"也许是风水吧，坏风水带来了死亡，而不幸的是，死亡落在了你的干女儿身上。"苏镜说道，"宁子晨是死于氰化钾中毒，而她的粉盒里混合着大量的氰化钾。"

"啊？她……她真的是被人杀的？"夏秋雨错愕道，"这怎么可能呢？不会啊，不会的……"

"你动过她的粉盒吗？"苏镜问道。

"什么？她的粉盒？没有，没有，我没有动过她的粉盒。"

"你八点十分上直播台给宁子晨送观众短信，那时候你没动过粉盒？"

"没……没有，我动那个干吗？"夏秋雨慌乱地说道。

苏镜略一沉吟，问道："你觉得你的干女儿怎么样？"

"你这是什么意思？"

"我的意思是，你觉得她有什么缺点？"

"天啊，我真不知道你为什么会有这种想法，子晨那么优秀，那么活泼，那么体贴，你……她尸骨未寒，你竟然问出这种话来。"

"世界上并没有十全十美的人，即便是你的亲女儿，你可能也会发现她有很多缺点的，宁子晨为什么就不能有呢？"

"对不起，我现在心烦意乱，我不想谈什么子晨的缺点。"

"据我所知，宁子晨当上主持人之后不久，你们的关系好像就渐渐冷淡了……"

"谁说的？我们关系一直很好。"夏秋雨像一只刺猬一样跳了起来。

"之前，宁子晨经常去你家吃饭，可是她当上主持人之后就很少去了，不是吗？"

"那是因为她忙了。"

"未必吧？再怎么忙，也不该忘记她的夏妈妈啊。"

夏秋雨张了张嘴想说什么又忍住了。

苏镜继续问道："你们是不是闹过什么矛盾？也许只是母女间的争吵？"

夏秋雨的眼眶微微湿润了，说道："没有，从来没有，我爱她还来不及呢。"

苏镜总觉得夏秋雨这话说得咬牙切齿的，似乎表达的是截然相反的意思。

"你一直坚持说，你没有动过宁子晨的粉盒，可是，我们从粉盒上找到了你的指纹，不知道这该做何解释呢？"

"什么？"夏秋雨的脸色马上涨红了。

"指纹，你的指纹。"苏镜强调了一遍。

"这个……这个……我……"

"你动过她的粉盒吧？"

"这个……是。"

"为什么不承认呢？"

"我……我……反正，我不会杀人的，我怎么会杀人呢？"

"那你为什么撒谎？"

"我……我怕啊……我怕你们怀疑我。"

又是一个因担心被怀疑而说谎的人！但是这种谎言却多么低级啊！

苏镜追问道："你为什么怕我们怀疑你呢？"

"这个……这个……我动过粉盒，她又死于粉盒里的氰化钾，你们难道不会怀疑我？"

苏镜微微笑了笑，怕人怀疑总是做贼心虚的表现。像简易，由于跟宁子晨在炒股时产生矛盾，所以才怕被人怀疑。这位夏秋雨跟宁子晨又会有什么矛盾呢？他翻了翻手中的串联单，问道："你是八点十分进直播间送观众短信，那时候《顺宁新闻眼》应该开始播广告了吧？"

"是，一组时政新闻刚刚播完，杨宇风让我送观众短信进去。"

"当时宁子晨的粉盒放在直播台上？"

"对对对，她的粉盒是打开的，我帮她盖上了，我还跟她说呢，怎么这么邋遢？她向我吐了吐舌头，说再也不敢了。唉，那时候她还跟我说俏皮话，几分钟后，她就没了。"

"除此之外，你没发现其他什么情况？"

"没有。"夏秋雨肯定地说道，不过很快又犹豫了，皱着眉头陷入了沉思。苏镜以为她也许想起什么了，可是很快，夏秋雨又微微地摇摇头。

"你想起什么了？"苏镜问道。

"隐隐约约有点印象，但是那种感觉很快又过去了。"

苏镜无奈地说道："好吧，等你想起什么了再给我电话吧。"

"好，好，我也希望你们能尽快抓到凶手。"

3. 记者的玩笑

下午五点多钟，《顺宁新闻眼》的编辑房里忙碌一片，外采的记者大多回来了，他们坐在电脑前，有的写稿子，有的编片子，而杨宇风、夏秋雨、秦小荷等几个编辑正在改记者的稿子。《顺宁新闻眼》有六个编辑，但是每天进直播间的只有两个编辑。

杨宇风见苏镜二人走出了会议室，忙站起来招呼道："苏警官，不好意思，这是最忙的时候，招呼不周啊。"

"没什么没什么，你们忙，看看自己最喜欢的新闻节目是怎么做出来，也是一种享受啊。"

"苏警官真是过奖了。"

这时候，一个记者冲过来说道："风哥，快给我看看稿子，我等着配音呢。"

"什么稿子？有没有市领导？"

"没有。"

"不看了不看了，赶快配音去吧。"

记者说声"好"，兴冲冲地找欧阳冰蓝配音去了。

苏镜笑道："我虽然没学过新闻，也听说过一个什么把门人的理论。杨制片这个把门人当得很不称职啊。"

"嗨，用人不疑嘛，一条新闻能出多大的错？又没有市领导。"

"做大事者不拘小节。"

"你这是抬举我，哈哈哈。"

"如果不打扰你们工作的话，我想到处转转，找人聊聊。"

"要不我帮你们找几个人？"

"不不不，这又不是政治任务，还是我们自己来吧。"

"也好，要不就显得我干涉你们办案了，哈哈哈。"

苏镜笑了笑，便和邱兴华在编辑房里转悠开了，而杨宇风则又坐回座位开始看稿子，制作串联单。

在一台电脑前，两个女孩子正在窃窃私语。

一个声音非常哆的女孩子，惊讶地说道："不会是原东怀吧？看上去傻乎乎一人，怎么会杀人呢？"

苏镜听着她说话，觉得浑身骨头都快酥了。苏镜知道，这个女记者叫何旋，她经常做现场报道，所以苏镜认得。而另外一个女孩子叫陈燕舞，也是《顺宁新闻眼》的一名骨干，经常做一些深度报道。这时，陈燕舞压低声音说道：“为情所困嘛，金庸不是说了吗，情之为物，本是如此，入口甘甜，回味苦涩，而且遍身是刺，你就算小心万分，也不免为其所伤。”

“切，那也不至于杀人啊。”

“爱之愈深，恨之愈切。”

“我觉得我们的夏编辑也有问题，跟宁子晨关系那么好，现在出了这种事情，还有心思来上班。”

“不来上班她能在家干吗呢？独守空房啊？”

“也许就是因为宁子晨跟她疏远了，她便看不惯了，于是就杀人了呢。”

“这个你可没我清楚，据我所知，不是宁子晨疏远夏编辑，而是夏编辑疏远宁子晨。”

“你怎么知道的？”

“那还是两个月前吧，有一次宁子晨和原东怀聊天被我听到了，宁子晨说夏秋雨不怎么答理她了，她有几次想去夏秋雨家吃饭，夏秋雨都说家里有事。”

“切，非亲非故的，还真把自己当人家女儿了？”

“就是，她这人就是不知轻重，整天花里胡哨上蹿下跳的，其实什么人情世故都不懂。”

“我怀疑她跟夏秋雨关系那么好，没准儿是图人家家产。你想啊，夏秋雨没有家人，她的财产将来给谁啊？”

“唉，可怜的夏编辑啊。哎，最近她有没有给你看手相？”

“看了，说我要交桃花运了。唉，我的白马王子啊，不知道什么时候会出现。”

就在这时候，苏楚宜走了过来，嘻嘻笑着看了看苏镜二人，然后弯下腰，对着那女孩子的耳朵突然说道：“你的白马王子来了。”

那女孩子瞪了他一眼：“去你的，就你？也不照照镜子。”

另外一个女孩说道：“你的梦中情人被人杀了，有什么感想啊？”

“这话可不能乱说啊，尤其是不能当着警察的面乱说。”

“放心吧，我们不会跟警察说你是凶手的。”

苏楚宜尴尬地看看苏镜，问道：“苏警官，你不会当真吧？”

苏镜呵呵一笑：“有时候无心之言也能一语成谶啊。”

“你看，你们两个死丫头，”苏楚宜指着两个女孩子说道，“让警察叔叔开始怀疑我了。"

两个女孩子站了起来，讶异地看了看苏镜和邱兴华。

苏镜笑道："陈记者，何记者，你们好，我是市局刑警大队的苏镜，认识你们很高兴。你们的新闻我经常看的。"

陈燕舞笑道："哎呀，我还以为我们的收视率直线下降之后，再也不会有人关心我们了。"

"我可是《顺宁新闻眼》的铁杆观众。"

何旋说道："那你一定目睹了我们的主持人被杀的全过程？"

苏镜脸色红了红，说了声"是"，他感觉有股电流似乎突然从心脏涌出，充溢到四肢百骸。

"可惜，我们都没看到。"

"你们不看新闻？"

"我们只做不看，哈哈哈。"

陈燕舞问道："苏警官，你们的调查有什么发现没有？"

"就是因为没有，所以来找你们聊聊啊。"

何旋继续嗲声嗲气地说道："你得好好查查我们风哥，这人有问题，竟然把主持人暴毙的画面播出去了。"

陈燕舞也笑了："哈哈哈，对对对，好好查查他，最好抓起来关几天，这样才能查得彻底，老虎凳、辣椒水，什么都用上。"

苏镜问道："你们这么恨他啊？"

两个女记者哈哈大笑起来，何旋说道："我们不恨他，但是我们喜欢看他被灌辣椒水，哈哈哈。"

远处的杨宇风听到了，远远地吆喝着："陈燕舞何旋，你俩等着，小心我派你俩连值一年夜班。"

陈燕舞嚷道："好啊，你给我们当摄像，我们就值一年夜班，哈哈哈。"

苏楚宜一旁打趣道："我愿意跟你们一起值夜班。"

何旋道："你目标转移得挺快啊。"

苏楚宜叹口气说道："你们这两个女人，真没劲。"说罢，离开众人，找到一台电脑坐下开始编片子了。

苏镜问道："你们现在不写稿子？"

"写完了，等着审呢。"

"刚才一个记者的稿子，你们的风哥连看都没看就让他配音去了。"

陈燕舞说道："我们的流程是这样，记者的稿子写完提交之后，先是编辑一审，再是制片人终审。一般来说，编辑审过的稿子，我们风哥很少再改动了，最多改改标题和导语。"

"如果两位现在没事的话，可不可以好好谈谈？"

陈燕舞看看苏镜，点点头说道："很帅，很帅，看来我们何记者的白马王子真的来了啊。"

何旋嗔道："你这疯丫头乱说什么呀！"

陈燕舞却继续说道："苏警官，我们何记者人很不错的，贤良淑德，而且很饥渴。"

苏镜忍不住笑了："两位真会开玩笑。"

三人说笑着走进会议室，关好门，陈燕舞马上问道："苏警官想问我们什么啊？"

"我想知道夏秋雨为什么和宁子晨关系那么好。"

陈燕舞说道："夏大姐女儿如果活着的话，应该跟宁子晨差不多大，所以夏编辑特别喜欢宁子晨。"

"听说她女儿死了？"

"是。"

"是生病还是怎么样？"

"这个我们就不知道了，这都是阵年旧事了。"

这时，会议室的门被轻轻敲了敲，苏楚宜笑嘻嘻地探头进来："不知道我有没有打扰你们啊。"

陈燕舞说道："没见我们正聊得热火朝天吗？"

何旋呵呵笑道："我们正在检举你呢。"

"检举我？"苏楚宜说着话走了进来。

"是啊，检举你暗恋宁子晨，但是得不到人家，于是动了杀机。"

"哈哈哈，我可不是暗恋，我昨天都跟苏警官说了，我爱宁子晨爱得发疯，那身材，简直——"

"变态！"何旋骂道。

陈燕舞说道："但是你却得不到，所以就动了杀机。"

苏楚宜大呼一声"交友不慎"，接着说道："这都什么时候了，你们还往我头上扣屎盆子。"

陈燕舞却继续调笑道："屎盆子是从哪里来的？是从天上掉下来的吗？不是。是人的头顶上固有的吗？也不是。屎盆子，只能从社会实践中来。"

苏镜无可奈何地听着两个女人的插科打诨。查案是多么严肃的事，这两个女人竟然如此儿戏，也许干记者的见多识广，对什么都不在乎了。不过，苏镜心里倒蛮喜欢这种氛围的，毕竟陈燕舞、何旋长得都很俊，听她们说话自然不会觉得累。何况，这种随意的调侃也许能牵引出什么重大线索呢？只听苏楚宜又说道："苏警官，我是来征求你意见的。"

"征求我什么意见？"

"我们杨制片想让我采访你，不知道行不行？"

"哈哈哈，你们杨制片太幽默了，你跟他说，我们有宣传纪律的。"

"就是嘛，我早跟他讲了，这事肯定不行，他非要让我来试试。"

这时，会议室的门被猛地推开了，夏秋雨面色铁青地走了进来，说着："疯了疯了，都疯了。"

苏镜一怔问道："怎么回事啊？"

夏秋雨环顾室内，没有理会苏镜，而是对三个同事说道："你们说，他是不是疯了？简直是胡闹，这种事情都干得出来。"

苏镜问道："究竟是怎么回事啊？谁疯了？"

"杨宇风！我们的制片人疯了。"

苏镜百思不得其解地看着夏秋雨，只见她一脸的烦躁与厌恶，两只手一会儿放开一会儿捏紧，恨恨地说道："李国强也疯了，都疯了，这个世界是怎么回事？"

"到底出什么事了？"

夏秋雨说道："刚才杨宇风找人来采访我。哎，苏楚宜，采访你了没有？"

"没有啊？采访我什么？"

"采访你对谋杀案的看法啊，"夏秋雨继续说道，"苏警官，我不知道你们是否同意《顺宁新闻眼》报道宁子晨被杀的新闻。杨宇风竟然找人采访我们，要求我们每个人都要讲一遍昨天宁子晨被杀时，我们都在干什么。"

"这事好像是市里哪位领导要求报道的。"

"可是市里没要求采访我们啊。"

苏镜笑道："市里也没说不准采访你们啊。"

夏秋雨叹气道："李国强竟然也同意了，真是脑子进水了，傻瓜当政！"

苏楚宜说道："夏大姐，他还让我来采访苏警官呢。"

"啊？竟有这事？"夏秋雨说道，"疯了，都疯了。"

正在这时，杨宇风走了进来了，一进门便嚷道："苏楚宜，原来你在这里啊。苏警官，苏楚宜还有事么？"

"没事了，不耽误你们工作。"

"快点苏楚宜，该你了。"

"干吗？"

"采访你啊。"

苏楚宜连忙退了出去，夏秋雨看着杨宇风说道："你知不知道这样会给办案添乱的？子晨她尸骨未寒，你就开始借机炒作了，你还是人吗？"

杨宇风起初还和颜悦色地听着，到最后也忍不住了："夏大姐，我敬你比我们岁数大，不跟你一般见识，你别蹬鼻子上脸了。"

夏秋雨恼怒地看了一眼杨宇风，一摔门离开了会议室。

苏镜笑呵呵地问道："杨制片，怎么回事啊？"

"糨糊脑袋，"杨宇风骂了一句，"刚才采访她时，特别配合，一把鼻涕一把泪的，装屁装完了，开始告刁状了。"

"根据昨天的收视率统计，有一百五十多万观众在收看《顺宁新闻眼》，也就意味着有一百五十万人看着宁子晨被杀。今天的短信平台都爆棚了，上万条短信咨询凶杀案的事，不少人都心怀恐惧，以为顺宁出了个杀人恶魔。"杨宇风说道，"所以，我们今天要推出一组报道，也算是稳定群众情绪嘛。"

4.直播现场

6 月 29 日 19：40。

苏镜和邱兴华走进《顺宁新闻眼》的直播室，导播间里两个导播、两个美编已经各就各位，只有杨宇风、秦小荷和夏秋雨还在外面编辑房里忙活着没进来。

直播间里，摄像叶守蓝坐在椅子里，无所事事地看着摄像机的寻像器，直播台上空空如也，欧阳冰蓝还没坐上去。

原东怀面无表情地坐在电脑前，眼神空洞迷茫，整个世界仿佛已经不存在了。他正机械地处理着每条新闻的标题，直播时，他点击"播放"，制作精美的新闻标题就会滚到屏幕上。

苏景淮嚼着口香糖，一副没心没肺的样子，麻利地把每条新闻的导语制作成特定的格式，发送到提示器上。导播间里的几十个电视屏幕中，有一个屏幕显示着导语，导语的每个字都特别大特别醒目。这个屏幕上显示的导语，跟直播间里摄像机前的提示器是同步的，只要苏景淮一刷新或者稍有改动，两个地方的导语都会眼花缭乱地滚动。

严昭奇正襟危坐在电脑前，脸拉得老长老长，仿佛谁欠了他三百大洋似的。

简易紧挨着严昭奇坐着，面前放着三台放像机，还有十几盒磁带，那都是记者做好的成片。他正把磁带挨个放进放像机，检查画面、声音质量，等全部检查完毕，便冲苏镜一笑，说道："苏警官，你不会以为今天还会出事吧？"

苏景淮嘟囔道："乌鸦嘴。"

苏镜说道："我们是来学习的，隔行如隔山啊。不知道你们怎么直播的，怎么办案啊？"

"你是说看着我们直播就能破案？"

苏镜呵呵一笑没有回答，他知道新闻直播是一件高度紧张的工作，只要一个环节稍有疏忽，就会造成播出事故。而人在高度紧张的状态下，往往会流露出真本性。

"哦，我知道警察总是要保密的是不是?"简易还是一副笑呵呵的样子。

严昭奇在一旁厌烦地说道："多嘴多舌。"

简易听了也不着恼，冲苏镜皱皱鼻子，用手掌在面前扇扇风，然后挤挤眼睛。

这时候，秦小荷急匆匆地走了进来，手里拿着一摞串联单，在导播间的每个座位上放了一份，又拿着一份走进直播间放到直播台上，之后便回到导播间坐到自己的座位上。

过了几分钟，欧阳冰蓝穿着一身黑色的西装走了进来，一看到苏镜便惊奇地问道："哎，你怎么在这里?"

"哈哈哈，我是追星族啊，以权谋私来啦。"

"哎呀，苏警官这么说，我压力很大的。"欧阳冰蓝匆匆说完，便赶紧走进了直播间，坐到直播台上。

叶守蓝开始调整摄像机的机位，指挥着欧阳冰蓝的站姿和坐姿，两个人配合非常默契，一会儿叶守蓝就向欧阳冰蓝伸了伸大拇指，欧阳冰蓝点点头，低头开始看串联单。

19 点 50 分，杨宇风匆匆忙忙走进来，语速很快地说："苏警官、邱警官，不好意思，只能让你们站着啦。"

"没事没事，你忙你的。"

杨宇风一坐到导播台上，就大声说道："全体注意了，把第七条、第十条拿掉，今天不播了，时间超了。"

杨宇风话音一落，苏景淮马上删除两条新闻的导语，电视屏幕上的导语顿时眼花缭乱地滚动起来，要看清写的是什么根本不可能。

"简易，头条来了没有?"杨宇风问道。

"没有。"简易回答得非常干脆。

"靠! 都几点了。"杨宇风抬起头看看墙壁上的时钟，已经 19 点 52 分了，"秦小荷，你去催一下。"

秦小荷还没答话，夏秋雨跑了进来，手里拿着一盒磁带，喊道："来了来了。"

"多长？"

"2分32秒。"

"带号？"

"12号。"

夏秋雨将12号磁带交给简易，然后又走了出去，边走边说："还有几条片子没做出来，我去盯着。"

之后，夏秋雨又进出几次，拿进来几盒磁带，杨宇风得空向苏镜解释道："有时候记者成片比较晚，我们就特别紧张。到现在，还有两条片子没做出来呢。"

苏镜也不答话，只是默默地看着。

19点59分，直播室里安静下来，严昭奇喊道："还有一分钟准备。"

每个人都高度紧张起来，杨宇风说道："秦小荷，你去看看，第二条怎么还没到？"

秦小荷连忙跑了出去。

19：59：55。

严昭奇开始倒数计时，他大声叫着："五秒倒数，4，3，2，1，走——"

《顺宁新闻眼》开始播放了。

当画面切换到主持人欧阳冰蓝时，只见欧阳冰蓝站在直播台上，表情肃穆地说道："昨天晚上，我们的主持人宁子晨倒毙在《顺宁新闻眼》的直播台上，就是我面前的这张桌子。宁子晨主持《顺宁新闻眼》半年多来，深受观众喜爱。她本来怀着满腔的理想，准备做一名最优秀的主持人，可是人生才刚刚开始，事业才刚刚起步，她却倒在了她最爱的直播台上。我们《顺宁新闻眼》的同事都深切哀悼，所以节目开始，我们要为宁子晨默哀一分钟，祝愿她的在天之灵能够安息。"

欧阳冰蓝说罢低下了头。

杨宇风叫道："声音都关掉了吧？"

严昭奇答道："关掉了。"

"要保证一点声音不能有啊。"

苏镜微微笑了笑，心想人一死就成完人了，欧阳冰蓝的心里是在默哀还是窃喜？

秦小荷冲了进来，说道："第二条到了。"

杨宇风照例问了时间和带号之后，又问道："第五条呢？"

"快了，正在做，待会儿夏大姐拿进来。"秦小荷说着偷偷看了看苏镜，苏镜觉得她的眼神里藏了很多东西。

默哀完毕，欧阳冰蓝开始播第一条新闻的导语，简单介绍了宁子晨死亡的过程。之后播的新闻画面是宁子晨昨天倒毙的真实记录，配音是谋杀案事件的详细始末。

欧阳冰蓝播的第二条导语是：警方第一时间赶到了《顺宁新闻眼》的直播室，对每一位当事者展开调查。欧阳冰蓝还别出心裁地说道："就是现在，顺宁市公安局的两位警察同志还站在我们的直播室里，观察着我们的整个直播。对他们的辛苦工作，我们《顺宁新闻眼》每一位善良的同事都深表感谢，希望他们能早日抓到凶手，让我们的子晨死而瞑目。"

第二条新闻的正文是：警方判断宁子晨死于氰化物中毒，粉盒里装着氰化钾。凡是接触过粉盒的人，都有嫌疑。

苏镜无奈地看看杨宇风，后者正通过话筒对直播间里的欧阳冰蓝说道："欧阳，不错，神来之笔，很好！"

苏镜知道，所谓的"神来之笔"肯定是欧阳冰蓝临时说出警察也站在直播室里的消息。

第三条新闻，最是让苏镜吃惊，欧阳冰蓝竟直言不讳地说，警方已经判定，杀人凶手就是我们的同事。接着新闻的正文详细交代了昨天上班的每个同事，并指出动过粉盒的人都有哪些人。

在来电视台之前，苏镜和邱兴华去了那家送水公司，了解到一个工人昨天在给电视台送水的路上被人打晕了。打人者肤色比较黑，中等身材，短发，大概四十多岁。

苏镜没有告诉杨宇风等人陈雪护士和这个中年男子的事，于是他们就觉得既然苏镜整天都在盘问他们，所以凶手肯定是他们中的一个了。

第四条新闻非常长，但绝不沉闷，是采访每个当事人，每个人都对着镜头谈对死者的看法。既然是上电视，所以每个人都戴起了面具，即便是不悲伤的也要表现出悲伤，幸灾乐祸的也要表现出沉痛万分。而采访的内容，竟然跟苏镜问话的内容大体相当，那简直不像采访，就像在录口供。

苏镜看完，觉得这段采访对破案没有多大用处，对那些无知的观众来说，倒是绝佳的调味剂。在这些采访当中，夏秋雨的采访最是惊天动地，她号啕大哭，说她跟宁子晨关系特别好，没想到这么优秀的一个女孩子竟然会被人谋杀，她说她感到悲哀，因为杀她的人竟是自己的同事，而她还要跟杀人犯一起工作下去。

第四条播完之后，又是一条采访心理专家的片子，分析杀人凶手应该是个什么样的人。那位本市最著名的心理学专家说，杀人凶手可能是一个平时不够引人注目的人，想以此吸引大家的眼球，满足自己内心的渴望。

片子播放过程中，简易笑呵呵地说道："我觉得这位专家说的是我们风哥啊，一点都不引人注目，特低调。"

秦小荷却笑道："拉倒吧，他还低调，他放个屁都想着全天下人都知道呢。"

杨宇风说道："秦小荷，我没那么高调吧？"

秦小荷却冲苏景淮说道："咱们老苏算是一个低调的人，整天闷声不响地发大财。"

苏景淮笑道："我也不低调，我比杨制片还高调，我放个屁巴望全宇宙的人都能闻到。"

严昭奇突然开始计时："5，4，3……"

众人立即不说话了，原来片子快播完了，接下来该切主持人画面了。

第六条新闻只是一个导语，欧阳冰蓝说，在宁子晨的包里发现了一张纸牌，这张纸牌代表着杀人游戏中的平民。警方怀疑宁子晨的死可能与杀人游戏有关。而据收视率统计，昨天有150万人看到了宁子晨遇害的全过程，意味着有150万个目击者，希望热心观众能提出自己的看法，揪出杀人凶手，协助警方破案。

导语播完之后，就开始播广告了。

苏镜想，让观众协助破案简直就是鬼扯，自己也是亲眼看到宁子晨被杀的，但是至今还一头雾水呢。

杨宇风似乎明白苏镜的心思，说道："苏警官，我们这只是满足一下观众的虚荣心，哈哈哈，让每个人都觉得自己很重要。"

苏镜谦虚地说道："也许观众真能提供什么线索呢，比如氰化钾是从哪里来的，也许热心观众会给我们答案。"

"哇，这倒是啊！"杨宇风说道，"马上插播。"

说罢，杨宇风连忙打印了几句话，说道："苏景淮，你把导语改一下。"

导语屏幕上又是一阵眼花缭乱的滚动，之后杨宇风对着话筒问道："欧阳，导语改了，看到没有？"

"看到了。"扩音器里传来欧阳冰蓝的声音。

当广告播完，画面切到主持人时，欧阳冰蓝说道："在我们播出刚才一组新闻后，正在直播间的警官要求我们《顺宁新闻眼》的观众们，帮忙寻找氰化钾的线索，因为我们的子晨正是死于氰化钾中毒。我们都知道，氰化钾是剧毒物质，管理非常严格，如果有哪家企业、公司最近氰化钾少了，请及时联系我们栏目组，我们全体善良的同事将不胜感激。"欧阳冰蓝顿了顿，开始播其他新闻的导语。

接下来的新闻又是一组时政消息，之后是社会新闻。二十点二十三分，杨宇风要求夏秋雨整理几条观众短信送给欧阳冰蓝。

所有的程序跟昨天都是一模一样，此时，苏镜虽然略有疑惑，但是也没放在心上。

所有的细节，现在还没有真正显示出它们背后的意义。

5.面杀

杀人游戏有多种形式，最初只是朋友同事面对面地厮杀，讲究的是察言观色。后来，人们开始以 QQ、聊天室为载体进行线杀，讲究的是直觉。虽然没有面杀那种身临其境的刺激感，不过由于时间短信息量大，也同样震撼人心。还有一种形式是版杀，以 BBS 为载体。如果说面杀是高手过招，线杀是沙盘推演，那么版杀就是一场世界战争。由于时间宽裕，在版杀中，各种策略都可以成功细腻地运用，也给游戏参与者提供了更广泛的表演空间和平台。而现在杨宇风在电视上播出的几条新闻，等于是在全市范围内展开了一场杀人游戏，这简直就是把杀人游戏发扬光大了！但是杨宇风却不这么看，他说："宁子晨被杀，本身就是一件重大新闻，我们只是把这个当做新闻事件来报道而已。"

叶守蓝不耐烦地问道："苏警官又把我们都留下了，不会就为了讨论杀人游戏吧？"

苏镜嘿嘿一笑，说道："讨论多没意思啊，咱们来玩一局如何？"说着，就从包里拿出一副牌来，不是扑克牌，却是健智俱乐部的专用牌。米瑶雨说道："苏警官准备真是充分啊，连俱乐部的牌都拿来了。"

杨宇风说道："苏警官，你去俱乐部查案了？看来我们今天的新闻指出一张纸牌的细节没有错啊。"

"只是一个方向吧，"苏镜说道，"干我们这行的，必须面面俱到，不放过任何一个细节。"

叶守蓝继续说道："苏警官，对不起，我家里还有事，我也不喜欢玩这种无聊的游戏。"

严昭奇跟叶守蓝一个意思，瞪着一双眼睛，恼怒地说道："你凭什么让我们玩这种鬼游戏？"

苏镜笑道："别紧张嘛！玩一局游戏又何妨呢？"

叶守蓝问道："苏警官如果是为了消遣，我就恕不奉陪了。"说罢站起来就要走，杨宇风尴尬得要命，不知道该怎么办。

苏镜忙说道："我当然不是为了消遣，你知道杀人游戏是一种什么游戏吗？这是一场心理游戏。通过一场游戏，可以看出每个人的性格。刚才你们在新闻里也已经说了，凶手就在你们十二个人当中，"苏镜扫视了在场的每一个人，冷峻的目光仿佛要穿透每个人的心。

严昭奇嘟哝道："既然如此，那就赶紧玩吧。"

夏秋雨突然谨慎小心地问道："我没玩过这个游戏，我可以退出吗？"

杨宇风怕拂了苏镜的面子，赶紧笑道："夏大姐，很简单的。苏楚宜，你不是经常玩吗？给夏大姐讲讲规则。"

于是苏楚宜便兴致勃勃地给夏秋雨讲解了一番，说杀人游戏现在已经发展成多个版本了，最初一个杀手，后来增加到两个杀手，角色也增加了警察，警察还分为明警和暗警，甚至还有医生，有起死回生的本领。"苏警官，"苏楚宜问道，"咱们玩哪种？"

"就玩最原始的吧！"苏镜说道，"杀害宁子晨的杀手应该也只有一个。"

简易问道："苏警官，你不会把这场游戏中的杀手带回警局吧？"

苏镜说道："那你可得小心了，不要摸到杀手牌。"

严昭奇、叶守蓝两人本来也不是很明白，听了苏楚宜讲解规则之后，越发不屑，严昭奇似乎是从鼻孔里冒出了一句话："切！还心理游戏，无聊死了。"

苏楚宜反驳道："这可是 MBA 的训练课程，是课堂上训练团队精神的一种心理游戏。杀人游戏最初就是起源于 MBA 的。"

简易插嘴说道："我怎么听说是起源于美国佛蒙特呢。好像说是，上世纪70 年代，一个美国人麦克和他的同伴在美国佛蒙特发明的；1998 年 9 月 15 日，杀人游戏被带到了普林斯顿大学，并从 9 月 24 日开始成为一项经常的活动；随后在 1999 年由硅谷归国的留学生第一次传到上海，年底在一次 IT 界的媒体见面会上传到了北京，从此开始了它在全国中大型城市年轻人中的传播之旅。"

米瑶雨不服气地说道："我记得是一群登山爱好者发明的吧。"

秦小荷说："我记得还有一个说法是，1986 年春天由莫斯科大学心理系的一个教授发明的。开始玩家在莫斯科大学的教室、寝室等处玩游戏。20 世纪 90 年代，开始在苏联其他学校流行起来，并跨过国界，传播到了匈牙利、波兰、英国、挪威等地，随后传到了美国，再之后传到了中国。"

苏镜连忙打断了几人无谓的争论，说道："这个游戏到底是怎么起源的、谁发明的，现在已经不可考证了。现在争论到底是谁发明的也没多大意思了，关键是好玩有趣又刺激，来来来，开始摸牌了！"

苏镜拿着 13 张牌逐次伸到每个人面前，他观察着每个人拿到牌时的反应，米瑶雨、简易和苏楚宜属于兴奋型的；夏秋雨还有点困惑，估计现在还在琢磨规则呢；严昭奇有点厌恶；叶守蓝比较冷漠；秦小荷稍显慌乱；原东怀还是那么落寞提不起精神，但是眼神似乎有点躲躲闪闪；苏景准拿牌的时候好像有点无奈；欧阳冰蓝和展明秋比较淡定；杨宇风非常坦然。剩下一张牌就是苏镜的，一看牌，他便叫道："哎哟，我拿了法官牌，想玩都玩不成了。"

苏楚宜说道："苏警官，当法官才便于观察我们每个人的反应啊。"

"说得也是啊，"苏镜说道，"那我们就开始啦！"

米瑶雨嘿嘿一笑："有趣，这次的杀人游戏是最刺激的。"

"天黑了，请闭上眼睛。"苏镜漠然说道。

众人纷纷闭上了眼睛，只听苏镜继续说道："杀手睁开眼睛……杀手开始杀人……这个……这个……杀手不能杀法官的……不能杀法官……"

"我就是要杀你。"这是严昭奇的声音。

众人睁开了眼睛，已经有人憋不住了，苏楚宜、简易、米瑶雨三人哈哈大笑，眼泪都快流出来了。杨宇风和欧阳冰蓝则是面带苦笑摇了摇头。只听严昭奇继续说道："我为什么不能杀你？"

苏楚宜笑着说道："老严啊，这是游戏规则。"

"什么规则不规则的？"严昭奇说道，"早点把他杀了，我早点回家。"

苏镜看着愤怒的严昭奇，说道："既然你这么归心似箭，那就回去吧！"

严昭奇嘟哝着离开了会议室。

苏楚宜说道："咱们重新发牌吧。"

苏镜说道："苏记者刚才的话倒是提醒了我，我就自告奋勇地当法官了！"见众人没有异议，苏镜便抽出了一张平民牌，一张法官牌，重新开始发牌。

"天黑了，请闭上眼睛……杀手睁开眼睛……杀手开始杀人……杀手闭上眼睛……天亮了，大家睁开眼睛。"

众人睁开眼睛之后，目光一齐盯着苏镜，只听苏镜说道："秦小荷，你死了。"

"啊？"夏秋雨惊问道，"她怎么就死了？"

米瑶雨说道："夏大姐，她被人杀了啊！"

苏楚宜又哧哧地笑了，杨宇风瞪了他一眼说道："你严肃点，谁没有个第一次啊？"

苏镜说道："秦小荷，你有遗言吗？"

秦小荷说话略显局促："我现在也不知道谁会杀我。"

"如果一定要你指一个人出来呢？"

秦小荷环视一圈，最后目光在苏景淮身上做了短暂停留，然后说道："苏景淮。"

"我？我可没杀人。"苏景淮嚷嚷道。

"那你觉得是谁？"苏镜问道。

苏景淮说道："杨制片。"

"为什么？"

"因为他太正经了。"苏景淮呵呵笑道。

"这年头，正经也是错啊？"杨宇风说道，"我怀疑是米瑶雨，我觉得她太兴奋了。"

苏楚宜说道："一个因为太正经了被人怀疑，一个因为太兴奋了被人怀疑，哈哈。我怀疑是叶守蓝，因为他坐在秦小荷对面，太容易杀了。"

叶守蓝冷漠地看了他一眼，说道："无冤无仇的，杀什么人啊？"

"这是游戏啊，你不会也当真了吧？"苏楚宜说道。

苏镜问道："那你怀疑谁？"

"我没谁怀疑的，不知道。"

米瑶雨说道："我现在不知道该怀疑谁，但是我会把票投给杨制片，谁让他冤枉我了？"

欧阳冰蓝说道："简易好像一直没说话，你为什么不说话呢？是紧张吗？"

"切，我是在观察你们。"简易说道，"现在苏楚宜、米瑶雨都很兴奋，所以我觉得可以把他们俩排除在外，杨制片有点深藏不露，欧阳主持似乎太淡定了。我怀疑是你们两个中的一个。"

苏镜问道："夏大姐，你怀疑是谁？"

"我？"夏秋雨还是一副茫然的样子，说道，"这个游戏太残酷了，太变态了，为什么要玩这种游戏？谁会跟秦小荷有仇呢？谁会杀她呢？"

苏镜忙说道："夏大姐，你有所不知，在游戏中，杀手往往会杀跟自己最亲近的人，这样可以掩人耳目。"

夏秋雨说道："那……那……我也不知道谁跟秦小荷很亲近啊……是不是原东怀杀的？"

"你为什么怀疑原东怀？"

"因为他……没什么，只是随便乱说。"

原东怀说道："我没有杀人，我没有杀秦小荷，更没有杀子晨，我不知道谁会是凶手。"

展明秋呵呵笑道："你当然不会杀人啦，余情未了嘛！我怀疑是欧阳冰蓝。明眼人一眼就能看出来，宁子晨死后，她又重新当上了主持人，只有她从宁子晨的死亡中获益了。"

米瑶雨笑道："展记者，我们是在玩游戏啊！被杀的不是宁子晨，而是秦小荷。"

"那不是一个意思吗？"展明秋说道，"苏警官就是为了查案子才来玩这盘游戏的，不是吗？"

苏镜微笑不语。

欧阳冰蓝说道："展记者，难道真的只有我一个人从中获益吗？你老公难道没有获益？"

展明秋本来还是非常坦然的，此刻却不禁怒道："你不要东拉西扯！"

"就许你东拉西扯？"

杨宇风立即说道："法官大人，你失职了啊，都吵起来了，你也不管管。"

苏镜环视一圈问道："谁还有补充发言？"

苏楚宜说道："苏警官，杀人游戏不是只有一次发言机会吗？"

苏镜呵呵笑道："咱改良一下嘛！"

"没人补充发言了，咱们就开始投票了。同意杨宇风是杀手的请举手……"

> 杨宇风一票：叶守蓝投的；
>
> 米瑶雨一票：杨宇风投的；
>
> 展明秋两票：欧阳冰蓝和米瑶雨投的；
>
> 欧阳冰蓝两票：展明秋和夏秋雨投的；
>
> 叶守蓝四票：苏景淮、简易、苏楚宜、原东怀。

叶守蓝得票竟然最高，这让很多人大跌眼镜，当苏镜继续说"天黑了"时，没有一个人感到惊讶，因为大家都知道叶守蓝肯定不是凶手，果然苏镜还没让大家闭上眼睛，叶守蓝就说了："我的戏演完了吧？我可以走了吗？"

苏镜点点头说道："可以。"

待叶守蓝走出会议室，苏景淮嘿嘿笑道："他不喜欢玩，就赶快让人家走，他坐在这里，他难受，我们也难受。"

夏秋雨问道："是不是被杀了就可以走了？"

苏镜说道："是，可以！"待众人不再议论了，苏镜继续说道："天黑了，请闭上眼睛……不行，杀手不能自杀，这是游戏规则……"

苏楚宜等人又笑得前仰后合，只听苏镜继续说道："请选择一个人……好，杀手闭上眼睛……"

天亮之后，苏楚宜等人是笑着睁开眼睛的，马上说道："不管死的是谁，杀手肯定是夏大姐。"

简易也说："哈哈哈，是啊，夏大姐急着回家，所以想自杀。"

米瑶雨说道："你们先别那么兴奋好不好？死的是谁还不知道呢！"

苏镜说道："欧阳主持，你不幸遇难了。"

欧阳冰蓝笑道："早就知道会这样了。"

"你有什么遗言吗？"

"刚才投我票的一是夏大姐，一是展记者。这两个人都不是以游戏的心态投我票的，他们认为我是杀手，但不是说我杀了秦小荷，而是说我杀了宁子晨。夏大姐是宁子晨的干妈，本来也许不会想那么多，被展记者一挑唆，就认为是我杀了宁子晨，所以她刚才把我杀了。"

这次投票非常简单，众人一致认为夏秋雨就是杀手，七个人把票投给了她，她自己则犹豫了半天把票投给了苏景准。大伙都觉得这一局玩得很没意思，因为杀手暴露得太早了，但是却听夏秋雨说道："那我走了，你们继续玩。"

夏秋雨走后，苏楚宜问道："苏警官，我们是不是再玩一局？"

苏镜嘿嘿一笑："这一局还没结束呢！"

"啊？"

众人面面相觑，眼珠子掉了一地，苏景准喃喃地说道："高，实在是高！夏大姐问了那句话之后，杀手马上故意杀自己，让我们所有人上当，这需要多么强的机变能力啊！"他看了看众人，说道："简易，你有这能力吗？还是苏楚宜你有？……"

杨宇风打断了他的话，说道："你想猜测，等下一轮再说吧！"

苏镜嘿嘿一笑，说道："天黑了，请闭上眼睛……"

众人睁开眼睛之后，茫然地互相打量。这个时候，很多人都感到了紧张，他们突然想到，这也许不仅仅是一场游戏。

苏镜说道："米瑶雨，你死了。"

听到这个消息，米瑶雨毫无反应，她瞪着每个人的眼睛看，然后目光落在了杨宇风身上："杨制片刚才指认过我是吧？"

"对不起，看来我出错了，"杨宇风说道，"把你给冤枉了。"

"杨制片在新闻直播的时候，会面对各种各样的突发事件，需要的就是一种随机应变的能力。"

"你怀疑我？"

"是。"

"我不是凶手，"杨宇风说道，"不过我也赞同苏景准的分析，杀手必须非常机变，非常聪明，才能想到声东击西的一招。但是随机应变，很多人都具有这方面的素质，比如说展明秋，比如说苏楚宜，他们是记者，作为记者，他们面对的问题比我要复杂得多，随机应变的本事肯定比我要高吧？"

简易说道："现在指认谁是凶手，就表明那人随机应变能力很强，这简直就是表扬人嘛！所以，我就准备表扬一下杨制片了。"

杨宇风苦笑着摇了摇头："你能不能换种方式表扬我啊？"

展明秋说道："我相信杨制片就是凶手。"

杨宇风问道："凶手？展记者说我是杀了宁子晨还是米瑶雨他们？"

"也许都是你干的呢？"

杨宇风几乎要崩溃了，说道："天啊，你怎么老是把游戏跟现实混在一起玩啊？"

苏景准说道："也许这是展记者的一种策略吧？我是准备投展记者票的。"

苏楚宜说道："我准备夸一下展记者，这么漂亮的女人，不当杀手太可惜了。"

原东怀一直没有发言，最后说道："你们俩谁的票多我就投谁。"

结果展明秋得了三票，分别是杨宇风、苏楚宜、苏景准投的。

杨宇风得了两票，分别是展明秋和简易投的。

如果原东怀投杨宇风的话，杨宇风和展明秋就得再来一轮 PK，为自己辩护，然后重新投票。但是原东怀说过，谁票多他就投谁，于是展明秋以四票被淘汰出局。

米瑶雨、欧阳冰蓝比谁都着急，立即问道："苏警官，游戏结束了吗？"

苏镜微微摇头，说道："天黑了，请闭上眼睛。"

众人又是一阵面面相觑，展明秋嘟哝道："就这水平，还玩杀人游戏！"

"……杀手睁开眼睛……杀手开始杀人……"

睁开眼睛后，简易立即问道："是不是我死了？"

苏镜笑道："你的直觉很准确，你的确被干掉了。"

"我就知道肯定轮到我了。"

"那你说谁是杀手？"

"杨制片，"简易说道，"因为我刚才投票给他了，而且说到随机应变的能力，他比谁都强。"

杨宇风反驳道："在杀人游戏中，只要有一点点机变能力就够了，不需要很多的，所以很多人都可能是杀手。"

苏景淮立即抓住了他的把柄："只要一点点机变能力就够了？你是说杀人很简单？"

"你这真是诛心之论啊，"杨宇风说道，"如果我是杀手，因为简易指认我，我就杀了他，这不是明白着要告诉大家我就是凶手吗？"

苏楚宜说道："杨制片的分析也有道理。我现在开始怀疑苏景淮了，刚才杨制片说过，我和展明秋也有随机应变的能力，这么重要的信息，我都担心自己会被指认了，可是你却一直不理我，是不是觉得我只是个菜鸟，可以留待最后再杀？"

杨宇风笑道："哈哈，你这是往自己身上揽屎盆子啊！"

"这叫以守为攻，"苏楚宜笑道，"总之我很怀疑苏景淮。说到机变能力，苏景淮是美编，他在直播的时候需要根据杨制片的指令，临时修改导语，并把导语发送到主持人面前的提示器上。一般的人，做这种活会手忙脚乱的，但是苏景淮不会，这难道不能说明他也有机变能力吗？"

苏景淮无奈地说道："如果原东怀还是要看谁票多他就投谁的话，那么杨制片肯定就赢了。我要提醒你注意，简易指认杨制片，然后他就被杀死了，杨制片说一个成功的杀手绝不会如此欲盖弥彰地杀简易，这是一个天衣无缝的推理。但是如果把这逻辑反过来呢？杨制片在杀人之前就想好了这种说辞。另外，杀简易是最后一轮了，如果不杀他而杀别人，简易还会指认杨制片，这样杨制片就一点翻盘的机会都没有了，所以他必须杀掉简易。如果我杀简易的话，那就等于把我推向了死路，因为剩下的人都是猜疑我的。"

苏楚宜听着苏景淮的辩解，觉得很有道理，现在的问题是，他到底该追随杨宇风的逻辑还是苏景淮的逻辑，两个人的说法都能说通！

苏镜问道："想好没有？"

在最后一刻，苏楚宜想明白了，他犹豫着跟苏景淮一起举起了手，原东怀自然跟风，顺利地干掉了杨宇风。

苏楚宜问道："杀手赢了，还是平民赢了？"

苏镜还没说话，苏景淮哈哈大笑起来，说道："当然是杀手赢了。"他把面前的牌一翻，果然是一张杀手牌！

"你隐藏得好深啊！"米瑶雨说道。

杨宇风说道："你口才真好！"

苏楚宜懊悔不迭，说道："唉，功亏一篑啊！"

欧阳冰蓝问道："苏警官，怎么样啊？找到你需要的东西了吗？"

苏镜嘿嘿一笑："当然。"

米瑶雨问道："苏警官，给我们讲讲，你发现什么了？"

"发现的东西很多，每个人面对压力时的状态，大概的心理特点以及行为习惯，"苏镜说道，"比如说苏景淮，他就是一个善于撒谎的人。"

苏景淮说道："苏警官，我们这可是游戏，你怎么能当真呢？"

"为什么不能当真？之前我问你对杀人游戏的态度，你说杀人游戏不过是一群人凑在一起唧唧歪歪地瞎吵吵，可是我看你玩的时候挺投入的啊，一点反感的情绪都没有。"

"我这不是当杀手了吗？我兴奋啊！"苏景淮说道，"而且这副牌画得确实很漂亮，设计精巧雅致，我一个做美编的，看了这套牌真是爱不释手啊！"

"那就送给苏美编了。"

"那就太谢谢苏警官了。"苏景淮毫不推辞地收下了。

第五章 剥茧追凶

苏镜禁不住又打量了一眼面前的女孩子，她正执著而坚定地看着自己。你可以把这种眼神称做一种无声的挑战，也可以看成是一种下意识的抵抗。她的眼神虽然很坚定，但是她的脸色出卖了她，她的双颊已经绯红了。

1.导语玄机

6 月 30 日早上六点，苏镜在睡梦中被一阵急促的手机铃声吵醒，电话是夏秋雨打来的。她犹犹豫豫地说道："苏警官，希望没有打扰你。我只是……我只是……想到了一件事情，可能是我多疑了……我也不确定是否值得告诉你。"

苏镜连忙穿好衣服，驾车去找夏秋雨。

夏秋雨家住一个老社区，每栋楼房都不高，每家每户的窗户都安装着铁窗，由于年深日久，铁窗下面有着斑驳的锈迹。苏镜走进屋准备把皮鞋脱了换上拖鞋，夏秋雨说道："家里挺脏的，不用换了。"但是苏镜执意把鞋换了，门口竖着鞋柜，换完鞋后，他把皮鞋放进了鞋柜。夏秋雨不解地看着他，因为客人执意换鞋是对主人的尊重，但是把鞋再放进鞋柜，却是从来没有遇到过。苏镜以最快的速度将鞋柜上下三层瞄了一遍，没有一双男鞋，女鞋中也全是中年妇女才穿的，而且尺码都一样。

家具都是老式的，饭桌的四条腿油漆都掉了，但是收拾得非常干净。

客厅的角落里摆着一副香案，供奉着观音菩萨，香炉里烟雾缭绕。苏镜见状，忙走到观音像前，拉开香案下的抽屉取出三炷香，他看到抽屉里还放着一幅老照片，照片上是一个小姑娘，大约十三四岁的模样，笑得非常甜，眉宇间酷似夏秋雨，也许这就是她去世的女儿？他关上抽屉，点燃三炷香，恭恭敬敬地将香的底部顶住额头，然后鞠躬三次，之后插进香炉。香炉里不仅仅有香的灰烬，似乎还有纸片的灰烬。有一片纸没有燃尽，苏镜试着把香往纸片上扎，鼓捣一番之后，他看出来那纸片其实是照片的一角。

"苏警官原来也信佛？"

"干我们这行的出生入死，是需要佛祖保佑的。"苏镜胡诌道。

"看不出来啊。"夏秋雨狐疑道。

"我信佛不信鬼，也不信风水。"

"唉，这种事情你们这些年轻人肯定是不明白的。"

苏镜笑笑问道："夏大姐，你说想起了一些疑点，不知道是什么？"

"你知道，人在半梦半醒的时候会灵光一现，想起一些清醒状态下不会太在意的事。也许是菩萨显灵，让我想起来了，但是我不知道这对你是不是有用。"

苏镜用鼓励的眼神看着她，夏秋雨继续说道："那天，我去给……子晨送观众短信，你知道，我当时是面向她走过去的，有那么一刹那的工夫，我觉得子晨的眼睛里有一种惊恐，她似乎看到了什么令她害怕的东西。但是那种惊恐只是刹那间的事，所以我也弄不清楚到底是不是我眼花了，也许她根本就没有害怕过，只是我胡思乱想罢了。"

苏镜注意到，夏秋雨本来想说"宁子晨"的，但是"N"音刚刚发了一半就硬生生收回去了，说出来的只是"子晨"。"宁子晨"和"子晨"虽然只是一字之差，但是对中国人来说却意义深远，这意味着对方在你心目中是亲密的朋友还是一般的同事。宁子晨跟夏秋雨关系特别好，都快成干女儿了，为什么夏秋雨却这样来称呼她呢？假如只是口误，又何必要加以掩饰呢？苏镜把这些疑点记在心里，问道："她当时是看着你的吗？"

"不是，她当时正看着提示器。我跟你说过，我上了直播台，看到她的粉盒打开着，还埋怨她邋里邋遢的，她跟我说再也不敢了。我现在想起来，她当时说话的声音其实不对劲的，她呼吸很急促。"

"你是说那时候她就中毒了？"

"不，绝不是中毒，我觉得她是看到一些让她害怕的东西。但是你知道，我现在真的很怀疑，我想起来的到底是不是真的。"

"我觉得你提供的信息很有价值。"

"真的吗？你真的这么觉得吗？"

"是，不要小看任何一件琐事。哪怕一个人在不该打哈欠的时候打了个哈欠，在不该系鞋带的时候系鞋带，都可能与谋杀有关。"

"你说得也太玄了。"

"夏大姐，我说的是事实，在我们周围发生的每件事情都是相互关联的。"

"那……我……"夏秋雨嗫嚅着说道，"我……还想起了一件更荒唐的事。"

"千万不要说荒唐，每件事情的发生都有其自身的逻辑。"

"好吧，那我就说了。"夏秋雨自嘲地笑了笑，说道，"你进过我们的直播间，你也知道我们直播间的地板很光滑是不是？"

"是。"

"那地板是浅色的，又很光滑，于是就像一面镜子，尽管照得不是很清楚，是不是？"

"是。"苏镜觉得夏秋雨要说的话可能会非常重要。

"那天，我看到子晨眼神慌乱的时候，正好走到摄像机后面，我不知道你有没有仔细观察我们的提示器，它的屏幕稍微有点斜，跟地面几乎成直角但绝不是正好 90 度，如果从特定的角度看，提示器会反射到地面上，你知道我们的地板很光滑，像一面镜子……"

"你看到什么了？"苏镜好奇地问道。

"不，我什么都没看到，"夏秋雨着急地解释着，"那地板虽然是像面镜子，但毕竟照得不清楚，而且提示器在地板上的影子，也仅仅是影子而已，那上面的字是根本看不到的。我只是觉得，地上的影子好像……好像在动。"

"好像在动？"

"我不知道你是不是明白，我的意思是说，"夏秋雨越来越拿不准自己到底要说什么了，"我的意思是说，提示器上的字应该在迅速滚动。"

夏秋雨所说的提示器上的字，其实是每条新闻的导语。几十年前，电视刚刚诞生时，主持人都是把每条新闻的导语背下来，然后对着镜头侃侃而谈。后来，提示器出现了，通过图像反射原理，把导语的文字投影在摄像机镜头前方，这样，主持人看着摄像机，就能把导语读下来，而很多观众还以为主持人是把导语背下来的呢。任何一次直播，都存在变数。串联单虽然提前制作完成了，但是经常需要调整播放顺序，或者临时插播新闻，这时候导语相应的也要跟着调整，于是提示器上显示的导语便会快速滚动，以最快的速度调整到最新状态。如果主持人是生手，往往会看得眼花缭乱。苏镜昨天在直播间看得仔细，对新闻直播的每个环节都已经了如指掌，夏秋雨奇怪导语快速滚动，苏镜自然觉得疑惑，便问道："那不是很正常吗？"

"可是……可是那天杨宇风没有调整过串联单，一切都是按部就班地播出，你明白我的意思吗？就是说，根本没必要去修改导语，那天的导语不应该那样滚动的。"

"你是说有人无缘无故地动了导语？"

"不，不，不，我不敢那么说，当然主持人自己也会在直播台上滚动导语，所以，所以……也许是子晨自己在滚动导语的。"

"可那时候宁子晨的眼神里充满了惊恐，她是没有时间去操作导语的是吗？"

"是的，我……我其实就是这个意思。"

"是不是只有苏景淮可以改导语？"

"之前谁都可以操作的，但是直播开始之后，一人一个岗位，其他人是插不上手的。"

"那就是说，苏景淮无缘无故地改动了导语，而宁子晨正是看了改过的导语之后才紧张起来的。"

"我怀疑就是这样。"

"苏景淮和宁子晨之间有没有什么矛盾？"

"我不知道，但是子晨她曾经要找我说件很重要的事，当时她的声音非常着急，而且……而且还带着哭腔。"

"什么事情？"

"哦，我不知道，"夏秋雨说道，"因为……因为……她说要来我家，可是……可是那天我正好有事，所以就没听她说。"

苏镜明显听出了夏秋雨的慌乱，作为宁子晨的"干妈"，听到干女儿很着急，甚至带着哭腔，她却根本不理会，这实在太说不过去了，于是问道："后来你也没问她？"

"没有。"

"你们情同母女，难道一点都不关心她？"

夏秋雨脸色涨得通红，她无意间话说多了，现在已经意识到了，便前言不搭后语地说道："有些事情你是不懂的。"

"你不说，我自然不懂。你觉得苏景淮就是杀人凶手？"

"哦，没有没有，我可没这么说，我刚才已经说过了，我看到的也许仅仅是我想象出来的，也许那些事情根本就不存在。"

苏镜微微一笑，他可不会把这事当做不存在。转念一想，他又接着问道："香案抽屉里是你女儿的照片？"

夏秋雨一愣说道："是。"

"听说她十几年前去世了？"

"是啊，十三年了。"

"你老公呢？"

夏秋雨突然变得冷若冰霜："你应该已经调查清楚了吧？"

"没有，我一点都不清楚，有人说你老公受不了刺激就离家出走了，可是我不相信，一个男人怎么会如此脆弱呢？"

"你不是当事人，自然不会明白他的心情的。我们那么爱小雨，可是……可是……她是我们的心肝宝贝，是我们的掌上明珠……可是……她却被……她却……"夏秋雨说着说着，眼泪涌了出来，"我不想说这些了，永远都不想了。"

"所以你后来遇到宁子晨，觉得她俩很像，就想把她当女儿看待？"

"是。"

"可是后来为什么又疏远她了呢？"

"因为我明白了，任何人都不能取代小雨的。"

苏镜琢磨着夏秋雨的话，她说"女儿却被……"，这个"被"字很关键，如果是生病死亡的话，是不需要说这个"被"字的。难道她女儿是被人杀死的？

2.受益人

离开夏秋雨家，苏镜驱车直奔电视台，途中打了个电话给邱兴华，到了电视台时，邱兴华已经在楼下等着了。两人直奔 12 楼，在导播值班室找到了严昭奇，他像一堵墙一样坐在电脑前，瞥见两位警官走进来，头也不抬话也不说，继续玩着电脑。

苏镜不以为意，笑道："泰山崩于前而色不变，麋鹿兴于左而目不瞬。严先生好定力啊。"

严昭奇不以为然地瞪了他一眼，嘟哝道："不做亏心事不怕鬼敲门。"

"哈哈哈，这要看你遇到的是善鬼还是恶鬼。"苏镜说道，"严先生，我办案子呢，喜欢随性而至，比如我可以跟你轻松自在地聊聊天，就像朋友一样；也可以公事公办，请你到局里协助我们调查，但是一来我不喜欢那种繁文缛节，二来也太伤害感情了。你说是不是呢？"

听着苏镜这番不软不硬软中带刺的话，严昭奇哼了一声问道："你想问什么？"

"你的工作。"

"我不是都说过了吗？我就是负责切像，直播时一共有五路信号，三路信号是放像机的，两路信号是摄像机的。"

苏镜昨天在直播间已经请教过，两台摄像机一台拍摄主持人大景，就是腹部以上的画面，一台拍摄全景，包括了主持人和《顺宁新闻眼》的背景板。

严昭奇说："我的工作就是到了规定时间把规定的信号播出去。"

"这个我已经知道了，但是我想知道得更详细一些。比如直播时，你的眼睛一般是看着哪儿的？"

"这……这也是问题？"

"隔行如隔山，还希望严先生不吝赐教。"

"看看串联单，再看看面前墙壁上的电视屏幕。"

"那里有几十台电视屏幕，你都看哪些屏幕？"

"刚才说到的那五路信号的屏幕。"

"其他屏幕不看？"

"其他屏幕不是我的工作。"

"我的意思是说，你眼睛的余光会不会偶尔看看其他屏幕？"

"当不是特别紧张的时候，也会到处转着看看。"

"你还记得28号晚上夏秋雨进直播间送观众短信时的情景吗？"

"送就送了，这有什么好记的？"

"你当时有没有注意放导语的屏幕？"

"没有。"

"当时你盯着屏幕看，有没有觉得宁子晨神色不对劲？"

"好像有点慌的样子，不知道看到什么了。"

先是导语变化，之后神色紧张，再之后就是补妆，然后就死于非命。为什么偏偏是这时候补妆呢？杨宇风说妆化得不好，到底是真是假？为什么这个栏目组的那么多人看起来都像凶手？苏镜思忖着问道："杨宇风那天说宁子晨妆化得不好，不知道是哪儿不好了？"

"女人嘛，不都那么回事儿吗？我没觉得哪儿不好。"严昭奇不屑地说道。

"谁这么攻击女人啊？"一个爽朗的声音在门口响起，简易迈着轻快的步子蹿了进来，"老严啊，女人可是天生尤物，需要我们好好去爱护的，怎么能说都那么回事呢？每个女人都有不同的魅力，正是这种魅力让我们陶醉，你说是不是，苏警官？"

"哈哈哈，看来简先生对女人很有研究啊。"

"不敢不敢，只是喜欢，爱美之心人皆有之嘛。"

"那你肯定也觉得宁子晨那天妆化得不够好了？"

"没有，我没注意，风哥的话我倒是听到了，但是我没在意。说实话，主持人有没有观众缘，不在妆化得好不好。"

"那你当时有没有注意到导语屏幕有什么变化？"

"导语就像疯了似的滚，我当时就觉得奇怪呢，"简易说道，"也没人动过串联单，导语怎么就开始滚屏了呢？"

"会不会是宁子晨自己操作的？"

"她？"简易不屑地说道，"那是个读稿机器，她才不敢在直播时去乱滚导语呢。"

"导语是苏景淮操作的吧？"

"是。"

"他跟宁子晨之间有什么过节吗？"

"你不会怀疑他是凶手吧？改动一下导语也不会死人啊。"

"那你觉得是谁啊？"苏镜反问道。

"我觉得是《顺宁新闻眼》的所有人，"简易故作神秘地说道，"我看过的侦探小说都是这样的，谋杀案发生后，侦探首先要追问谁会从谋杀中得益。而现在，宁子晨被谋杀之后，得益的是《顺宁新闻眼》的每一个人。"

苏镜呵呵笑着，听着简易信口开河地胡掰："今天，广告部的同事又给风哥送来两盒磁带，昨天已经送了一盒了，那可都是钱啊。要不是宁子晨自我牺牲地倒在播出台上，绝不会有这么多广告客户看上我们的。"

杨宇风黑着张脸走了进来，他听说两位警官在导播值班室问话，于是刚送走广告部的同事便马上赶过来了，谁知道还没进门就听到简易在大放厥词。他皱着眉头指责道："你天天都胡说八道什么啊？同事被人杀了，你还整天幸灾乐祸的？"

杨宇风是简易的克星，简易从来不敢顶撞这位看上去和和气气的制片人，一听到风哥如此训话，他呵呵傻笑几声算是承认了错误。杨宇风也不跟他计较，转而向苏镜二人道歉："不好意思，怠慢两位了。"

"没事没事，"苏镜大大咧咧地摆摆手，"大家工作都很忙。"

"苏警官有没有什么新发现？"

苏镜笑了笑，问道："苏景淮这人怎么样？"

"反正我不喜欢他，"简易抢先说道，"感觉怪怪的，他那眼神啊，我总觉得不安分，好像总是在打什么鬼主意。"

苏镜看了看杨宇风，简易跟杨宇风的评价如出一辙，只听简易继续说道："他好像一直在窥探什么，别看他整天笑嘻嘻的，但是总觉得吧……笑里藏刀，对，他就是笑里藏刀。"

苏镜琢磨着简易的话，再想想苏景淮在昨天的杀人游戏中的表现，确实是一个不容小觑的人物。正在这时候，苏镜的手机响了起来。

电话是同事柳晓波打来的，从昨天开始，他调查顺宁市各个医院的心理咨询诊室，终于发现一个电视台的员工最近经常去一家民营医院咨询，而咨询的内容正是如何治疗偷窃癖。

3.危险短信

秦小荷今天轮休没有上班。虽然是休息，但是她却睡不着，一大清早就从噩梦中惊醒了。在梦中，她又回到了 28 号晚上的直播现场，她看着宁子晨倒毙在直播台上。所不同的是，在梦里，宁子晨死得更加恐怖，她七窍流血脸色苍白，灰暗的瞳孔死死地盯着自己。她已经连续两天做这个噩梦了。自从宁子晨被杀后，她就一直心事重重，尤其是害怕见到苏镜那双犀利的眼睛。苏镜的眼神像把刀，会把人的思想解剖得淋漓尽致。

秦小荷拿出一部手机，放在手里翻来覆去地仔细端详着，心里盘算着一件事情。她心潮起伏，不知道该不该去做。也许做了这事，噩梦就会离去，可是那样的话……世间事本是如此，有得必有失。

不知道过了多久，房门被砰砰地敲响了，秦小荷心里疑惑，因为她的单身公寓很少有同事光顾，以前也有几个女孩子说要找她玩都被她一一回绝了。从那之后，秦小荷就变成了孤家寡人，再也不会有人登门拜访。可现在会是谁呢？

当她打开房门看到苏镜一脸微笑地站在门口的时候，她一阵慌乱，忙不迭地说道："苏……苏警官，怎么……怎么是你？"

"为什么不能是我呢？"苏镜还是一副笑容可掬的样子，没等秦小荷邀请就带着邱兴华信步走了进去。

这是一间不大的公寓，大约有三十平方，屋里家具非常简单，一台电脑、一台电视、一个衣柜、一张床、一张桌子、一把椅子。

"秦小姐的家布置很简单啊。"

"没钱嘛，只能将就了。"

苏镜禁不住又打量了一眼面前的女孩子，她正执著而坚定地看着自己。你可以把这种眼神称做一种无声的挑战，也可以看成是一种下意识的抵抗。她的眼神虽然很坚定，但是她的脸色出卖了她，秦小荷的双颊已经绯红了。

"两位警官有何见教啊？"

苏镜怜惜地看了看秦小荷说道："秦小姐是不是生病了？"

秦小荷的脸马上红了："没有，我没有生病。"

"我想，如果你能坦白一点儿，对我们大家都有好处。"

"我……我不知道你在说什么！"秦小荷大声叫道。

"4月12日，你第一次走进顺宁市爱伦医院心理科室做心理咨询，这之后你每星期去一次，而咨询的内容是一种精神障碍。"

"苏警官，你认错人了吧？"

"你就诊时用的化名是徐颖洛，我们调查时早就料到会出现这种情况，所以我同事把你们每个人的照片都拿给那位钟秋桂医生看了，钟医生把你指认出来了。"

秦小荷本来肤色就黑，现在气急败坏之余，脸色越发难看："没有，我没有！你们到底想干什么？"

"秦小姐不必这么激动，偷窃癖属于意志控制障碍范畴的精神障碍，你现在是个病人。"

秦小荷倔强地看着苏镜，眼神里流露出强烈的愤怒，可是在苏镜的逼视下，愤怒渐渐被绝望代替，她突然禁不住啜泣起来，继而号啕大哭。等她的哭声渐渐平息了，苏镜便问道："宁子晨知道你偷过东西吧？"

秦小荷胆怯地看了看苏镜，微微点了点头。

"你恨她吗？"

"我……不，我不恨她，我只恨我自己。"

"秦小姐言不由衷了吧？"苏镜说道，"宁子晨应该威胁过你吧？"

秦小荷泪眼婆娑地看着苏镜，终于缓缓地点点头："是。"

"她是怎么威胁你的？"

"那天……那天……"

"什么时候？"

"22号。我本来不想这样的，可是我去化妆室找她配音，她不在，而包就放在桌子上，我又管不住我的手了，就……就……偷偷地拿她的粉盒，可就在这时候她回来了。她很得意，说要告诉所有同事，告诉大家我就是那个贼。苏警官，我丢不起那个人，我也不能丢掉这个工作，所以我就给她跪下了，求她放过我。"

"后来呢？"

"她当时也没有声张，可是之后每次看我的时候，眼神里都含着嘲笑，而且时不时地吩咐我给她做这做那的，她在我面前就像一个女王。"

"这种女人被人谋杀，一点都不奇怪。"

秦小荷慌张地看着苏镜，急得直摇头："不，我没有，我没有杀她，我不会杀人的。"

"你难道就没想过干掉她？"

"我天天都在想她死了该有多好，我巴望着她出门被车撞死，喝水被水呛死，遇到打劫的被人捅死，可是我从来没想过亲手干掉她。我只能忍气吞声地挨日子，希望哪天她大发慈悲饶了我。"

"不管怎么说，你的嫌疑还是很大的。"

秦小荷又委屈地啜泣起来："我不知道，我不知道事情怎么会弄成这样，我不知道是谁杀了她，也许……也许……很多人都想杀她的。"

"你这话是什么意思？"

"原东怀难道不想杀她吗？她是个婊子，而原东怀那么爱她。爱情是会让人疯狂的，爱情的破坏力有时候比仇恨还要大。夏秋雨难道不想杀她吗？"

昨天杀人游戏中的一幕又浮上心头，当时秦小荷刚刚被杀手干掉了，夏秋雨怀疑原东怀是杀手。她会不会跟展明秋一样，把游戏当成了现实，把"杀害"秦小荷的杀手当成了谋杀宁子晨的凶手？可是夏秋雨又怎么会去杀害宁子晨呢？

苏镜问道："她们关系不是很好吗？"

"可是……可是……她毕竟不是夏秋雨的亲生女儿啊，而她整天还装模作样的，难道夏秋雨不会烦她吗？她跟那么多男人上床，难道夏秋雨看得惯吗？"

"哈哈，这个太夸张了吧？我只知道她跟你们台长不清不楚的。"

"不，她还有很多肮脏的事情呢。"

"你怎么知道？"

秦小荷犹豫了一下说道："我……我……你们知道，去看心理医生是不会马上解决问题的……所以……所以，前几天，我又忍不住拿了人家的东西。"

"什么东西？"

"一部手机，"秦小荷将刚才一直在玩弄的手机递给苏镜，"我一直犹豫着要不要把这个手机交给你们，但是我又没法告诉你们这手机从哪儿来的，所以就一直没给你们。现在，既然你们已经知道我的事情了，你们就好好看看吧。"

手机里存着十几张照片，都是宁子晨和人做爱的场景，拍照的人正是那个男人，两个人在玩自拍。苏镜呵呵一笑，心想这世界上原来有很多"陈冠希""钟欣桐"。

拍照的男人他不认识，秦小荷也不认识。

"他不是你同事？"

"不是。你看还有几条短信。"

短信都是宁子晨发来的，发件箱里还保存着已发送的短信，苏镜对照着前后语境将短信按先后顺序排列起来。

——宁小姐，看看这几张照片，认识吗？

——无聊。

——宁小姐真沉得住气啊，要不我发到网上去？

——你是谁？你想干什么？

——给我五万块，我把照片删除，就当从没发生过这件事。

——你不怕我报警吗？

——我敲诈勒索，你臭名远扬。

——给我账号。

之后是一组开户行和账号信息，开户人姓名是刘东强。接下来，还有几条短信。

——6月28日下午四点前把钱打过来，否则没你好果子吃。

——我要当面把钱给你，看着你把照片删除。

——不行。

——那我就不给你钱。

——你看着办吧。

这些信息是 6 月 27 日中午时分发的，一宗谋杀案牵扯出一宗勒索案，这是苏镜始料未及的。

"这是谁的手机？"

秦小荷说道："6 月 27 日下午，我从苏景淮包里拿……拿出来的。"

苏镜和邱兴华正准备离去，秦小荷急忙说道："苏警官，邱警官……能不能……求你们……这个……"

苏镜打断她的话问道："你不想让你同事知道是吧？"

"是，我一直在治疗，我真的不是……我也不知道该怎么说。"

"这个我们自有分寸。"

4.勒索者

苏景淮还是一副笑嘻嘻的样子，闪进了会议室，迎接他的却是苏镜冷若冰霜的面孔，苏景淮却仍不以为然，依旧满脸堆笑，脸上的褶子几乎挤成了一粒核桃仁。

"苏警官，有什么吩咐啊？"

"坐。"苏镜使个眼色示意他坐下。

苏景淮这才觉得事态有点严重，稍微收敛起那副笑脸，点头哈腰地问道："什么事？"

苏镜懒懒地坐在那儿也不说话，轻蔑地打量着苏景淮，这让苏景淮越发慌张起来："嘿嘿嘿，苏警官。"

苏镜从兜里拿出一部手机，不停地摆弄着，苏景淮看了看那个手机，心脏顿时怦怦直跳，那正是他被偷的手机，但是他强装冷静不动声色。苏镜玩了一会儿，将手机随手往前一扔，丢到苏景淮面前，苏景淮一见就知道事情已经败露了，他呵呵一笑，说道："苏警官好厉害啊，你找到我们栏目组的那个小偷了？"

苏镜懒得跟他绕弯子，问道："说吧，照片哪儿来的？"

"哈哈哈，一个朋友拍的。"

"朋友？他从哪儿弄到这些照片的？"

"我那朋友就是这个男的。"苏景淮像是拆穿了一件秘密似的，脸上洋溢着得意的神情，又仿佛睡了宁子晨的就是他本人一样。

在苏镜的一再追问下，苏景淮交代，顺宁市京华地产公司老板图永强是他中学同学，两人关系一向很好，好到泡了多少妞都会经常凑在一起交流。前不久，两个人在浴池里泡着，图永强一脸淫笑地对苏景淮说："我把你们台的主持人搞了。"

"谁啊？"

"哈哈哈，宁子晨。"

"拉倒吧你，宁子晨是我们台长的人，就凭你那几个臭钱？"

"女人无所谓贞操，贞操是因为价码太低，只要你舍得出钱，什么样的女人都会为你脱下裤子。宁子晨开口要价十万块，老子甩给她二十万。漫游、冰火、口爆、毒龙、胸推、臀推、手推……全套服务。哎，其实也没多大意思。"

"做梦吧你，鬼才信你呢。"

"哈哈哈，哥们儿，你不会嫉妒了吧？"图永强拿出手机翻出照片给他看，"看看是不是你们的宁子晨啊？"

苏景淮看得目瞪口呆，问道："她……答应让你拍？"

"再加十万喽。"

后来苏景淮偷偷地将图永强的照片通过蓝牙发送到自己手机上。

听着苏景淮的讲述，苏镜有点恶心，想不到堂堂一个主持人竟是这种货色："讲讲你是怎么敲诈宁子晨的。"

"苏警官，你别冤枉好人啊，我没敲诈她。"

"苏景淮，以后拉屎把屁股擦干净点儿，看看你的短信记录吧。"

"嗨，那些短信啊，我是跟宁子晨闹着玩的。"

"闹着玩？用这些隐私照片闹着玩？你玩得也太过火了。"

苏景淮硬撑不下去了，只好告饶："是我不对，是我不对，以后再也不敢了。"

"以后？你还准备敲诈谁啊？"

"没有没有，我哪有那个胆量啊。"

"哼，没那胆量？我看你胆子不小，恐怕你不仅仅是敲诈宁子晨吧？"

苏景淮张张嘴，又不知道该说什么好，只听苏镜又说道："宁子晨给了你多少钱？"

"没有，她没给我钱。"

"真的？"

"真的，我可以对天发誓。"苏景淮着急地说道。

"一个人勒索不成，一般来说会怎么样？"

"我……我不知道……"

"我告诉你吧，"苏镜说道，"最有可能的就是恼羞成怒，说不定把勒索对象杀了，以泄心头之恨。"

"啊？"苏景淮腾地站起来，"你是说宁子晨是被我杀的？不，没有，我没有杀她。"

"不要紧张，"苏镜轻蔑地说道，"坐下，好好说话。"

苏景淮垂头丧气地坐下来又继续说道："我真的没有杀人。"

"哼哼，28号晚上七点一刻到八点十五分之间，你都在做什么？要事无巨细一件不漏地全部交代。"

苏景淮赶紧一五一十地详细交代了自己的行踪，甚至喝了几口水、跟哪些同事说过话都说得清清楚楚。照这样看来，他的确没有机会下毒，可是他会不会有其他什么办法呢？夏秋雨、简易说的导语快速滚动又是怎么回事呢？

"28号直播时，串联单没有改动，可是你为什么还要改动导语？"

"改导语？没有啊，我根本没动过。"苏景淮坚定地说道。

"哼哼，苏景淮，要想人不知除非己莫为，你当时以为每个人都在注意着自己手头的工作，可是你没想到有一个人恰好看到了你改的导语。"苏镜说得跟真的似的。

"谁？杨……杨制片？"苏景淮笑不起来了，情不自禁地追问道。

"哼哼，你为什么以为是杨宇风看到的？"

"当时他……他好像看了看导语。"

"不是他，还有其他人。"

"那……那是谁?"

"你很想知道这个问题吗?"

"呵呵呵,不,警方应该保密的,我理解。"

"说吧,你怎么改的导语?"

"你不是已经知道了吗?"

"苏景淮,你放老实点儿,你现在是谋杀案的犯罪嫌疑人,是我在问你,不是你问我。"

"其实……其实……我就加了几个字,等宁子晨看清楚了,就马上删除了。"

"什么字?"

"我在一条新闻导语的开头加了'黑天鹅宾馆、图永强'几个字。"

"难怪宁子晨看到导语会紧张起来。"

"她那是做贼心虚。"

"你不是贼吗?你刚才还说没有敲诈宁子晨,你这又是什么意思呢?"

"我……我只是……只是吓唬吓唬她而已。"

"在她直播的时候这样吓她?"

"呃……我承认,这个玩笑开得实在太过分了。"

从苏景淮这里已经得不到更多东西了,苏镜挥挥手让他走了。邱兴华问道:"老大,你觉得他会杀人吗?"

苏镜沉闷地叹口气:"这里很多人都会是杀人犯,但是要给任何一个人定罪都是难上加难。那么多人有作案动机,那么多人有机会单独接触粉盒,可是到底是谁,我们却根本无从查起。"

"那怎么办啊?"

"就看王天琦能不能追查出氰化钾的下落了。还有那个送水的人是谁?"

5.杀手选秀

晚上八点，《顺宁新闻眼》又准时开始了。苏镜忙了一天回到家里，已经筋疲力尽，他一屁股坐在沙发上看起了电视。

如果不是目睹了宁子晨被杀，谁都无法从主持人脸上看出电视台发生了谋杀案。欧阳冰蓝表情亲切、语速平稳，对着镜头侃侃而谈。跟宁子晨不同，她总会在每条新闻结束之后，加上几句自己的评论，使整条新闻增色不少。

《顺宁新闻眼》还在炒作宁子晨被杀一案，是的，这就是炒作。一组记者采访了很多市民，让他们猜测谋杀案到底是怎么发生的，主持人还读了几条观众发来的短信。其实，全都是些无稽之谈，要靠一档新闻节目发动群众提供什么线索基本上是不可能的，尤其是罪案就发生在他们的直播间。如果是大街上的罪案，也许还会有目击证人提供线索，可是现在，每个人都在隐瞒什么，每个人都多多少少有杀人的动机甚至杀人的嫌疑，在这种情况下，怎么能依靠他们来提供线索呢？

领导的新闻明显少了很多，大概市领导不愿意自己的图像出现在笼罩着谋杀疑云的《顺宁新闻眼》里吧。

今天的新闻很热闹，应该说《顺宁新闻眼》又恢复到以前的水平了。在播了两条时政新闻之后，是两条关于宁子晨被杀的新闻，一条是《子晨被杀全城耸动》，采访了几个热心观众，说宁子晨是多么好的主持人，凶手实在太可恶了之类；一条是《热心市民热议谋杀真相》，欧阳冰蓝坐在直播台上播着导语："6月28日，我们的同事宁子晨遇害后，警方迅速确定了凶手就在我们栏目组内。现在我坐在直播台上，而凶手很可能就在我附近看着我，我不知道我会不会成为下一个牺牲品，但是我将无所畏惧地继续战斗在这个岗位上，直到凶手被捕。昨天，我们曾经邀请电视观众帮助我们分析谁最有可能是凶手，一天时间里，有十多万名观众给我们发来了短信表达自己的想法，其中得票最高的是我们的美编苏景淮，最低的是我们的记者苏楚宜。"

这一个长长的导语，欧阳冰蓝说得声情并茂，导语之后是正文，正文是介绍每个人的得票情况，画面用的是一个图版。

苏镜默默地看着，这绝对是一个极佳的炒作，不但能拉动收视，而且可以直接创造经济效益，因为发一条短信要花两块钱，十多万条短信就是二十多万块钱。

苏镜看着这份得票表，心中是哭笑不得。杨宇风竟然把一起谋杀案策划成一场选秀活动了，这肯定是古今中外电视新闻史上的第一次。而苏景淮，这个在杀人游戏中获胜的杀手，竟然位列第一。

在这条新闻之后，又是一组社会新闻，什么《旅社内丈夫嫖娼妻子偷情，双方相遇大打出手》，《出殡车内鞭炮爆炸，为母送葬儿也身亡》，《医院7次对孕妇检查未发现胎儿无左臂被判赔》……每条新闻都是那么离奇，不过苏镜却看得有点乏味，也许是因为整天看这种新闻产生审美疲劳了吧。

当新闻播到第15分钟的时候，苏镜本能地睁大了眼睛，他不知道顺宁市有多少人会跟他一样，多多少少有了点强迫思维，生怕主持人再被谋杀，或者心底里其实是充满了渴望。

只听欧阳冰蓝一脸严肃地播道："前几天，我们《顺宁新闻眼》报道了一组毒狗肉流进顺宁餐馆酒楼的新闻，引起了社会的广泛关注。这些毒狗肉到底从哪里来的，我们的记者这几天明察暗访，发现有一伙偷狗贼最近活跃在我市郊区，他们用一种烈性毒药来诱杀狗只。"

一听到"烈性毒药"，苏镜马上竖起了耳朵。

画面摇摇晃晃的，应该是记者用偷拍机拍摄的，拍摄时间是晚上，灯光昏暗，看不清人的脸，只能看到影影绰绰的一个轮廓，屏幕右上角显示出拍摄地点：宝龙区。

新闻里说，几个人用骨头喂狗，狗吃了之后几秒钟就倒下死掉了。

苏镜看着这条新闻，心中越发起疑。

接下来一条新闻是，一个不愿意透露姓名的观众打来的电话，《顺宁新闻眼》用了那人的声音，画面就是一部电话机。

那人自称姓吕，他介绍说，药狗偷狗的都是一些好吃懒做的闲杂人员，年龄在35岁以下，基本上集中在宝龙区湖山镇，他们常年专门从事药狗偷狗的活计，秋冬季节尤其猖狂。药狗的毒品为氰化钾，主要来自电镀厂。偷狗贼先将蜡烛融化，然后将氰化钾粉末包在一小块蜡烛油中，放在鸡骨头或者羊骨头里，这样就防止氰化钾洒落或遇水融化掉。在偷狗时，总是一个人在前面踩点药狗，另外一两个人骑摩托车跟在后面。狗只要吃了鸡骨头或羊骨头，在四五秒之内就会休克死亡。偷狗贼会把死狗卖给收狗的"经纪人"，"经纪人"再把狗送到各个秘密冷库。

苏镜看完新闻，马上拨打了王天琦的电话。

"小王，氰化钾的事追查得怎么样了？"

"老大，简直是大海捞针啊。这玩意儿虽然买的时候需要这个部门那个部门出具证明、备案，但是使用时根本没有监管。很多电镀厂、洗注厂、油漆厂、染料厂就没有使用记录。"

"有没有陌生人去那些厂子购买氰化钾？"

"全市被批准使用的工厂我基本都问过了，都说没有。"

"今天的《顺宁新闻眼》看了没有？"

"正在看呢。"

"偷狗贼有没有人去抓？"

"这事应该归辖区派出所管吧。"

"从现在起，我们要插手了，凶手很可能是从偷狗贼那里搞到的氰化钾。"

"毒狗"的新闻之后是一条很正面的消息，说是顺宁路桥公司今天上市，股票涨幅达到170%。接下来义介绍说，顺宁路桥是顺宁市最大的路桥建设公司，主要负责顺宁市交通路网的建设，近年来又积极在全国范围开拓市场。接着新闻里又着重介绍了顺宁路桥公司的光辉业绩，苏镜听着乏味得很，可是当他听到"文心路"的时候，不禁心头一震。他这才知道那条水浸的路是顺宁路桥公司修的，原来使爱车熄火的罪魁祸首竟然是顺宁路桥公司。他突然想起来什么，心中萌发出一个大胆的假设，要知道，一家公司上市前夕是非常敏感的时期，任何一条负面消息的披露都会影响到股价的波动。苏镜忙拿出6月28日《顺宁新闻眼》的串联单，仔细审看起来。

SNTV 2009–06–28 星期二 【顺宁新闻眼】
制片人：杨宇风　　**责任编辑**：夏秋雨，秦小荷　　**主持人**：宁子晨
美编：原东怀，苏景淮　　**导播**：简易，严昭奇　　**摄像**：叶守蓝　　**化妆**：米瑶雨

序号	形式	节目标题	带号	时长	累计长	记者
1	无导语	片头广告＋新闻提要	A	0' 45''	0' 45''	夏秋雨
2	图像	林达夫：合力推进顺宁项目建设	12	2' 32''	3' 17''	康晓明，殷千习
3	图像	洪天明：全面推进物业管理工作	8	2' 00''	4' 32''	何春辉，易叶
4	图像	人大代表检查河流污染治理	1	1' 23''	5' 55''	任一，王函
5	无导语	市领导会见新加坡客人	3	0' 26''	6' 21''	杜长维
6	无导语	市领导会见美国客人	6	0' 32''	6' 53''	连恒福
7	图像	政协委员调研食品安全管理	9	1' 01''	7' 54''	樊玉群，凌岚
8	口画	新闻预告	13	0' 15''	8' 09''	秦小荷
9	无导语	广告1+《顺宁新闻眼》小片头	B	1' 30''	9' 39''	
10	图像	男子遭雷击奇迹复活	2	1' 12''	10' 51''	姚笛，杨署风
11	图像	住院老汉偷偷溜出去嫖娼不料骨折伤情加重	4	1' 21	12' 12''	冯敬，何旋
12	图像	女子轻生 跳楼瞬间被消防员飞身抱住	5	3' 15''	15' 27''	秦昭燃，余树
13	图像	深度调查：暴雨冲出豆腐渣文心路水浸爆出黑幕	7	4' 45''	20' 12''	陈燕舞，许伟才
14	图像	网瘾少年失恋攻击网站赚黑金	10	1' 23''	21' 35''	苏楚宜
15	无导语	广告2+《顺宁新闻眼》小片头	14	2' 00''	23' 35''	
16	图像	深圳市长许宗衡被双规	16	1' 15''	24' 50''	孙高德，周璇
17	口画	天津原市委常委皮黔生被双开	11	0' 45''	25' 35''	刘德正，林美丽
18	图像	广州海事法院巨款出国考察被员工网上举报	15	1' 20''	26' 55''	姚琐涵，丁川林
19	图像	哈尔滨警察打死大学生案一审判决	17	1' 06''	28' 01''	殷小柠，乔昭宁
20	无导语	吉林回应松原舞弊事件三个焦点问题	19	0' 30''	28' 31''	胡薇，叶振一
21	图像	N1N1流感肆虐 我国防控形势严峻	23	1' 20''	29' 51''	欧叔颖，项绗
22	口播	结束语	26	0' 9''	30' 00''	

6月28日20点15分38秒，宁子晨一头趴倒在直播台上再也没有醒来，那时候她正在播出《深度调查：暴雨冲出豆腐渣 文心路水浸爆出黑幕》的导语，可是导语没有播完她就死了。假如她没有死，新闻顺利播出了，顺宁路桥公司的股票还会不会在上市首日就取得这样的成绩呢？马克思一百多年前就在《资本论》中形象地说道："如果有10%的利润，资本就保证到处被使用；有20%的利润，资本就活跃起来；有50%的利润，资本就铤而走险；为了100%的利润，资本就敢践踏一切人间法律；有300%的利润，资本就敢犯任何罪行，甚至冒绞首的危险。"

顺宁路桥上涨幅度达到170%，他们会做出什么事情呢？

第六章　变线人生

播都播了，你能把我怎么样？大不了写检讨。我都被逼成这样了，哪能畏首畏尾的？没写过检讨的记者就不是好记者……一个记者一辈子没写过一份检讨，就说明他中规中矩亦步亦趋，没有独立思考的能力，只会当人云亦云的鹦鹉。

1.反目成仇

自从 6 月 28 日以后,《顺宁新闻眼》的收视率节节攀升。10 月 28 日 20 点 15 分时,收视率还是 1.5%,可是后来频繁放片花,收视率却突飞猛进到 10%,而 29 号、30 号的收视率一直维持在 16%左右。

杨宇风心里高兴,脸上却尽量装得很平静,他可不想别人说他冷血。就在 这时候,苏镜和邱兴华不出所料地又来了,他忙热情地招呼道:"两位警官又 来了?"

"是啊,想请杨制片帮帮忙啊。"

"苏警官客气了,请问什么事?"

"我昨天看你们新闻,想到了一个问题,"苏镜沉思着说道,"宁子晨为什 么正好死在八点十五分三十八秒?这是否与马上要播的那条新闻有关?"

"我不明白你的意思。"

"会不会是有人想阻止那条新闻播出呢?"

"啊?"杨宇风睁大了眼睛,脸上禁不住带了一丝笑意。

"你们这里有没有人跟这条新闻利害相关?比如打新股买到了顺宁路桥的 股票?"

"这个……我不敢相信,我觉得这不可能,"杨宇风抓耳挠腮地说道,"我 们这里有位记者就是顺宁路桥公司董事长胡杰的老婆,但是……但是……她不 可能啊。"

"谁?"

"展明秋。"

"展明秋?就是那天跟你吵架的那个记者?"

"是。"杨宇风不好意思地点点头。

苏镜由衷地笑了:"杨制片,我真是佩服你啊,为了新闻事业,连同事老公的负面新闻都照样报道啊。"

"是啊，我都快六亲不认了，她那天就是为这事跟我吵架的。"

"她肯定很失望吧？"

"失望？简直都绝望了，"杨宇风摇摇头，叹口气说道，"哎！我有什么办法呢？我都是快下岗的人了，她还跟我来这一套。有本事，你老公别搞豆腐渣啊！你既然搞了，就得接受新闻媒体的监督，别他妈以为婆娘是个记者就可以胡作非为了，你说是不是，苏警官？"

"是，是，铁肩担道义嘛，如果新闻也徇私了，那顺宁就真的没出路了。"

"就是啊，她老公修路花的是谁的钱？花的是你的钱，我的钱，全体纳税人的钱。这种人就该抓起来毙了，还上市！那天为了做这条新闻，我真是争分夺秒啊！先是跟记者交代，做这条片子一定要保密。结果，他们还是走了狗屎运，片子没播出去。"

"做条片子还要保密吗？"

"路桥公司上市，那是顺宁市的大事，万一展明秋知道我们正在做这条新闻，早就告诉她老公了，她老公再给哪个市领导打个电话，不用等我们采访，就把这片子毙了。所以我特地挑了展明秋休息的一天来做这片子，谁知道到了傍晚，不知道哪个记者告诉她了，她便跑到单位找我求情。"

"她为什么不直接找市领导啊？"

"她肯定以为我们都是一个单位的，我不好意思拒绝她，就想私下把这事摆平了。我知道她心里怎么想的，就故意拖延时间，拖得她打电话找领导都来不及。"

"可是你刚才说路桥公司上市是顺宁的大事，这种新闻播出了，市里不会批评你们？"

"哈哈哈，那肯定会的，但是播都播了，你能把我怎么样？大不了写检讨。我都被逼成这样了，哪能畏首畏尾的？没写过检讨的记者就不是好记者。"

苏镜看着杨宇风气呼呼的样子，不禁乐了，问道："此话怎讲？"

"一个记者一辈子没写过一份检讨，就说明他中规中矩亦步亦趋，没有独立思考的能力，只会当人云亦云的鹦鹉。"

苏镜击掌赞道："透彻！"

杨宇风长长地叹了口气，继续说道："哎！谁知道，竟然出了这种事，好好的新闻没播出去。第二天市领导电话就打来了，禁止播出，这不是白忙活了吗？领导没打电话，你把新闻播了，最多说你政治觉悟不高；打了电话还照样播出，那就是藐视领导权威了。"

"等等，逼你？谁逼你干什么？你刚才说你快下岗了，是怎么回事啊？"

杨宇风气愤地骂道："李国强那傻×，自从他当上台长之后，我们的领导新闻就越来越多，到最后把收视率砸下来了，又来怪我，说我骄傲了。妈的，你说有这种事吗？9月初给我下死命令，要求我在两个月之内把收视率拉到原来的水平。6%啊，哪有那么容易的？天天播领导新闻，开个屁会也要报道，你说收视率能提上来吗？"

杨宇风越说越气，苏镜听着却是越来越疑惑，说道："我突然觉得你很可疑啊！"

杨宇风瞪着眼睛问道："我什么可疑了？"

"宁子晨被杀后，你们的收视率肯定很高吧？"

杨宇风无奈地看了看他，说道："你是说我为了提高收视率而杀人？你觉得有必要吗？老子大不了不干这制片人了，当记者去！"

"当制片人毕竟要威风一些嘛，有个笑话怎么说的来着？单位就像一棵大树，上面爬满了猴子，往上看全是屁股，往下看全是笑脸。谁不想多看几张笑脸少看几个屁股啊？"

"所以我这只猴子就去杀了另一只猴子？"杨宇风说着，从抽屉里拿出几页纸来递给苏镜说道，"你看看，两千多字的检讨，你以为我很喜欢写检讨啊？"

苏镜接过来看了看，不禁扑嗤一声笑了。杨宇风检讨的内容是，由于他的失职，对员工的素质教育没有抓好，普法宣传没有跟上，这才导致了宁子晨被杀。

"杨制片，你们领导真是别出心裁啊，这也说明你是个好记者啊！"

"操！好个屁，要是我把什么事情搞砸了被要求写检讨，我就认自己是个好记者了。可现在又不关我事，还让我写检讨！妈的，我们这恶心单位就这样，出了这么大的事，总得有个替罪羊吧？我巴不得离开这个鬼地方。"

苏镜沉吟片刻，问道："展明秋这人怎么样？"

"工作很踏实，干的活很精，就是功利心太强了。当初她工作，就是为了给她老公铺路拉关系，你也知道记者人脉都很广，她老公公司草创的时候，主要就是靠她帮忙。基本上凡是对她有用处的单位，她都经常去采访，就是为了套近乎。"

"你跟她私交怎么样？"

"老实说，以前还挺好的。1998 年抗洪的时候，我跟她一起去长江大堤采访，那可是冒着生命危险啊。我们俩住在长江大堤的帐篷里，可以说是同甘共苦。从那之后，我们的关系就比较好了。"

苏镜微微笑了笑，心想这个杨宇风真是不简单，为了播出一条新闻，竟宁愿得罪多年的老同事老朋友。

2.攻心为上

展明秋还是一副波澜不惊的样子，静静地坐在椅子里看着苏镜。

"恭喜你啊，展记者。"苏镜说道。

"有什么好恭喜的？"

"你老公的公司上市首日就狂涨 170%，难道不是喜事吗？"

"呵呵，股市如战场，没准儿过几天又跌下来了。"

"毕竟已经赚到了，不是吗？"

"苏警官今天是来讨论股市的吗？"

"哦，不，只是感兴趣，"苏镜亲切地笑道，"很多事情也许都与谋杀案有关。"

"有道理，大风起于青萍之末嘛。"

"比如，你跟杨宇风的吵架。"

展明秋疑惑地看着苏镜说道："我不懂你的意思。"

"我想请你详细地说一下你 28 号的行踪，包括你怎么知道那条《深度调查》的新闻要出街，你几点到电视台的，几点去找杨宇风的，等等，等等，我都要知道。

"哼，有这必要吗？我如果不说呢？"

苏镜嘿嘿笑了笑："那只好公事公办了，我回局里开个拘留证，带你回局里协助警方调查。你知道记者们会怎么写，他们会大肆炒作这事的，因为你是刚刚上市的顺宁路桥公司董事长胡杰的老婆。"

展明秋愠怒地看了看苏镜："你凭什么拘留我？我又没犯法。"

"正因为没犯法才拘留你啊，犯法的话，就是逮捕了。你现在有重大的嫌疑，我怀疑正是你杀了宁子晨。"

展明秋不由自主地坐直了身子，浑身每根神经都绷紧了，仿佛一张拉满的弓，随时都会射出一支利箭。可是她又冷笑一声，重新坐回到椅子里，浑身放松了。

"苏警官真会开玩笑。"

"第一，你有时间下毒，因为你单独进过化妆室。第二，你有动机。"

"天方夜谭！我有什么动机？我跟宁子晨无冤无仇，我为什么要杀她？"

"是啊，我也奇怪呢，你为什么要杀她？"

"我没有杀她！"

"你知道宁子晨死的时候正在播哪条新闻吗？"

展明秋看了看他没有说话。

"正是那条《深度调查》的导语，"苏镜说道，"假如那条新闻播出去后，不知道对顺宁路桥公司的股价会带来什么冲击？"

"就为这，我就会杀人？"

"顺宁路桥上市首日，就狂赚了两亿元。为了两亿元杀人，应该值得冒这个险吧？"

展明秋不屑地笑了，说道："值得，很值得。"

"现在就说一下你那天下午的行踪吧！"

展明秋不耐烦地看了看苏镜，说道："那天我休息，本来正在外面吃饭，突然接到了一个同事的电话，说是有一条新闻是批评我老公公司的。"

"哪个同事给你电话的？"

"这个很重要吗？"

"我不能放过任何一个细节。"

"这事与案子一点关系都没有。"展明秋叫道。

"有没有关系，我说了算。"

"米瑶雨。"展明秋只得说道。

"你俩关系很好吗？"

"一般吧。"

"那她为什么告诉你这个消息？"

"哼，讨好我呗，她给我打电话告诉我这事，希望能拿到一点好处。"

"她怎么说的？"

"哎呀，展姐，你可得谢谢我啊。"展明秋装腔作势地学着米瑶雨说话。

"她是几点打的电话？"

"晚上七点左右，前后不差五分钟。"

"你接到电话之后做了什么？"

"我马上给杨宇风打电话，我求他别发了，可是他说：'我这里忙着呢，你过来当面说吧。'然后我就回电视台找他。"

"你几点到的？"

"七点二十左右，我直奔12楼，结果杨宇风不在座位上，我问秦小荷他在哪儿，秦小荷说他去化妆室找宁子晨了，于是我就跟着去了，结果化妆室没人，后来的事情我都跟你说过啦，我在化妆室等了两三分钟，出来时看到杨宇风了，我跟他说了半天，他就是不同意。"

苏镜的手指有节奏地敲击着桌面，每个脑细胞都在飞速地旋转，杨宇风、简易、严昭奇、秦小荷、原东怀、苏景准、欧阳冰蓝、展明秋每个人或多或少都有杀人动机，而有作案时间的人就更多了，叶守蓝、米瑶雨、苏楚宜都单独进过化妆室或者上过直播台，但要给任何一个人定罪，几乎都是不可能的。凶手实在狡猾，而且胆子非常大，他或者她明明知道警方会在他们中间寻找罪人，但还是敢如此作案！之前他曾追问，如果杀人，为什么一定要在直播台上？为什么要当着那么多电视观众的面杀人，现在看来，这也许是最好的方法了，在其他地方作案，也许隐蔽性反而没这么好了，最危险的地方往往是最安全的地方，凶手看来深谙此道。如果一直这样胶着下去，只能成为一桩悬案了。

"你跟杨宇风关系怎么样？"

"哼，"展明秋，"我瞎了眼，遇到一个白眼狼。"

"他说你们曾经还在长江大堤上同甘共苦，一起做抗洪报道。"

"他还记得啊，看来脑子还没坏死。"

"看来展记者气还没消啊。"

"如果你被朋友出卖了，你能那么快就消气吗？"

"可是毕竟那条新闻没有播出来，而且昨天他还播了顺宁路桥上市的新闻，那可是完全正面的消息啊。"

"哼，新闻没播出来，是拜那个凶手所赐；至于昨天那条新闻，我又没让他播，一堆社会新闻里夹着一条上市公司的新闻，早被淹没掉了，谁会注意啊？"

"也许他后来想通了，就播出这么一条新闻想跟你和解呢？在我印象里，《顺宁新闻眼》很少播这种公司上市的新闻啊。"

"哼，我不用他献殷勤。"

正在这时，苏镜手机响了起来。

一个热情似火的声音从话筒里传来："苏警官啊，我想找你说点事。"

苏镜放下电话，对一直做着笔录的邱兴华说道："你女朋友来了。"

3.告密者

一阵咯噔咯噔的高跟鞋敲击地面的声音从远处传来，渐渐的，离会议室越来越近了，人还远着呢，一股浓浓的香气先从门外飘进来。邱兴华面色一红，知道苏镜说的是谁了。

米瑶雨今天描了紫色的眼影，因为她穿了一身紫色的毛衣，耳环也换了，是一长串白金制成的挂坠，快垂到肩膀上了。

"苏警官，这几天没睡好啊，黑眼圈都出来了。"

"我这算啥啊？我们小邱眼睛都快穿孔了，天天等你电话，那叫一个望眼欲穿啊。"

"呵呵呵，"米瑶雨笑道，"真的吗，邱警官？"

邱兴华呵呵傻笑了几声，他怕这个女人的似火热情把他灼伤了。

米瑶雨继续说道："既然这样，我就给邱警官插个队？"

"插什么队啊？"邱兴华问道。

"约会啊，呵呵。"米瑶雨笑了起来像只小母鸡。

邱兴华不知所措，苏镜说道："那就这样定了，就今天晚上吧。小邱，你到时候定下时间地点，通知人家一声，总不能让姑娘家来约你吧？"

"没事没事，"米瑶雨说道，"今晚八点半，星河酒吧不见不散。"

"好。"邱兴华涨红了脸点点头。

"好了，说正事吧，"苏镜说道，"米小姐，有什么事情跟我说？"

"一件小事，不过很奇怪。"

"说说看。"

"发生在一个月前，"米瑶雨眨巴着眼睛说道，"那天晚上我走得比较晚，新闻播完我才走。大概是八点五十左右的样子，我走到台门口，经过一棵树下的时候听到了哭声，原来是一个女人趴在一个男人怀里哭，那个男人搂着女人，不停地拍着女人的背，也在哭。"

邱兴华抬起头说道："那有什么奇怪的？"

"别打岔，记你的。"苏镜说道。

"男人搂着女人哭不是新闻，可是当那个女人是夏秋雨的话，那就是新闻了。"

"夏秋雨？她老公不是跑了吗？"

"就是啊，所以我觉得奇怪啊。"

"他们说什么了？"

"哎呀，我哪好意思老站在那里听啊？赶紧走开了，不过听那个男的说了一句话：'我不能看着他们过得那么好。'"

"那是什么意思啊？"

"我不知道，很无厘头是不是？"

"那人长什么样？"

"当时是在树下面，灯光很暗，我没看清。"

"那你怎么知道那是夏秋雨？"

"她在哭嘛！一听那哭声，我就知道是她。"

"听哭声就能听出是谁来？"

"那有什么奇怪的？"米瑶雨睁大了眼睛说道，"还有人听别人放个屁都知道是谁放的呢。"

苏邱二人扑哧一声笑了，邱兴华问道："谁那么神啊？"

米瑶雨绘声绘色地说道："这是苏楚宜和简易的故事。简易上厕所，进了单间关上了门，一蹲下就放了一个屁，刚放完，隔壁就传来苏楚宜的声音：'是简易吧？'简易当时一慌，括约肌都忘记使劲了，问他是怎么知道的。你们知道苏楚宜说什么啊？他说：'听口音就是你，带着四川腔。'"

二人听完哈哈大笑，邱兴华问道："你怎么知道他俩的对话？"

"嗨，苏楚宜很得意说了个笑话，逢人就讲，所以我们就全知道了。"

两人又笑了一阵，苏镜说道："说正事吧，那男人多高？"

"比夏秋雨高一些，应该是一米七三左右。"

苏镜点点头，接着说道："我还有件事情要问你。"

"好啊，什么事啊？除了三围和体重，你问我什么我回答什么。"

"哈哈哈，三围和体重，留给我们小邱问，"苏镜说道，"我想知道你和展明秋关系怎么样？"

"点头之交，没啥关系。"

"那你 28 号那天为什么要给她打电话呢？"

"这个很重要吗？"

"刚才我已经说过了，任何事情都很重要。"

"呵呵，苏警官真逗，"米瑶雨甩了一下头发，说道，"我是卖个人情赚点零花钱，你想路桥公司上市多大的事情啊，万一被曝光，肯定损失惨重。"

"她怎么报答你的？"

"给我一千股原始股，呵呵。"

"净赚三万多块，米小姐很有经济头脑啊。"

"信息社会嘛，信息就是生产力。"

"你是化妆师，难道也会去看稿子？"

"我才懒得看稿子呢，那天我是听到这个消息的。在信息社会里，一定要眼观六路耳听八方，这样才会财源滚滚。"

"你听谁说起这个稿子的？"

"那是大概不到七点钟吧，还没开始化妆呢，我无所事事地在编辑房里瞎溜达，听到杨宇风和秦小荷在说这个稿子。"

"哈哈哈，佩服，就这样你就知道了？"

"是啊，杨宇风跟秦小荷说：'这稿子可不能出了什么差错，要是提前让展明秋知道了，她肯定要来找我。'秦小荷说：'你播了之后，她肯定会跟你拼命。'杨宇风说：'管不了那么多了，先播了再说。'我听到这消息后，一琢磨就知道这是个发财的机会。"

"你记得确切时间吗？"

"我正好看过时间，是在七点零二分。"

苏镜点点头，笑道："杨宇风还以为是哪个记者泄的密呢。"

"苏警官，你可别跟制片人说啊，我是相信你们才跟你们说这事的。"

"与案件无关的事情，我们是不会跟别人说的。"

"这事肯定与案子无关。"

"未必，也许还真有关系呢，"苏镜说道，"比如米小姐你吧，你既有杀人的动机，又有杀人的时机。"

"嗨，我都跟你说过了，我才不会去杀她呢，信不信由你们啦。"

"我们会尽快查明白的。"

"没事了吧？没事我就走啦。"

"谢谢米小姐给我们提供这么重要的情况。"

"应该的嘛，邱警官，记得晚上八点半星河酒吧不见不散啊。"米瑶雨说罢一溜烟走出了会议室，香味却迟迟没有散尽。

"怎么样？晚上去吧？"苏镜说道。

"老大，你怎么改行当媒婆了？"

"喜不喜欢？"

"呵呵呵，还行。"

"还行个屁！你以为真让你泡妞去啊？"

"那干吗呀？"

"这里每个人都出于自身或者朋友的利害关系或多或少地隐瞒了什么，你别看米瑶雨大大咧咧的，好像没心没肺的样子，但你要是直接问她欧阳冰蓝的事情，她未必告诉你。"

"你怀疑欧阳冰蓝？"

"你说这些人哪个可以不怀疑？"苏镜说道，"米瑶雨很喜欢欧阳冰蓝，所以她不会跟警察讲很多。"

"哦，我明白了，"邱兴华说道，"你这是美男计。"

"就你那样，还美男？"

4.寂寞女人心

"杀害子晨的凶手抓到了吗？"夏秋雨的眼神里满含关切，当她走进会议室的时候，苏镜就一直在打量她。她虽然看上去泰然自若，但是拧紧的双手出卖了她，她心里其实是很紧张的，她紧张什么呢？她做出一副看上去非常关心宁子晨的样子，但是她的问话里却少了几分感情色彩。

这个中年妇女的心里藏着什么秘密？那个神秘的男子是谁？他想起在夏秋雨家香炉里看到的灰烬，那是一张照片的残余，那会是谁的照片呢？

"还没有，正在查。"苏镜回答道。

"正在查正在查，每次都是正在查。"夏秋雨怒气冲冲地说道。

"夏编辑这几天没睡好吧？"苏镜不理会她的怒火，淡淡地问道。

夏秋雨叹口气，说道："我闭上眼睛就能看到子晨，听到她喊我夏妈妈，有时候我会觉得她根本没有死，我想有一天她会突然敲开我家的门，跑进来搂着我的脖子。"

夏秋雨说着说着啜泣起来，拿出纸巾擦拭着泪水。

平静，紧张，愤怒，哀伤……

当所有的情绪来得都那么快，就不免让人觉得她是在演戏了。

"夏编辑，讲一下你老公的事情吧。"

"为什么要说他？"夏秋雨警觉地问道。

"感兴趣。"

"他跟这案子没什么关系!"

"我没说他有关系啊!你为什么这么紧张?"

"我没有紧张!我为什么要紧张?又不是我杀了宁子晨!"

"好像也没人说你杀了宁子晨啊!"苏镜继续问道,"你为什么不叫'子晨'了,而叫'宁子晨'?"

"这……那……那有什么区别?"

"呵呵,也许没有什么区别,不过一字之差却能看出她在你心中的真实地位。"

"我不明白你的意思。"

"难道非要我讲那么透吗?"苏镜说道,"你根本就不喜欢宁子晨,是不是?"

"胡说八道,我一直喜欢她的,你不信可以去问问我同事。"

"你喜欢她也不假,不过那都是一个月前的事了,后来你便渐渐疏远宁子晨了,是不是?"

"没有,那全是无稽之谈。"

"夏编辑,你就承认了吧,这有什么为难的呢?你这样会欲盖弥彰,会让我更加怀疑你。"

"我……我……"夏秋雨张口结舌不知道说什么好。

"一个月前,你突然疏远宁子晨了,为什么呢?你说是宁子晨工作忙了,可是宁子晨是半年前当上主持人的,她要忙也早该忙了,是不是?为什么偏偏是一个月前?一个月前,到底发生了什么事情,让你开始不喜欢宁子晨了?"

"我没有,什么都没发生。"夏秋雨倔犟地说道。

"不,发生了,这就是我为什么要跟你谈你老公的事。"

"那人根本不是我老公!"夏秋雨说完,立即后悔了。

"哪个人?"苏镜笑嘻嘻问道。

夏秋雨面红耳赤地说道:"没有,没什么。"

"夏编辑,你就不要演戏了。你老公当年到底为什么离开你?"

"我跟你说过了,我们女儿死后,他受不了刺激就离家出走了。"

"他再也没跟你联系?"

"是。"

"可是十几年后他突然回来了，为什么竟不回家呢？"

"我都跟你说了，那不是我老公。"

"那是谁呢？夏编辑难道在老公出走十几年后，终于忍受不了寂寞，再次敞开心扉，接纳了另外一个男人？"

"你胡说！米瑶雨那个小狐狸精，到处造我谣。"

"看到你们的，可不是米瑶雨。"

"不是她还有谁？她身上那味，我一闻就知道。"

"这么说是真的了？你真的被人发现跟一个陌生男人在一起？"

"那不是陌生男人，你不要毁我清白。"

"那就是你老公了？"

夏秋雨默然了，她双手不停地搓来搓去，心中越来越紧张了。

"为什么不说话了？"苏镜追问道，"那就是你老公！你老公到底回来干什么？为什么偷偷摸摸的？"

"他回来办事。"

"办什么事？"

"我不说，"夏秋雨说道，"反正我老公没杀人。"

"那是你杀的？"

夏秋雨白了苏镜一眼，说道："哼，随你怎么说。"说罢，起身离开了会议室，撂下一句："没有证据不要血口喷人，小心遭报应。"

苏镜和邱兴华两人面面相觑，继而会心地笑了起来。

邱兴华说道："好像个老巫婆啊。"

"她会给我们下蛊的，哈哈哈。"

5.校园暴力

叶守蓝整天本来就是一副睡不醒的样子，在午休时间被人打扰尤其烦躁。

"警官，你们要不要别装得那么敬业啊？"

一句话把苏镜噎得够呛，张张嘴又闭上了。他总不能跟叶守蓝讲什么每个人都应该敬业的大道理吧？如果去争论自己是真敬业不是假敬业，那就更没必要了。所以，他只能忍气吞声，还得装出一副无所谓的样子，挤出满脸的笑容："对不起，打扰您了。我们是来了解一件旧事的。"

叶守蓝也斜了一眼苏镜："什么事？"

"你跟夏秋雨共事很久了吧？"

"有二十多年了，以前不是一个部门的，后来一起到了新闻中心，再后来一起到了《顺宁新闻眼》。"

"你知道夏秋雨老公的事情吗？"

"跑了嘛。"

"为什么跑了？"

"女儿自杀了嘛，他受不了刺激就跑了。"

"你知道她女儿为什么自杀吗？"

"因为被人欺负了。"

"啊？被强奸了？"

"不是。"

"那是为什么？"

"被她几个同学扇了耳光，还脱了衣服游街。"

"啊？"

"这事十几年前是大事，"叶守蓝说道，"后来经过警方常抓不懈的努力，孜孜不倦地进行普法教育，这种事放到现在已经不算什么新闻了。"

听着叶守蓝对警方的攻击，苏镜无可奈何，近几年全国各地的校园暴力事件时有发生，从专业角度来讲，的确不算新闻。

2007 年 5 月，广东汕头一所中学，三名女生对另一名年纪相仿的女生进行毒打，并强行脱去她身上的衣服，被打女生企图反抗，遭来更凶狠的报复。广东省开平市一名 17 岁的初二女生被七个女同学按住，遭到四个男同学的轮奸。2008 年 4 月，江苏省苏州市一中学，一名年仅十六岁的初二男生，在教室门口遭到同校学生的殴打，最终医治无效身亡……

一桩桩血案已经太多了，广东省少工委曾经公布了一份《广东省中小学生安全意识调查报告》，显示在 2008 年，31.8%的中小学生曾被人踢打或恐吓索要金钱。苏镜看到这种事情总是热血沸腾，恨不得一枪一个毙了行凶之人，一刀一个剁了他们，但他们是未成年人，只要没有杀人强奸之类的恶性案件，只能协商解决或者劳动管教。很多受害学生遭受折磨之后，往往精神失常或者离家出走。难道夏秋雨的女儿也是因为校园暴力，受辱后自杀了？

"那个孩子非常可爱，"叶守蓝自顾自地说道，"学习成绩好，又懂礼貌，是夏秋雨的掌上明珠啊，谁知道竟遇上这种事。"

"她为什么得罪那些同学了？"

"她班上一个大姐大，考试时要看她卷子，她不给看就遭到报复。唉，算了算了，我不想说这些事了，说起来就难受。"

叶守蓝离开会议室后，苏镜心中久久不能平静，沉思半晌对邱兴华说道："看来，我们还得找夏秋雨谈谈。"

6.字字诛机

苏镜这次是亲自走到夏秋雨面前，非常诚恳地说道："夏大姐，有件事情我们还想了解一下。"

当得知了夏秋雨的悲惨往事，他觉得他再也不能打个电话，就把夏秋雨像其他嫌疑人那样叫到会议室了。对夏秋雨，他内心充满了同情，连称呼都跟着变了。

夏秋雨带着笑容问道："苏警官还想问什么啊？"

苏镜看着她的笑容，不禁心酸。她的心中藏了多少苦啊，却用笑容深深地掩藏。

"我想我们还是到会议室单独谈谈吧。"

夏秋雨想了想，站起身走向会议室，苏镜和邱兴华赶紧跟了上去。一进会议室，夏秋雨便说道："问吧。"

苏镜琢磨着不知道如何措辞才能把夏秋雨的抵触情绪降到最低，怎样才能不伤害夏秋雨本已脆弱的感情。

"夏大姐，我们对您……怎么说呢，很同情您。"

"同情我？"夏秋雨哼哼冷笑一声，"我有什么好同情的？"

"我们已经知道您女儿的事情了，我很难过。"

夏秋雨沉默了一会儿，说道："说吧，你们到底想问什么。"

"请问你女儿是叫小雨吗？"

"那是她乳名，她学名廖新桐。"

"她是哪个学校的？"

"顺宁市第二十中学的。"

"她……她去世时多大？"

"十三岁。"

"那是初二吧？"

"是。"

"听说她是自杀的？"

夏秋雨的眼眶湿润了，她怨恨地看了看苏镜："我不明白你查宁子晨被杀，为什么查到我死去的女儿头上了？"她的声音越来越大，到最后几乎是吼出来了："难道是我的小雨从坟墓里爬出来杀人的吗？"

苏镜不好意思地看着夏秋雨，他不愿意伤害面前这个女人，但是为了把事情弄得水落石出，他又不得不继续追问："宁子晨是不是你女儿的同学？"

"哼哼，我明白你的意思，"夏秋雨说道，"如果她是伤害小雨的祸首之一，你想我还会对她那么好吗？"

话虽这么说，但是苏镜总觉得夏秋雨对宁子晨有一股恨意，这种恨意几乎快掩藏不住了。正这么想着，夏秋雨站了起来，说道："你觉得说这些很有意思吗？你觉得把我的伤疤揭开再撒把盐很好玩吗？你是不是特别喜欢看人痛不欲生的样子？"

"不，不，夏大姐，我不是这个意思。"

夏秋雨不容他多说，转身离开了会议室。

"老大，我们现在怎么办？"邱兴华问道。

苏镜早就在想这个问题了，事情看上去乱糟糟的，头绪纷繁，让人无从下手，但是他隐隐约约已经看到了一线曙光。现在，这一丝曙光只是从厚厚的云层里不经意地散射一点，马上便又躲了回去。他现在要做的便是让那曙光更加清晰，同时彻底洗清无关人员的嫌疑。排除法和归纳法，有时候可以同时使用。听着邱兴华的问话，他呵呵一笑："现在嘛……我们就不要假装敬业了，回去休息，明天再说吧。"

"好。"

"你记得今天晚上还有约会呢。"

"忘不了，呵呵。"

"别被女色迷了心窍，不知道自己是干什么的了。"

"呵呵呵，不会，不会。"

"你先回去，我再在台里转转。"

"你不是说不要假装敬业了吗？"

"笑话，我这是真敬业。"

邱兴华走后，苏镜找到了苏楚宜和陈燕舞，呵呵笑道："苏记者、陈记者，还在忙啊？"

苏楚宜和陈燕舞采访刚回来，陈燕舞正在写稿子，苏楚宜把磁带里的声像资料上载到电脑硬盘里方便编辑。看到苏镜走来打招呼，陈燕舞笑嘻嘻地抬起头："苏警官怎么样啊？找到凶手没有啊？"

"没有啊，你们都是高智商啊。"

"哎哟，你可千万别这么夸我，我觉得浑身冷飕飕的，哈哈哈。"

苏楚宜问道："苏警官是不是又需要问我话了？"

"没有没有，暂时不需要，我是来学习的。"

"学什么啊？"陈燕舞笑问道。

"学习怎么写稿子啊，哈哈哈，"苏镜说道，"我想来了解一下你们的系统，希望没有打扰你们。"

"没有没有，"陈燕舞站起来拉了把椅子过来让苏镜坐下，然后说道，"我们这个系统其实很简单的。"

接着陈燕舞一五一十地把《顺宁新闻眼》使用的新闻报播系统讲解给苏镜听，哪里是写稿子的，哪里是报选题的，哪里可以看串联单，哪里可以看工作量统计，等等，然后又说每条稿子都有修改轨迹的记录，哪怕编辑、制片人改动一个标点符号都能看得清清楚楚，删除的段落用红色字体加横杠表示，增加的段落则显示为蓝色字体。

学会如何使用之后，苏镜借来苏楚宜的账号，详细浏览每个环节。他先是打开了6月28号的串联单，再次凝视起来，他总觉得谋杀的线索应该可以从这个串联单里找出来的。他点击鼠标右键，查看每条新闻的修改轨迹，也许这里面能找出什么蛛丝马迹呢？

头条《林达夫：合力推进顺宁项目建设》是政治性很强的新闻。所谓政治性强往往意味着空话多套话多，修改轨迹显得非常凌乱；第二条《洪天明：全面推进物业管理工作》也是类似情况，苏镜匆匆看完了。

《深度调查：暴雨冲出豆腐渣 文心路水浸爆出黑幕》，苏镜仔仔细细地看了一遍，甚至想要发掘出每个字、每处修改背后的意义，但是他什么都没发现。继续往下看，等看到苏楚宜的一条新闻时，他的眉头开始皱紧了。

第七章　沉睡冤仇

邱兴华扯开窗帘，卧室里的情景把他惊呆了，屋子里满满的都是毛绒公仔，有维尼熊、斑点狗、查理娃娃、蓝精灵、芭比娃娃……其中芭比娃娃特别多，每个娃娃身上都贴了一张纸条……

1.连锁反应

　　7月2日一早，顺宁市公安局局长侯国安又主持召开了一次案情分析会。苏镜第一个发言，他简单介绍了这几天的进展或者毋宁说是毫无进展。他虽然已经怀疑了几个人，但是都没有确凿的证据。这使侯国安很不满意，皱着眉头厉声说道："我告诉你，苏大队长，这案子你破不了，你就跟我一起下课吧。"

　　局长直接称呼他的职务了，苏镜知道事态非常严重，但是他却依然笑嘻嘻地说道："怎么会呢？我自己下课就行了。"

　　"你懂个屁！电视台的女主持人，谁知道会跟哪个市领导……这个……这个沾亲带故的？这案子破不了，不是你跟着我下课，是我跟你下课！"

　　"是，保证破案！"

　　侯国安又瞪了他一眼，然后扫视全场说道："你们几个，来说说都有什么进展？"

　　张跃在调查领舞小姐沐悦被杀一案，几天来他快把沐悦的祖宗十八代都翻出来了。沐悦从小父母离异，跟着母亲长大，一直就是问题少女。初中毕业后就参加了工作，但是从来没有一份工作能干到一年以上的。去年12月经朋友介绍，她来到金凤歌舞厅当领舞小姐，兼做皮肉生意。跟她有过摩擦的人不少，但是每个人都没有置她于死地的深仇大恨，而且都没有作案时间。

　　张跃说："我查了沐悦的履历，小学在顺宁市金孔小学就读，初中是在顺宁市第二十中学。"

　　苏镜心中一凛，马上问道："二十中？"

　　"是。"

　　侯国安局长问道："你想到什么了？"

　　苏镜皱着眉头，缓缓说道："没什么，也许只是巧合。"

　　接着，王天琦汇报了闫桂祥被杀案的调查情况。闫桂祥高中毕业后参加工作，曾经当过快递员、推销员，两年前开始从事房地产中介。很多人都恨他，因为他每天要骚扰很多人，善良的市民对这种行为义愤填膺，他们不知道闫桂祥从哪儿知道他们手机号码的。但是要为此杀人基本上是不可能的，即便出了一个疯子，实在忍受不了地产中介的骚扰了，那他也不会只杀闫桂祥一人，因为每个人都会接到很多地产中介的骚扰电话。闫桂祥曾经有一个女朋友，后来分手了。据其女朋友讲，闫桂祥有严重的心理困扰，他们同居的时候，闫桂祥经常梦游，跪在地上直说"对不起"，她不能忍受，在一年前跟他分手了。

王天琦说："我也查了闫桂祥的履历，巧合的是，他也是顺宁市第二十中学毕业的。"

苏镜问道："也是二十中？"

侯国安疑惑地看了看苏镜，他知道苏镜肯定想到了什么，也不再追问，等苏镜想通了自然会说的。

王天琦肯定地说道："是。"

徐荣说道："侯局、苏队，我查的何婉婷也是二十中毕业的。"

何婉婷大学本科文凭，法律专业出身，一毕业就进了天平律师事务所工作，一年后考取了律师执照，开始受理经济纠纷的官司。何婉婷记性非常好，对多如牛毛的法律规定记得清清楚楚而且能熟练运用。她反应特别敏捷，当庭抗辩时条分缕析滔滔不绝，俨然已经是顺宁市一位名律师了。

等徐荣介绍完，侯国安看了看沉思中的苏镜，问道："小苏，你觉得这三个案子是否可以并案？"

苏镜微微点点头，然后说道："稍等，我打个电话。"

电话是打给杨宇风的，放下电话，苏镜说道："沐悦身上被浇了可乐，闫桂祥嘴里塞满了树叶，何婉婷的乳房被针扎，这些看上去毫无关联，其实却给我们提供了一条线索，只是我们之前一直没有发现罢了。这三个人，肯定是同一个人所为，而且我也基本上猜出是谁干的了。"

侯国安忙问道："谁？"

"我还不知道他叫什么名字，"苏镜说道，"这三宗案件肯定是报复杀人，只要我们查查十几年前的一宗校园暴力案件就能清楚明白了。"

接着，苏镜简单介绍了从叶守蓝和夏秋雨那里了解到的情况，然后说道："凶手很可能就是夏秋雨的老公，他十几年前受不了女儿自杀的刺激离家出走，只是不知道为什么一个月前突然又回来了，他回来也许就是为了杀人。6月28号那天，有人打昏了送水工人，溜进了电视台12楼，那人也许就是夏秋雨的老公。"

苏镜讲完，杨宇风的电话又打进来了，他刚才按照苏镜的吩咐去了趟人事处，查看了宁子晨的档案。放下电话，苏镜说道："电视台的主持人宁子晨也是顺宁市第二十中学的。"

说完这话，同事们便唧唧喳喳议论开了，侯国安干咳几声说道："那宁子晨也参与了那起校园暴力事件？"

"现在还不知道，但是我觉得很有可能。"苏镜说道，"之前我一直怀疑夏秋雨，因为她和宁子晨关系很好，宁子晨叫她'夏妈妈'，可是一个月前，夏秋雨便明显冷落宁子晨了，而那个神秘的男人也是在一个月前出现的。我起初想，如果宁子晨参与了那起校园暴力事件，伤害了她女儿廖新桐，夏秋雨怎么还会跟她关系那么好？现在我明白了，刚才《顺宁新闻眼》制片人杨宇风跟我说了，宁子晨以前的名字叫宁芬，到了电视台之后才改的。很多人并不知道她原来的名字，包括夏秋雨。我推断，一个月前，那个神秘男人出现了，那人也许就是夏秋雨老公，他从电视上认出了宁子晨就是宁芬，于是告诉了夏秋雨，接着夏秋雨就冷落宁子晨了。"

侯国安点点头，说道："你的分析很有道理，可是为什么夏秋雨或者她老公十几年了没想到报复，现在突然想起来了？"

"这个我就不清楚了，也许只有抓到他们之后再盘问了。"

"还有，"侯国安继续说道，"夏秋雨天天跟宁子晨见面，尚看不出宁子晨就是宁芬，而她老公看电视就能看出来？"

"她老公当年离家出走，说明他的心理承受能力很差，感受到的伤害比夏秋雨还要大，这么多年来，也许他一直在想着宁子晨的样子。"

"好！"侯国安一锤定音，"现在这四宗案子就并案处理了，由你负责到底。"

2.直接伤害

苏镜和邱兴华在顺宁市公安局的档案室折腾了一个多小时，终于找到了十几年前那起校园暴力的卷宗。卷宗有厚厚的几十页，详细记录了那起改变夏秋雨一家命运的校园暴力案件的始末。

廖新桐是顺宁市第二十中学的初二学生，成绩优秀，热心班级活动，是初二三班的文艺委员。在一次期中考试时，同学何婉婷要看她的试卷，被廖新桐拒绝。何婉婷怀恨在心，一天晚上约了闫桂祥、沐悦、宁芬收拾廖新桐。何婉婷把她从宿舍里约出来，廖新桐没想到噩梦从此开始了。她跟着何婉婷来到一个僻静的地方，四个人把她推倒在地，用脚猛踹。打了十分钟之后，沐悦又买来十几瓶冰冻的可乐劈头盖脸地往廖新桐身上浇，廖新桐大声求饶，可是三人却不罢休，又把她拖到一个漆黑的小巷子里，逼着她一件件脱掉了早已被可乐淋湿的衣服，直到一丝不挂地站在四人面前。随后，何婉婷又指使三人随地捡起烂树叶子，逼着廖新桐吃下去，廖新桐不吃，就是一顿拳打脚踢。后来实在没办法，廖新桐只好把肮脏的树叶往嘴里塞。何婉婷又从头上取下发夹往廖新桐胸部戳，廖新桐疼得哇哇大叫，想躲避却被另外两个女孩子死死按住。

看着廖新桐一丝不挂的可怜相，他们觉得如此好玩的事情只有四个人看不过瘾，还要大家一起看他们的杰作。于是，她们决定上演一出沿街叫卖的好戏，引来了三个男青年，对廖新桐实施了轮奸。

案发后，三个男青年以轮奸罪被捕，锒铛入狱。

由于何婉婷、宁芬、沐悦和闫桂祥都是在校学生，而且未满18周岁，属未成年人犯罪案件。根据这一特点，检察机关特地召开了一次听证会，这次听证会被称为"特殊的圆桌会议"。参加的人员有检察官、公安机关侦查人员、四名犯罪嫌疑人、受害人、监护人和学校老师。听证会依法对何婉婷、宁芬、沐悦和闫桂祥四名在校学生涉嫌故意伤害犯罪的定性问题及执行轻缓，公开听取诉讼参与人的意见。

听证会上，关于案件的定性问题和对四名嫌疑人不起诉的问题，成为辩论的焦点。首先，学校老师、公安机关等部门代表发言认为，四人悔罪表现较好，建议给他们一个改过的机会。

夏秋雨和老公廖文波的发言记录很短，只是表示同意和解不再追究，四名嫌疑人的监护人赔偿夏秋雨一家五万元。

……

看完厚厚的卷宗，苏镜叹口气说道："难怪夏秋雨那天说'不是不报，时候未到，时候一到，一切都报'。四个人打着未成年的幌子犯下如此暴力罪行，却逃脱了法律的制裁，如果是你，你会不会报复？"

邱兴华说道："当然不会啦，听证会上已经同意和解了，这只能怪自己。"

"可是听证会上夏秋雨一家的发言很少，会不会有什么外力干预呢？何婉婷的父亲是何峻毅，以前是顺宁的副市长，后来因为贪污腐败被抓了。"

"他什么时候被抓的？"

"起码发生这桩校园暴力时，他没被抓。"

3.故人来访

"夏大姐，知道我们为什么找你吗？"苏镜坐在电视台的会议室里，看着夏秋雨说道。

夏秋雨怔怔地看着苏镜，反问道："你们这几天不是天天都找我吗？"

"我对你和宁子晨的关系非常感兴趣。"

"我已经跟你说过了，我们关系很好。"

"可是后来发生了变化。"

"那只是别人的看法，苏警官，你们办案不要听信小人们以讹传讹。"

"是，也许你们关系一直很好，你根本没有冷淡她，自始至终都觉得她可以替代你女儿廖新桐在你心中的位置。哪怕你知道她本名不叫宁子晨而是叫宁芬，这种母女般的感情也丝毫没有受到影响。"

一听到"宁芬"的名字，夏秋雨紧张地看了看苏镜，不自觉地挪了挪屁股，但依然装作若无其事的样子，问道："她以前是叫宁芬吗？"

苏镜笑道："夏大姐，明人不说暗话，宁芬就是十几年前羞辱你女儿廖新桐的祸首之一，你应该早就知道了吧？"

"笑话，"夏大姐冷冷地说道，"我怎么知道宁子晨就是宁芬？况且这世界上叫这名字的人多了去了。"

苏镜暗自思忖，终于下定决心来点猛药了："夏大姐，据我所知，小雨是一个可爱的女孩，我看过她的照片，她笑得很甜。我还听说她很懂礼貌，是那种人见人爱的小姑娘。如果她没有死，她现在应该跟宁子晨，不，是跟宁芬一样大吧？也许她能像宁子晨一样成为一名优秀的电视新闻主持人，她能天天陪着你，叫你一声'妈妈'。"

夏秋雨的眼眶渐渐湿润了，两行热泪终于止不住地滚落下来。她擦擦眼泪，哽咽着说道："苏警官，我不知道你为什么说这些。"

"夏大姐，我很理解你，但是我觉得宁子晨……"苏镜犹豫着说道，"怎么说呢？如果是我的话，我绝不会这么便宜她，要知道氰化钾中毒死亡很快的，我一定要告诉她为什么要杀她，让她在恐惧的等待中受尽折磨，最后再处死她。"

夏秋雨的回答非常坚定："我没有杀她。"

"那是你老公廖文波？"苏镜问道，"也许他跟着你进了电视台大楼……"

"没有！他根本没有来！"

"这么说，廖文波的确回来了？"

夏秋雨看了看苏镜，没有说话。

"夏大姐，5月30号凌晨一点到两点，你在哪里？"

"你问这个干吗？"

"因为我们有理由怀疑你与另外三宗谋杀案有关。"

"三宗谋杀案？你是说他们也……"夏秋雨脱口而出，又突然停下了，说道，"我怎么可能去杀人呢？"

"那你告诉我们，你那时在哪儿？"

"在家睡觉。"

"没人能证明吧？"

"没有。"

"那天，一个叫沐悦的女人被杀死在出租屋里，身上还洒满了可乐。"苏镜接着问道，"夏大姐还记得沐悦吗？"

夏秋雨微微笑了笑，说道："记得，当然记得。"

"6月10日晚上9点左右，你在哪儿？"

夏秋雨想了想说道："那时候我应该刚下班，在回家的路上。"

"我已经问过杨宇风了，那天你休息。"

"哦，那我应该在家里吧。"

"也没人证明？"

夏秋雨沉思道："也许宁子晨在我家？但是我不记得了。"

"宁子晨已经一个多月没去过你家了。"

"哦，那大概是我忘记了吧。"

"你不想知道死者是谁吗？"

"这与我有什么关系？"

"当然有关系，因为死者叫闫桂祥，曾经在顺宁市第二十中学读初中。"

夏秋雨的目光一下子转移到苏镜身上，问道："真的？"

"他嘴里还塞满了树叶。"

"哈哈哈，报应啊，"夏秋雨朗声大笑，"真是报应啊！"

"不是你干的？"

"我多么希望是我亲手杀了他啊！"

"何婉婷呢？"

"她也死了？"

"她的乳房被人用针扎得到处是伤。"

夏秋雨喜极而泣，说道："太好了，太好了。"

"我们怀疑，这三个人不是你杀的，就是你老公廖文波杀的。"

"不，不可能，"夏秋雨慌乱地说道，"他不会的。"

"可是为什么他失踪了十多年突然回来了，还没有跟你住在一起？"

"这你管不着。"

"是怕连累你吗?"

"他没有杀人!"

"你怎么知道?他跟你说的吗?"

"你……你们有证据吗?"

"抓到他,我们就会有证据了。"

夏秋雨呼哧呼哧地喘着粗气,目光游移,不敢注视苏镜的眼睛。

"夏大姐,在你家香炉里烧毁的照片是宁子晨的吧?"

夏秋雨瞪了苏镜一眼,说道:"不关你的事。"

苏镜呵呵笑道:"夏大姐,我们警方一向主张坦白从宽抗拒从严,假如你或者廖文波投案自首的话,是可以减刑的。要知道,我们现在既然把廖文波列为重大嫌疑人,就一定能找到他。"

夏秋雨张张嘴想说什么,但终于还是忍住了。

"夏大姐,我希望你能好好考虑我的建议。"

"我……我……我联系不上他。"夏秋雨的防线终于崩溃了。

"这一个月来,你们是怎么联系的?"

"没有联系,一个多月前见过一面,他又消失了。"夏秋雨哀怨地说道。

"他跟你说什么了?"

"他告诉我,宁子晨其实就是宁芬。"

"他说过他的计划吗?"

"没有。"

"这些年,他都在哪里?"

"他在上海隐姓埋名,靠打零工度日。"

"他为什么突然回来了?"

"我……我不知道,我没有问他。"

"那他为什么不跟你住一起?"

"他说……他说有些事情要办。"

"什么事?"

"他没说。"

"好吧,夏大姐,如果廖文波跟你联系,请你劝他主动投案自首。"

夏秋雨眼睛红红的,脚步踉跄着离开了会议室。

"老大，我们为什么不带她回局里好好审问呢？"邱兴华问道。

"因为我想给他们一次机会。"苏镜说道。当他查阅了十几年前那起校园暴力的卷宗后，他心中充满了对夏秋雨和廖文波的同情，尽管现在还没有确凿的证据证明人就是他们杀的，但只要有了明确的嫌疑人，就总能找到证据的。苏镜希望他们能主动投案，获得减刑。

4.权色交易

"说说看，昨天约会怎么样啊？"苏镜往后一仰，靠在椅背上笑嘻嘻地问道。

"嘿嘿嘿，挺好的。"邱兴华说道。

"什么挺好的？我让你抠女去啦？"

"不……不是吗？"

"喂，我是让你查案的。"

"也查了。"

"讲讲。"

邱兴华一五一十地讲了起来，昨天晚上八点半，他如约来到星河酒吧，米瑶雨已经等在那里了，嘴里还叼着一支香烟。两人找到一个座位坐下后，就开始你一言我一语地聊了起来。

"她又勾引你了吧？"苏镜笑呵呵地问道。

"嘿嘿嘿，啥叫勾引啊？就是正常聊天。"

"少装了，"苏镜不屑地说道，"她有没有透露欧阳冰蓝的什么事情啊？"

"老大，我们一开始总不能马上就聊另外一个女人是不是？"

"是，先谈社会谈理想谈事业谈人生，也许再谈谈文学，最后问问对方有没有男朋友女朋友，不都这个套路吗？"

"还是老大有经验啊，"邱兴华说道，"我们边聊天边喝酒，然后都有点醉了，哦，不，是她有点醉了，这时候我就问了：'两个主持人欧阳冰蓝和宁子晨，你更喜欢谁一些？'"

……

米瑶雨迷离着双眼，不屑地说道："废话，当然喜欢欧阳冰蓝啦，宁子晨那狐狸精，要多矫情有多矫情。"

"半年前，欧阳冰蓝被宁子晨顶替了，肯定很难过吧？"邱兴华尽量装作不经意地问道。

"换作你，你能舒服吗？"米瑶雨指着邱兴华鼻子骂道，"你们这些臭男人啊，都是提起裤子不认人的主。"

邱兴华顿时很窘迫，因为他毕竟还没干过这种缺德事，也不知道米瑶雨为什么说这话，于是问道："什么意思啊？"

"切，什么意思……你知道《顺宁新闻眼》开播多久了吗？"

"好像有段时间了吧。"

"想当初这档栏目刚开播的时候，多少人都想来当主持人啊！"

"欧阳冰蓝就是那时候脱颖而出的？"

"什么地方都有潜规则，总之欧阳冰蓝那时候并不起眼，是《顺宁新闻眼》把她捧红了。不过她这人好就好在不管通过什么手段上去的，但对人还总是客客气气的，不像宁子晨，以为卖个×有多光荣似的。"

……

"靠，真够粗俗的。"苏镜说道。

"人家那是喝醉了嘛。"

"哎哟，这就开始替人说话了。"

"我这是实事求是。"

苏镜沉思着说道："看来欧阳冰蓝也走过跟宁子晨一样的路，只是后来更加年轻貌美的宁子晨也想出位，于是她只好退居二线了。如果换成你，你会不会很忌恨？"

"老大，我们都确定谁是嫌疑人了，你难道还怀疑每个人？"

"在没有结案之前，我可不敢放过任何一条线索。"

"那我们是不是找欧阳冰蓝谈谈？"

"谈什么？权色交易啊？这种事情她会承认吗？笨！"

"那你让我去查欧阳冰蓝干什么？"

"就当我命令你去抠女了，行不？欧阳冰蓝的事情，只是你抠女时不小心知道的，行不？"

邱兴华郁闷地点点头，不敢说话了，因为他看出来了，苏镜现在正恼火着呢。惊闻自己的偶像竟然也做过这种事情，苏老大的人生观价值观世界观也许都要崩塌了呢。邱兴华幸灾乐祸地想着。

苏镜确实有种被欺骗的感觉，而他更关心的是，氰化钾到底从何而来，也许找到氰化钾，什么问题都容易解决了。

《顺宁新闻眼》每个人的影子都在眼前晃来晃去，每个人都像天使，每个人都像魔鬼，每个人都笑容可掬，每个人都面目狰狞。

还有廖文波……

他抓起电话向侯国安局长汇报了情况，然后请示要在《顺宁新闻眼》播发一条重要消息，听了他的解释，侯国安同意了。

当杨宇风接到这个任务时，兴奋地笑了："我们今天的收视率肯定会再上几个百分点的。"

5.悬赏缉拿

夏秋雨局促不安地在客厅里走来走去，她现在太需要一个肩膀了，需要一个肩膀来倚靠。十几年前，那个男人不负责任地离开了她，她没有怨恨，她知道他心里跟她一样痛。十几年来，她一个人熬日子，尝尽了人间的辛酸。她没想到老公会回来，但是他毕竟回来了。虽然他只是匆匆跟她见了一面又不见了踪影，但她还是没有怨恨他，她能理解他。那天她下班后离开电视台，昏暗的树荫下，一个陌生而熟悉的声音突然响起："秋雨。"

那一刻，她呆住了，几乎不相信自己的耳朵，可是等看到那人真的是自己的老公廖文波时，埋藏了十几年的泪水终于忍不住夺眶而出。

他说，他本来已经麻木了，忘记了小雨，忘记了那件伤痛欲绝的事。生活似乎本来就是这样晦暗的，他也许生来就应该忍受这种痛苦。十几年来，他忘记了爱，也忘记了恨，他变成了一具行尸走肉，哪怕看到别人跟女儿亲密地玩耍，他也不会再有感伤。可是三个月前，顺宁电视台的卫视频道在上海落地了，他从电视上看到了那个主持人，在那一刻，心中所有的仇恨都在猛然间被唤醒，他要回来，他要回来给小雨讨个公道。

夏秋雨当时怔了好一会儿，难怪，难怪，当初看到宁子晨时觉得似曾相识，于是跟她倾心相交，没想到她竟然就是宁芬，就是那个害死女儿小雨的罪魁祸首之一。

真正的伤痛是永远无法消除的，很多人只是把它深深掩藏，只有在午夜梦回之时，才清醒地感受着，伤痛就像虫子一样啮噬着脆弱的心。而现在廖文波回来了，带着他的满腔仇恨，唤醒了夏秋雨的伤痛……

是时候了！

她毕竟做到了，不是吗？

四个人都死了，不是吗？

既然目的已经达到了，还有什么不满足的呢？

可是她心中依然充满了焦虑，她期待见到老公，但是老公却再也没有跟她联系过。

她走到佛龛前，取出三炷香，颤抖着双手点燃，恭恭敬敬地向观音菩萨默默祷告。

晚上八点了，熟悉的音乐声激昂地响了起来。

夏秋雨祷告完毕，便坐到沙发上收看《顺宁新闻眼》。跟苏镜谈话之后，她心神不宁，向杨宇风请了病假。习惯使然，她还是打开了电视机。

在播发了几条时政新闻之后，欧阳冰蓝严肃端庄地出现在屏幕上，听完她播的口播新闻，夏秋雨一屁股坐在沙发上，有那么几分钟的时间，她脑子里一片空白，不知道如何应对。

欧阳冰蓝播的新闻是：几天前，我们《顺宁新闻眼》的主持人宁子晨被毒杀在直播台上，警方随即展开调查，今天终于取了得重大突破。宁子晨与十几年前一起校园暴力事件有关，而与此校园暴力事件相关的另外三名当事人日前也相继遇害。警方已经锁定嫌疑人，并悬赏2万元对提供线索破获案件的个人进行奖励。警方同时要求凶手能主动投案自首。

6.投案自首

7月3日一大早，苏镜被一阵急促的手机铃声吵醒，电话是邱兴华打来的。小邱的声音非常兴奋，他对着话筒大喊道："老大，案子破了。"

"小点声小点声，吵死人了，"苏镜睡眼惺忪地问道，"你说什么事?"

"案子破了，"邱兴华的声音虽然压低了，但依然难以掩饰内心的激动，语气里还带着一丝兴奋，"凶手果然投案自首了!"

苏镜一听顿时来了精神，立即翻身下床，匆匆洗漱一番便赶往单位。他直接奔向审讯室，嫌疑人正在那里接受审讯。他站在审讯室外，透过单面玻璃，看到夏秋雨正紧张地坐在三个警察对面，回答着问题。

"你是说，沐悦、闫桂祥、何婉婷、宁子晨都是你杀的?"

"是，"夏秋雨的声音平平淡淡的，仿佛已经看透了生死，对世间万物已经了无挂碍。

"跟我们详细讲一下你的作案过程。"

"没什么好讲的，反正就是我杀了他们。"

"夏秋雨，既然你来投案自首，就请你配合我们的工作，把作案过程详细给我们讲一遍。"

夏秋雨沉吟一会儿说道："很简单，我把氰化钾放进宁芬的粉盒里，她一补妆就中毒死了。"

"你什么时候下的毒?"

"直播的时候，我上直播台送观众短信，当时我背对着所有人，挡住了每个人的视线，宁芬的粉盒打开着，我帮她盖上的时候，把氰化钾放进去的。"

"你从哪儿弄的氰化钾?"

"这个很容易啊，电镀厂、印染厂都可以买到。"

"你从哪家厂买的?"

"这个我倒是忘记了。"

"再讲讲你是怎么杀害沐悦的。"

"我跟踪她到她家，然后把她打晕了，最后打开了液化气，让她中毒而死。"

"你还对她做了什么?"

"嗯……我……我还买了可乐，浇到她身上。"

"那是什么时候的事?"

"我想是 5 月 30 号凌晨吧。"

"你是怎么找到她的?"

"我是逛街时遇到她的，然后就一路跟踪她。"

之后，夏秋雨又交代了杀死闫桂祥、何婉婷的时间、地点和过程，然后说道："我请求警方能给予宽大处理。"

苏镜这时候推门进来了，三个警察连忙站起来敬礼，夏秋雨慌张地看了一眼苏镜，马上又低下了头。苏镜坐下后，笑呵呵地问道："夏大姐，你在保护谁? 是廖文波吗?"

"我……我不明白你是什么意思。"

"你知道沐悦是做什么的吗?"

"她……她……她不就是个跳舞的吗?"

"是，她就是一个跳舞的。不过，除了跳舞之外，她还做皮肉生意，夏大姐，凌晨时分，沐悦会让你进门吗?"

夏秋雨脸色涨红，嗫嗫嚅嚅说道："反正……反正……她就是让我进去了。"

"那你能说一下她家的布局吗? 比如说床摆在哪儿，电视机摆在哪儿，冰箱摆在哪儿。"

"这个我忘记了。"

"你给闫桂祥写信说什么了?"苏镜突然问道。

"什么? 我没给他写信。"

"闫桂祥死前曾接到一封匿名信，看信后他非常恐惧马上把信烧掉了。我们有理由相信，这封信就是凶手寄给他的，看来你真的不是凶手。"

"胡说八道，我就是凶手!"夏秋雨大声嚷嚷着，"他们都是我杀的。"

"夏大姐，你还是不要大包大揽了，我现在只怀疑你杀了宁子晨，也就是宁芬；另外三人应该是廖文波动的手。也许廖文波本来打算亲自杀了宁子晨的，但是你等不及了，你的仇人就在眼前，你遏制不住内心的愤怒和仇恨，于是处心积虑地要干掉她，6月28日晚上，你终于得手了。而且我猜测，你之所以让宁子晨死在直播台上，是为了传达一个信息。你说过，廖文波回来后，只跟你见过一面，你想联系他但联系不上。于是，你就让宁子晨在直播时中毒身死，以此告诉廖文波，女儿大仇已报。是不是？"

夏秋雨哼哼冷笑一声："是。但是其他三个人也是我杀的。"

"不，夏大姐，你错了，"苏镜说道，"我甚至怀疑，宁子晨也不是你动的手，你说氰化钾是从一家工厂买来的，可是你要知道，氰化钾的管理是非常严格的，虽然说很多厂子为了牟取不义之财，也会偷偷地倒卖氰化钾，但是这种事情他们做得肯定会非常小心，绝不会卖给一个陌生人的。我们从顺宁市电视台的监控录像里看到，有一个送水的工人在28号下午五点进入了电视台的12楼，也就是你们《顺宁新闻眼》所在的楼层，直到将近晚上八点才离开。会不会是这个送水工人伺机下手的呢？而这个送水工人会不会就是廖文波呢？"

"不，不会的，绝对没有的事。"夏秋雨说道，"没有证据，你不要血口喷人。"

"夏大姐，你不要紧张，我这只是猜测，"苏镜说道，"另外，夏大姐你该知道，作伪证也是违法的。况且，我们现在也不确定，凶手到底是不是你老公廖文波。"

"你是说……你是说……廖文波也许没有杀人？"

"是，也许凶手另有其人，"苏镜说道，"你还坚持自己是凶手吗？"

夏秋雨犹豫了一会儿，然后坚决地点点头说道："我是凶手，人真的是我杀的。"

苏镜无可奈何地看着夏秋雨说道："夏大姐，我很佩服你为你老公所做的一切。我们想去你家勘察，请你把钥匙给我们。"

"为什么？"夏秋雨警惕地问道。

"这是例行程序啊，既然你来投案自首了，我们自然要去你家看看，也许能找到凶器之类的呢。"

苏镜拿着钥匙刚刚走出审讯室，邱兴华就迎上来说道："老大，苏景淮那个账户有异动。"

"什么异动？"

"昨天晚上有人往那账户里存了十万块钱。"

7.天降横财

"恭喜你啊，刘先生。"苏镜一见到苏景淮就满脸笑容，言不由衷地祝贺道。

苏景淮惊讶地看着苏镜，然后笑道："苏警官，你这么快就忘记我的名字啦？"

"啊？你不是刘东强先生吗？"

苏景淮脸色腾地变红了，但他马上镇定下来："苏警官什么时候学会消遣人了？"

"难道你敲诈宁子晨时，给她的不就是这个账号吗？哦，对不起，我说错了，你不是敲诈，你是在跟宁子晨闹着玩。"

"我不明白你为什么还纠缠着这件事情不放。"

"不明白？真的不明白？昨天晚上，刘东强的账户里突然多了十万块，请问是你自己存的吗？"

"不是我。"

"那是谁？"

"我怎么知道。"

"苏先生真是人见人爱啊，竟然有人偷偷地往你账户里存钱，而且一存就是十万。"

"也许有人误操作了吧。"

"我看是你失误了吧。你是不是以为上次的事情弄清楚之后，我们就不会再监管这个账户了？"

苏景淮看了看苏镜，没有说话，苏镜继续问道："田毅是谁？"

"不知道，没听说过。"

"真不知道？"

"我没必要骗你。"

"有，很有必要，因为就是田毅给你转的钱。"

有那么一会儿，苏景淮陷入了沉思，不过很快便缓过神来，说道："也许是个假名呢？"

"苏先生说是假名，那肯定知道田毅这个账户的真正主人是谁喽。"

"这个，我哪儿知道？我又不是警察。"

"是啊，我是警察，看来你是敬酒不吃吃罚酒了。"苏镜脸色一变，再也不是嬉皮笑脸得意扬扬的样子，他的脸上仿佛挂了一层寒霜，猛然冲到苏景淮面前，说道："说，你受谁指使杀了宁子晨？"

"啊？"苏景淮顿时大叫起来，"我没有杀她。"

"你没有杀她，为什么田毅要给你转账十万块？"

"哼哼，"苏景淮冷静下来，说道，"我哪儿知道，也许田毅是混黑社会，贩卖毒品的，用我这账户洗钱呢。"

苏镜怜悯地看着苏景淮，说道："我警告你，不要玩火，小心会把自己烧伤的。"

"没事没事，我从来不玩火，谢谢苏警官提醒。"苏景淮又嬉皮笑脸起来。

"既然你也不知道这十万块是怎么回事，那只有充公了。"

苏景淮的眼神里流露出不舍之情，他甚至挪了挪屁股，想说点什么，但最后还是忍住了。

苏镜带着邱兴华离开导播值班室后，迅速奔向夏秋雨家。一上车，邱兴华便问道："老大，我觉得苏景淮可能知道凶手是谁，于是便故技重演，敲诈了凶手一笔。"

"是，江山易改本性难移。"

"那么给他存钱的人就是现有的几个嫌疑人之一。"

"对，肯定是这样。"

夏秋雨家收拾得整整齐齐的，苏镜走到佛龛前，盯着那尊泥塑菩萨看了很久。香炉里积攒了厚厚的香灰，他拨拉着寻找上次看到的照片的残余，但是已经不见了。廖新桐的照片还放在抽屉里，苏镜端详着那张可爱的小女孩的脸，心中不禁又泛起了对夏秋雨一家的同情。

"这小姑娘长得挺好看的。"邱兴华说道。

"是啊，可惜啊，如果她活着，现在也许成了一位名医生、名律师，或者是一名优秀的主持人，在她的眼前本来有无限种光明的可能，但是一场悲剧之后，所有光明的大门都关上了。"

夏秋雨家是三室两厅的结构，主人房的门是开着的，两人走进卧室检查每一个角落、每一个抽屉。苏镜吩咐邱兴华不要放过任何一片纸，他想，也许可以找到廖文波跟她联系的信件，但是找了半天也没有任何发现。

另外一间卧室的墙壁刷着淡淡的粉色，贴着各种卡通图案，这肯定是廖新桐的房间了。可奇怪的是，墙壁上贴着的卡通图案里竟然有功夫熊猫、福娃和长江七号，而这些卡通形象都是最近几年才创作出来的，十几年前根本不会有。苏镜继续打量，这十几年来的所有卡通图案都在墙壁上，占据了一席之地，有小丑鱼尼莫、狮子王辛巴、蓝猫、百变小樱桃、加菲猫……是了，夏秋雨一直无法接受女儿自杀的现实，她每天都躲进这个小房间里，默默地思念着女儿，她把一张张卡通图像的海报贴在墙壁上，她也许以为女儿会喜欢吧。苏镜看着这些卡通图案，眼眶不禁湿润了。他突然想起，前几天，顺宁的一位市委副书记在一次开会的时候说，未成年人犯罪一定要轻判。真是站着说话不腰疼啊，他可曾想过，未成年人犯罪也会给别人带来一生一世的伤害？

还有一间卧室的门上着锁，苏镜吩咐道："打开它。"

邱兴华点点头，后退几步准备猛冲过去一脚踹开，孰料苏镜突然问道："你干吗？"

"踹门啊。"

"我让你开门，没让你踹门啊。"苏镜失望地摇摇头，拿出一张名片，沿着门缝塞进去，滑到门锁的地方，鼓捣一下门就开了。

邱兴华吃惊地睁大了眼睛："老大，你可以做贼了。"

"警察和贼本就像真理和谬误，从某种意义上讲，不会做'贼'的警察不是好警察。"

"深奥，太深奥了。"

"少贫了你！"

卧室里黑咕隆咚的，窗户上挂着厚厚的三层窗帘，一丝阳光都透不进来。邱兴华扯开窗帘，卧室里的情景把他惊呆了：屋子里满满的都是毛绒公仔，有维尼熊、斑点狗、查理娃娃、蓝精灵、芭比娃娃……其中芭比娃娃特别多。明眼人都能看出来，这些玩具不是给女儿小雨的，因为每个娃娃身上都贴了一张纸条……

他们看清楚了每个娃娃后，王天琦打来了电话，他的声音有点兴奋，又有点无奈："老大，好消息。"

"什么好消息？"

"又有一个凶手来自首了。"

8.杀人凶手

王天琦和另外两个同事正在审问一个四十多岁的男子，他穿着一身破旧的西装，皮肤是古铜色的，脸部纵横交错着很多皱纹，表情却是非常坚毅。苏镜走进审讯室，让王天琦等人离开，然后拉过来一张椅子坐下："你就是廖文波吧？"

"是。"

"你说人是你杀的？"

"是。"

"你杀了几个人？"

"四个。"

"都是谁？"

"沐悦，闫桂祥，何婉婷，宁芬。"

"你为什么杀他们？"

"因为他们该死。"

苏镜拿出一张照片递到廖文波跟前，问道："因为小雨？"

廖文波一直是一副天不怕地不怕的神情，仿佛早已做好了引颈就戮的准备，突然看到了女儿照片，他连忙抓在手里凑到眼前，两行浊泪扑扑簌簌地往下掉。

　　"这是我从你家拿来的照片。"

　　"小雨，我的小雨……"一个七尺男儿竟哀哀地啜泣起来。

　　"你已经十多年没见过女儿照片了吧?"

　　"是，是，"廖文波拼命忍住了哭泣，"我走的时候什么都没有带，我想忘记小雨，忘记痛苦，可是我根本做不到。"

　　"于是你回来报仇了?"

　　"我本来没打算报仇的，你知道，事情已经过去了那么多年，我本来以为仇恨早已泯灭了，可是那天我收看顺宁卫视，看到了宁芬，虽然她改了名字，但是我还是一眼就认出她来了。她得意扬扬的样子，让我恶心。我本来已经忘记痛苦了，可是她却突然又勾起了我伤心的往事。她是个恶人，但是她现在却好好的，当上了什么主持人。你们知道吗? 小雨的理想就是当一名主持人的，可是他们伤害了她，小雨永远地离开了我们。如果不是他们，现在坐在直播台上的，也许根本就不会是她。不行，我不能让他们作恶之后，还能享受美好的生活，他们必须为他们的罪恶付出代价。"廖文波越说越激动，声音也越来越大，到最后几乎变成了一场演说。

　　"你是什么时候回来的?"

　　"4月2号。"

　　"你什么时候找你老婆的?"

　　"我……我没有找她。"

　　"廖先生，既然你是来自首的，就不要再隐瞒什么了。夏秋雨已经跟我们都说过了，你是5月15日找她的是吗?"

　　"是。"廖文波垂下了头。

　　"你为什么找到她之后再也没有联系她?"

　　"有些事情我需要自己办，我不想让她担惊受怕。"

　　"找到宁子晨很容易，其他三个人你是怎么找到的?"

　　"我查遍了5460同学录、chinaren校友录、QQ校友录，新浪、网易的校友录，每个校友录上都有顺宁市第二十中学，都有小雨的班级，我在每个网站都注册加入了他们的班级，跟每个人打听沐悦、何婉婷和闫桂祥的下落，后来慢慢就查到了他们的工作单位。"

"然后开始逐一复仇？"

"是，我很开心。沐悦这个婊子当上了妓女，要杀她非常容易，只要装成有钱人，装成一个好色之徒就行了。我在金凤歌舞厅玩了三个晚上，到5月29号晚上，她就把我带回家了。当我捆绑她的时候，她很兴奋，说要多加钱。真是个臭婊子！等把她绑起来后，我告诉她我是廖新桐的父亲，这个臭婊子竟然已经忘记小雨了，忘记她作的恶了。我告诉了她，她很惊恐，眼神里充满了对生的渴望，可是我不能放过她！我回来就是要复仇的，我必须铁石心肠才行，每当我稍有犹豫的时候，我就告诫自己，想想你的小雨吧，想想这个畜生当初是怎么虐待小雨的吧。"

廖文波眼睛红红的，虽然大仇已报，但是他依然满腔怒意，是的，大仇可以得报，痛苦却只能品尝一生。苏镜微微点点头，问道："闫桂祥呢？你是怎么杀他的？"

"我6月1号去顺业地产中介公司找过他，我要看看他现在长成什么样了。这个当年的恶棍现在也是整天干缺德事，他不知道从哪里偷来了那么多电话号码，天天打骚扰电话。我杀了他后，顺宁不知道多少人会耳根清净呢？我装做要买二手房，他非常热情地接待了我，奴颜婢膝就像条狗。当天晚上我就给他写了封信，信很简单，就是一句话：你还记得顺宁市第二十中学的廖新桐吗？第二天我又去找他，我就是要看看他紧张兮兮的样子，我问他怎么了，他还强作欢颜说没事呢。接着，我又把十几年前的新闻打印出来寄给他，然后再去观察他。我把他作弄够了，就在6月10号晚上约他出来看房。那是在金宁路上，十几年前他们就是在那条路上殴打小雨的。看完房后，我说：'你记得这里吗？'他特别紧张，问：'怎么了？'我说：'你当时不是还押着一个女孩子在这里游街？'他紧张地问我是谁。我说我是廖新桐的父亲。他非常惊诧，似乎不知道该说什么好。我拿出刀来，他非常害怕，我逼着他往嘴里塞树叶，他老老实实地照做了，他以为我会放过他，但是我没有。"

苏镜静静地看着他，示意他继续说下去。

"最可恶的是那个何婉婷，她竟然当上了律师，一个恶人竟然当上了律师！真是天底下最大的笑话。当初就因为她父亲是副市长，才召开了那个什么圆桌会议。我一回到顺宁，就开始跟踪她观察她了。她每个礼拜二晚上都会去健身，其他晚上都不固定，可是她健身的时候总是有人陪伴，我一直没有机会下手。直到6月14号那天，她是一个人去的。健身之后，她要走过一条林荫路，我在那里把她打昏了，然后绑架了。等她醒后，我告诉她我是谁，她还假装不认识我，假装不认识小雨，一个劲地说什么我认错人了。笑话，我会认错人吗？那个用发夹扎小雨的女人，我会认错吗？我用针扎她的乳房，我告诉她只要她承认了我就放过她。我还没扎几下，她就承认了，她以为我真的会放了她，但是她想错了。"

"你把她的尸体怎么处理的？"

"扔到了清水江里。"

苏镜点点头，廖文波把三宗谋杀案的经过描绘得清清楚楚，基本上可以确定他就是凶手了。可是宁子晨呢？真的是他杀的吗？

廖文波继续说道："只剩下一个宁子晨了，我也跟踪了她很久，发现秋雨竟然跟她走得那么近！我本来不打算去找秋雨的，我想等所有的事情处理完再去找她的，可是我不能容忍她跟杀害小雨的凶手关系那么好，于是我就去告诉她了。后来，我就偷偷溜进顺宁电视台大楼……"

"那是什么时候？"苏镜打断他问道。

"6月28号。"

"你是怎么进去的？"

"顺宁电视台楼下都有保安，要进去很不容易。我观察了很多天，看到送水工人可以进楼，所以我就打昏了一个工人，穿着他的衣服顺利地进了电视台的大楼。"

"那是几点钟？"

"下午五点。"

"你是什么时候下毒的？"

"我记不清时间了，大概是七点半左右吧。之前人来人往的，我一直没有机会动手，于是在厕所里藏了很久，后来等到人很少了，我就离开厕所去化妆室下毒。"

苏镜脑子里灵光一闪，困扰许久的谜团终于解开了："你是在最靠窗的蹲位里？"

"是。"

"那你听到宁芬在说什么。"

"她在嘲笑一个人有狐臭，这个女人很粗俗，我不明白电视台领导怎么会看上她。她在女厕所打电话，男厕所有人骂了句婊子就走了。我一直等着那人走了，才准备离开洗手间，可就在这时候，又有人来厕所了，那人的脚步似乎很匆忙，我听到他拧开水龙头洗手……"

"等等，"苏镜打断他问道，"他直接洗手的？"

"是。"

"你确定？"

"电视台的小便池是自动冲水的，如果那人小便的话，肯定会有冲水的声音，可是没有。"

"哦，"苏镜若有所思地点点头，问道，"那时候是几点？"

"我不知道。"

"你是什么时候离开洗手间的？"

"等那个洗手的人走了之后，我就走出厕所，找到化妆室。"

苏镜沉思半晌继续问道："你是怎么下毒的？"

"我把氰化钾放进她粉盒里了。"

"当时是几点？"

"我没有看时间。"

"你从哪儿弄来的氰化钾？"

"上海。"

"上海？那里的氰化物管理如此不严格？"

"哼哼，百密一疏嘛。"

"廖先生，听上去，你就是杀人凶手了。"

"我本来就是。"

"可问题是，今天早上我们已经有一位杀人凶手自首了。"

"这……不会吧？"

"廖先生，你有没有觉得对不起哪些人？"

"没有。"

"真的没有？"

"他们都是该死的，我有什么对不起他们的？"

"我觉得起码有两个人你对不起，一个是你，一个是你老婆。这十多年来，你过的日子一定很辛苦吧？当年你选择了逃避，其实你根本逃不了，逃避的生活反而让你生不如死。另外，你有想过你老婆的感受吗？十几年来，她独守空房，孤零零一个人度日，你有想过她的感受吗？这些年来，她变得神神道道，有些时候就像个疯子一样，这些你知道吗？"

廖文波的眼眶又湿润了，他双手揪扯着自己的头发，啜泣起来："我对不起她，我对不起她。"

"你知道另外一个凶手是谁吗？"

廖文波抬起头茫然地看着苏镜。

"今天早晨，夏秋雨来自首了。"

"什么？这不可能！"廖文波大叫道。

"她说那四个人都是她杀的。"

"不，不，你们搞错了，不，是她搞错了，人是我杀的啊！"

9.夫妻相见

夏秋雨自首后被暂扣在顺宁市公安局的拘留室里，苏镜离开廖文波后径直找到了夏秋雨。面前这个女人刚刚哭过，眼圈红红的，见到苏镜进来，又恢复了坚决果敢的神情。

"夏大姐，我们不虚此行啊，"苏镜笑道，"在你家里我们找到了你杀人的证据。"

"我早就告诉你人是我杀的了。"

"可惜的是，你的杀人方式，人间的法律是管不了的。"苏镜说完一挥手，邱兴华将一堆玩具娃娃倒在桌面上，每个娃娃身上都贴了一张纸条，有的上面写着宁芬的名字，有的写着宁子晨的名字，不过生辰八字都是一样的。

娃娃身上到处插满了钢针。

苏镜说道："巫蛊，只能算是诅咒，不能算是杀人。"

"不，是我杀的，我不但下蛊，而且……而且我还真的杀了他们。"

苏镜呵呵一笑，突然问道："6月28号监控录像里那个送水工人，你知道是谁吗？"

夏秋雨一怔，说道："我不知道。"

"刚才，那个送水工人来自首了，他说他叫廖文波。"

"你说什么？他来自首了？不，不是的，他不是凶手，凶手是我。"

"比起你来，廖文波更有作案时间。"

"不，不是的，他不会的，苏警官，你放过他吧。"

"夏大姐，刚才你老公也是这么跟我说的，他要求我放过你。"

"不，是我干的，与他没有关系的。"

苏镜站起来说道："我想，还是让你们单独谈谈吧。"

苏镜吩咐王天琦把廖文波带进来，然后众人退了出去。拘留室里，只剩下廖文波和夏秋雨两个人。老两口面对面坐着，互相看着对方，打量着对方身上的每一处变化。终于，廖文波忍不住了，哽咽道："秋雨，对不起，让你受苦了。"

"不，文波，你受的苦比我还要多，"夏秋雨伸出手摩挲着老公的脸，"你走的时候没有这么多皱纹的。"

廖文波拿起老婆的手，拼命地吻着："对不起，对不起。"

"毕竟我们小雨的仇报了啊。"夏秋雨挤出一个笑容说道。

"是，是，你……你不要傻了，人是我杀的，不管是谁，都是我杀的。"

"不，不，文波，你受的苦已经够多了，杀人偿命，这命就由我来偿吧。"

"秋雨，不要说了。十几年前，我不负责任地离开了你，让你一个人孤苦伶仃。今天，我不能再辜负你了。"

……

苏镜等人站在拘留室外面，把二人的对话听得清清楚楚，每个人都感动得热泪盈眶。两个人说了十几分钟之后，苏镜推门走了进去，把其余警察都挡在门外。进屋后，他把暗藏的麦克风关掉，然后坐到两人对面。

"廖先生，夏大姐，你们的话，我们都听到了。以前都说什么夫妻本是同林鸟，大难临头各自飞，真是败兴。可是从你们身上，我们却看到了一种超越生死的夫妻情谊。夏大姐，你今天早晨来自首的时候，我就怀疑你根本不是凶手。如果你真要杀人的话，也不会下蛊了。"

"不，苏警官，我……"

"哎，什么都别说了，我现在是要跟你们说点别的事情。"苏镜说道，"每个人都有优点也有缺点，有时候优点也会变成缺点。比如说我吧，其实我这个人不是很适合当警察的，当警察要求的就是铁面无私，一切用证据来说话，切忌的就是感情用事。可是偏偏我经常感情用事，真是没办法。"

廖文波和夏秋雨互相看看，不知道他在说什么。

"当然了，"苏镜继续说道，"要放了廖先生肯定是不行的。我是在想，廖先生十几年前离家出走，说明你心理承受能力很差；又隐姓埋名十多年，心理状态肯定很不稳定，"苏镜指指自己脑袋，"廖先生会不会是这里有问题，经常不清醒，所以才连杀四人呢？"

廖文波争辩道："不，我清醒得很，我就是要杀了他们。"

苏镜摇摇头："唉，果然是有问题。"

夏秋雨看着苏镜，突然间明白过来了："哦，我知道了，你是要……"

"嘘——"苏镜食指往嘴边一放，说道，"有些事情是不需要说那么明白的，到时候我会给你们推荐一位好律师的。另外，有时候我脑子也不好使，这时候我动不动就发脾气，甚至用头撞桌子。"

……

邱兴华、王天琦等人看着苏镜走进拘留室，接着发现里面的声音关掉了。苏队长处事一向不按常规出牌，对此他们早已熟悉了。几个人站在门外，透过单向玻璃看着里面的情景，最后突然发现，廖文波猛地站起来，神情激动，挥舞着拳头，接着脑袋不停地往桌子上撞。苏镜上前劝阻，他一把将苏镜推到一边；甚至夏秋雨拉他胳膊，也被他用力一甩……众人见状，连忙开门闯进去，只听廖文波大声叫道："小雨，小雨，你在哪儿？你出来啊？"边说边撞着桌子，他本来只是演戏，可是当说起小雨时，便也假戏真做了，眼泪如滂沱大雨滚滚而落。

苏镜大声吩咐："快，他精神有问题，快送医院。"

10.绝地逆转

晚上八点，《顺宁新闻眼》又按时播出了。在一段时政新闻之后，是一条《0628主持人暴毙案告破》的新闻，新闻很短、很简单，把五个W交代清楚就结束了。不过这条新闻之后，又编发了一条新闻背景，介绍十几年前的那场校园暴力案件，杨宇风竟然找出了十几年前那次所谓"圆桌会议"的新闻画面。

随后，欧阳冰蓝又说道："之前警方怀疑凶手就是我们同事，这几天，我们一直在收集观众的意见和投票，虽然说凶手已经落网了，但是我们还是更新一下每个人的得票情况。"

这起匪夷所思的谋杀案终于告破了，但是苏镜心头却没有那么轻松，以前每当完成一次任务，他都有一种如释重负的感觉，但是这次没有。也许是因为廖文波和夏秋雨的悲惨经历吧。他拿起几天前打印的串联单和所有的文稿，再次看了起来。这几十页纸，他已经不知道看了多少遍了，每次看都觉得哪里不对头，但是每次看又看不出个所以然来。他一度怀疑抓错人了，可是廖文波一口咬定是他杀了所有的人，难道会错吗？

不，不对！

一定有什么地方出问题了。

四宗命案。

沐悦，身上被浇了可乐；闫桂祥，嘴里塞满了树叶；何婉婷，乳房被针扎过。这些都是十几年前廖新桐遭受的屈辱，十几年后被一一

苏景淮	49，257
原东怀	22，481
展明秋	28，021
夏秋雨	19，001
秦小荷	15，020
杨宇风	13，023
叶守蓝	9，200
欧阳冰蓝	7，011
简易	2498
严昭奇	1800
米瑶雨	832
苏楚宜	603

在她的仇人身上如法炮制了。可是宁子晨呢？她只是死在直播台上，廖新桐遭受的屈辱，她一点都没有尝到。难道是廖新桐裸体游街，当众出丑，所以宁芬就死在众目睽睽之下？这样似乎也能说得通，但总有点牵强，因为宁子晨至死都不知道自己为何而死，而另外三个受害人都知道自己是咎由自取的。

他回忆着夏秋雨和廖文波的对话，当时苏镜觉得他们把什么话都说得清清楚楚的了，可是现在仔细一想，总有点不尽不实。廖文波对夏秋雨说："人是我杀的，不管是谁，都是我杀的。"——这"不管是谁"四字，倒是大可值得推敲的，这四字里面有一种不分青红皂白大包大揽的意味。廖文波还说："我不能再辜负你了。"——廖文波肯定认为是夏秋雨杀的人，为了保全老婆，于是全揽在自己身上，反正已经有三条命案在身，再多一条也无所谓了。

想到此，苏镜立即关掉电视走出家门，奔向顺宁市第一人民医院，廖文波正在精神科接受治疗。王天琦和邱兴华守候在病房外，见到苏镜，两人都很疑惑。

"老大，你咋来了？"两人几乎是异口同声。

"想你们了啊。"苏镜笑道。

"拉倒吧，"邱兴华说道，"你是不是又想到什么疑点了？"

"别这样嘛，好像我是工作狂似的。"

王天琦说道："老大，你是不是工作狂，大伙都清楚着呢。"

"你小子，"开完玩笑，苏镜问道，"犯人怎么样了？"

"医生给吃了片镇定药就好多了。"邱兴华说道。

"好，我进去看看，"苏镜说罢便推开了病房的门，王天琦和邱兴华刚想跟进去，被苏镜拦住了，"我自己进去就行。"

"可是，他精神不稳定……"

"拜托，我是警察啊！还怕一精神病人不成？"

两人笑了笑便停住了，看着苏镜单独走进病房。

"苏警官，你好。"病床上的廖文波语气平静地问候道。

"廖先生感觉怎么样？"

廖文波并没有回答苏镜，只是说道："苏警官这样对我，难道不怕犯错误？"

"哈哈哈，一个人犯错误并不可怕，可怕的是，工作一辈子总是四平八稳，不犯什么错误，也没什么激情。我只要做我认为对的事就行了，其他的，管他娘的!"

"我从来没遇到过你这样的警察。"

"我这样的警察越少越好,要不就天下大乱了,哈哈哈。"

"苏警官这么晚来还有什么吩咐吗?"

"不敢当,"苏镜压低声音说道,"有两件事。第一,等你病情稳定之后,我同事会找你再录个口供,你想想,你杀人的时候,是不是并不知道自己在干什么,当时脑子里一片空白,什么都不知道。虽然你之前跟踪过他们,但是你有好多次动手的机会,但都是犹犹豫豫没有行动,后来不知道为什么就控制不住自己了……"

"谢谢。"

"不用,"苏镜突然又问道,"宁子晨真的是你杀的吗?"

"啊?"廖文波没想到苏镜会突然问出这个问题,禁不住愣了一下。

"廖先生,你不要大包大揽。要知道,你包庇的可能并不是夏秋雨。"

"你什么意思?"

"在宁子晨周围,有很多想杀她的人,而我觉得夏秋雨肯定没动手,她没那胆量。"

"你是说,凶手另有其人?"

"对,"苏镜斩钉截铁地说道,"你还坚持宁子晨是你杀的吗?"

"不,我没有杀她,"廖文波说道,"那天我本来想进去杀她的,可是那里人来人往,我一直没有机会动手。我一直躲在洗手间里,等我出来的时候,宁子晨已经上直播台了。于是我只好离开了电视台,我在门口一直等着,后来发现警察来了,我特别害怕,以为行踪暴露了,马上走了。"

苏镜长长地叹了口气,一个疑点澄清了,而这意味着,他还有大量的工作要做。宁子晨被杀案的新闻都播出了,怎么这么糊涂呢?操之过急了。

第八章　辨声识凶

　　"有意思，我主持人没考上，不知道嫌疑人能不能考上。"苏楚宜说完，开始有板有眼地念道："氰化钾是国家管制药品。"念完之后，又看着苏镜问道："怎么样，我有资格当嫌疑人吗？"

1.毒药出现

7月4日。

苏镜一到单位，王天琦便兴致勃勃地找上门来，他的眼睛红红的，眼袋很重，看样子是一宿没睡。

"老大，昨天晚上我跟兄弟们去抓药狗贼了。"

王天琦绝不会专门来汇报这种鸡零狗碎的事，既然特地来说此事，就说明氰化钾的来源可能有眉目了。只听他继续说道："这几天我们已经抓了二十几个药狗贼了，对每个人都详加盘问，但是一无所获。昨天晚上我们在宝龙区湖山镇沙平村附近设伏，又抓到两个，然后连夜审讯，他们交代，6月25号晚上，曾经被人没收了所有的药物。"

苏镜顿时来了精神，跟着王天琦急匆匆走向审讯室。

两个药狗贼一个叫邓强，一个叫秦风，是湖山镇的无业游民，二人终日游手好闲不务正业，整天干的都是偷鸡摸狗的勾当。一年前，二人上网看新闻，知道江苏、浙江、山东、福建等地有人专门从事药狗的勾当，新闻写得非常详细，简直就是一部"药狗实用手册"。通过新闻，二人知道用来药狗的毒物叫氰化钾，可以在电镀厂买到，药狗的方法是把氰化钾装在蜡丸里。根据"药狗实用手册"的指点，二人第一次出手就得手了，猎得当地土狗一条，之后他们每天都要收获两三条狗才肯罢休。最近风声很紧，二人本来打算做完最后一单就收手，可就是最后一次出马，让他们落进了警察的手里，更让他们意外的是，抓他们的不是派出所的片警，而是市局的刑警。

苏镜看着两人畏畏缩缩的样子，劈头盖脸地问道："你们的氰化钾哪里来的？"

"买的。"

"从哪儿买的？"

"电镀厂。"

"哪家电镀厂?"

"顺风。"

"谁卖给你们的。"

"一个朋友。"

"叫什么名字?"

"任洪涛。"

像任洪涛这样的名字,最近王天琦等人已经问出了很多。对这些私自贩卖氰化钾的人该如何处理,就不是他们能管得了的事了,苏镜吩咐把这些名单下发到各辖区派出所,让他们依法处理。

"6月25号晚上,你们在哪儿偷狗?"

"湖山镇沙平村。"

"几点?"

"晚上十点多。"

"你们的氰化钾被人没收了?"

"是。"

"多少个?"

"五个。"

"谁没收的?"

"不知道。"

"长什么样?"

"看不清。"

"是男的是女的?"

"男的。"

"长多高?"

"比我高一个头,应该是一米七三左右。"

"胖还是瘦?"

"不是很胖,也不是很瘦。"

"说话声音怎么样?"

"好像也没什么特别的。"

以上都是秦风在回答的,说到这里,邓强插口道:"我觉得他的声音有点沙哑。"

2.声音的秘密

上午九点半，苏镜见到杨宇风的时候，只见他一副踌躇满志的样子，说起话来语速特别快，仿佛屁股后面有人拿着鞭子不停地抽他，逼着他马不停蹄地往前赶。

"杨制片似乎很忙啊？"

杨宇风见苏镜和邱兴华还带着两个人一起来找他，不禁心生疑惑，微微皱了皱眉头说道："是啊，特别忙，又要改版了，马上又要开个改版的讨论会。"

"《顺宁新闻眼》不是很好看吗？为什么要改版啊？"

"唉，没办法啊，"杨宇风的话听上去很无奈，但是神情里却掩不住兴奋，"半个小时的节目，现在广告就有十分钟，而且还有很多客户想播广告都没时间播，只好扩版了。"

"杨制片财源广进啊。"

"哪里哪里，还不都是给台里赚的钱？"

"宁子晨功不可没啊。"苏镜笑道。

杨宇风脸色一变，尴尬地笑了笑："有一位同行曾经说过，主持人时不时地出点小错，有利于提高收视率，只是没想到，我们的主持人竟然会被谋杀在直播台上。"

"出错也能提高收视率？"苏镜作为一个门外汉，彻底地糊涂了。

"是啊，主持人偶尔出点小错误，会激发起观众纠错的热情，每天都会盯着屏幕看，看能不能再发现点什么错误。"杨宇风微微笑了笑，说道，"中央台的主持人不是在镜头前化妆，就是在镜头前打哈欠，要不就时不时地说几个很明显的错别字，我怀疑他们就是为了提高收视率。"

苏镜哈哈一笑："也许就是那么回事呢，他们的错误在网络上热炒之后，连我都忍不住要看看他们出错的节目了。"

"这也算是一个营销策略吧。"

"如果我是制片人，没准儿我就会把主持人谋杀在直播台上，来提高收视率。"苏镜哈哈一笑。

杨宇风无辜地看了看苏镜，说道："我想象力还没那么丰富，不过以后倒是可以考虑。"

"那我得提醒欧阳冰蓝一声啦。"

"哈哈哈，我可不舍得让我的主持人死在直播台上，我们这次扩版加了一个环节，每天都会邀请嘉宾来点评当天的热点新闻，到时候倒可以拿一两个嘉宾练练。"

"看来以后我要经常找你聊天啦。"

"哈哈哈，跟苏警官聊天受益匪浅啊。"

"以后肯定会有机会的，"苏镜说道，"杨制片，其他几个人都在吧?"

"怎么还要找他们?"

"为什么不找他们呢?"

"案子不是破了吗?"

苏镜哼哼一笑："案子这么快就破了的话，《顺宁新闻眼》的收视率怎么保证啊? 难道真的让杨制片去杀嘉宾啊?"

杨宇风无奈地笑道："糟了，看来苏警官真的怀疑上我了。"

"哈哈哈，老实说，其实我早就怀疑你了，不过值得怀疑的人还有很多。我现在要做的就是把每个人的嫌疑都排除。"

"可惜你们有宣传纪律，我们也有宣传纪律，要不我把每次问话都播一下，我的收视率肯定还要高。"

"先别管你的收视率啦，"苏镜将一张纸片往他面前一推说道，"请杨制片把这句话读一遍。"

杨宇风疑惑地拿起那张纸片，奇怪地念道："氰化钾是国家管制药品?"

"是，就是这句，请你以正常说话的方式读一遍。"

"这是干吗?"

"是不是当记者的，每件事情都要问得那么清楚?"

"呵呵呵，没办法，职业病。"

"那我可以说'无可奉告'吗?"

杨制片笑道："好好好,我配合就是。作为新闻工作者,配合是一种很重要的美德。"杨宇风说完,字正腔圆地念道："氰化钾是国家管制药品。"

苏镜瞥了一眼邓强和秦风二人,见两人没有明显表现,便朝杨宇风说道："好了,谢谢杨制片。"

"没事啦?"

苏镜笑道："无可奉告。"

"哈哈哈,苏警官,跟你打交道很有意思。现在要我做什么?"

"我想再见见其他人。"

"再挨个过一次堂?哈哈,好!"

"女的就暂时不见了,苏景淮、严昭奇也不用见了。"

苏镜之所以把严昭奇排除在外,是因为严昭奇是个大胖子,而邓强、秦风看到的人不胖不瘦;而苏景淮个子很矮,应该只有一米六八,而那人个头在一米七三左右。

"嫌疑人的范围越来越小了啊,"杨宇风说道,"看来现在只剩下我、苏楚宜、叶守蓝、原东怀、简易五个人啦。"

"哈哈哈,杨制片很清醒,没把自己漏了。"

"我可不敢告诉你我这里没有三百两银子啊,"杨宇风笑着站起来说道,"苏楚宜好像在,我先把他喊来。"

"麻烦杨制片了。"

杨宇风乐呵呵地走出会议室后,苏镜转头看看邓强和秦风二人,他们都穿上了一身西装,一副装模作样的样子。

"怎么样?他是那人吗?"

"有点像,但又不像。"邓强说道。

"到底是不是?"

"不是,肯定不是。"秦风回答得斩钉截铁。

"哦?"

秦风解释道："走路的姿势不一样,那天晚上那人走路的时候,两只手几乎不怎么摆动的,但是刚才这人是甩着手走路的。"

苏镜赞许地点点头。

3.竞聘嫌疑人

苏楚宜满面春风地走进会议室，爽朗地笑道："苏警官，邱警官，哎呀，还有两位警官。真是佩服你们啊，不到一个礼拜的时间就破案了。没想到没想到，宁子晨竟然干过那种事情啊，也难怪被杀。要是我小时候也出过那种事情，估计我爹妈也会把那些欺负我的人撕了。"

苏镜微微一笑："这么说，你很赞成杀人了？"

"以牙还牙以眼还眼，作了恶，就应该付出代价。"

"可是宁子晨不是廖文波杀的。"

"啊？廖文波不是承认了吗？"

"后来又有变化了，"苏镜说道，"所以，凶手还得从你们中间找。"

"哈哈哈，有意思有意思，"苏楚宜说道，"其实昨天听说凶手是个外人，我还真有点失落呢。只有凶手出在内部才够刺激啊。"

苏镜将那张纸片往前一推，说道："苏记者，请你把这句话读一遍。"

苏楚宜一看，马上笑了："竞聘主持人啊？"

"不，"苏镜跟着笑了一会儿，说道，"是竞聘嫌疑人。"

"有意思，我主持人没考上，不知道嫌疑人能不能考上，"苏楚宜说完，开始有板有眼地念道："氰化钾是国家管制药品。"念完之后，又看着苏镜问道："怎么样，我有资格当嫌疑人吗？"

苏镜沉着地点点头："很有潜力。"

"什么时候可以上岗？"苏楚宜一副嬉皮笑脸的样子。

"你早就在岗上了。"苏镜肯定地说道。

苏楚宜走后，苏镜照例问了问邓强和秦风，两人一致摇头，邓强说道："不是这声音，那人的声音是沙哑的。"

随后，叶守蓝也不情不愿地读了一遍，秦风说："他的声音虽然沙哑，但是他的声音老了点儿，那人的声音要年轻一些。"

苏镜点点头说道："好，你们马上就会见到一个年轻的了。"

"苏警官是在说我吗？"话音未落，简易闪进了会议室，他还是一脸开心的笑容，"听说廖文波不是凶手啦？"

"这消息传得可真快啊。"

"呵呵，都是干新闻的，嘴巴耳朵都闲不住，电视台里是没有秘密的。"

"没有秘密？不见得吧？光是你们栏目组，就有一个杀人犯，一个偷盗犯，一个勒索犯，你知道是谁吗？"

"警官，你在开玩笑吧？"

"你觉得我像是在开玩笑吗？"

"我不知道你开玩笑时是什么样子的。"

"简先生好口才，"苏镜笑道，"猜猜看，你觉得那三个人可能是谁？"

"要猜这种事情，得抱着极大的恶意才行，我可不愿意这样去猜我同事。"

"好吧，咱们言归正传。6月25号晚上，你在哪里？"

简易想了想说道："不记得了。"

"不过是十天前的事，这么快就忘记了？"

简易呵呵笑道："苏警官，请问你十天前是在哪儿吃的饭？"

苏镜愣了一下，继而笑道："哈哈哈，简先生反客为主了啊。"

"不敢不敢，我只是想说，有些鸡毛蒜皮的事，我们不可能记那么清楚的。6月25号那天，我又不知道会有人被杀，我会被警察盘问。如果早点知道的话，我也许真的会记得清清楚楚的。"

"简先生这话说得好啊，非常巧妙地就给自己洗得清清白白的。"苏镜说道，"现在请你把这句话读一遍。"

"氰化钾是国家管制药品。"简易读完问道，"苏警官不会想起来给我们做普法教育吧？"

"你觉得呢？"

"我可不去猜警察的意图，要不你更要把我当凶手了。"

"凶手还不会，你现在只是嫌疑人。"

简易微微叹口气："我不知道是不是该觉得荣幸。"

简易走后，秦风说道："不是他。"

4.谋杀指控

原东怀坐在椅子里很平静地看着苏镜。从他的脸上，苏镜看不到任何东西，原东怀仿佛戴了一个面具，毫无生气波澜不惊，他必须刺激一下这个男人。这个看上去毫无心机的男人想以不变应万变，他偏不让他得逞。

"原先生的心情似乎好多了。"

原东怀没有说话，只是向苏镜翻了翻眼睛。

"知道宁子晨小时候做了那种坏事，你是不是很庆幸，庆幸自己没有爱上她？"

"我早就庆幸了，"原东怀终于开口了，不过表情冷冷的，声音有点沙哑，"自从她被杀之后，我就觉得解脱了。"

"以前宁子晨缠得你很紧吗？"苏镜挑衅地问道。

原东怀冷笑一声："哼！她早就不爱我了，其实她谁都不爱，她只爱钱。当我认清她的真面目时已经太晚了，因为我已经陷得太深。她就像一个猎人，把我引诱进精心布置的陷阱，然后看着我在陷阱里挣扎，却从来不肯伸出援手，她就在那里看着，脸上挂着恶毒的笑。我恨她，但是我又爱她，这两种感情在我心里交织着，使我痛不欲生。现在好了，她死了，我再也不用纠缠在那种痛苦里了。"

苏镜奇怪地看了看他，就在几天前，原东怀还是一副痛不欲生的样子，可现在整个人来了个180度的大转弯，变得冷酷无情了。难道他醍醐灌顶突然大彻大悟了？想到此，苏镜说道："杀了她，倒是一个不错的选择。"

"是，我想过，好几次只要我下定决心就能干掉她，但我总是下不了手。"

"可是她毕竟已经死了，被人谋杀了。"

"是啊，不知道哪个好心人杀了她，不，我对那人也是又爱又恨，我既感谢他杀了宁子晨，又恨他！是他把子晨从我身边彻底夺走了。"

"你都想过用什么方法杀她呢？"

"很多很多，我想过掐死她，勒死她，撞死她，砍死她，刺死她，我经常幻想着各种各样的谋杀方法，我想象着马上就要置她于死地，然后她不停地哀求着，然后我就放了她，然后她又回到我身边。"

"你难道就没想过下毒？比如说用氰化钾？"

原东怀看了看苏镜，沉着地说道："想过，但是那样的话，她可能根本来不及求救了。"

"哈哈哈，原先生杀人都怜香惜玉啊。"

"只要你爱过又痛过，你的想象力就会跟我一样丰富。"

"若真是这样，我宁可不爱也不去痛，"苏镜笑笑又问道，"你的嗓子怎么了？"

"没怎么，扁桃体发炎。"

"多久了？"

"时好时坏。"

"十天前也发炎了？"

原东怀看了看苏镜，点点头说："是。"

苏镜看了看邓强和秦风二人，只见两人的眼睛瞪得大大的，时不时地对视一眼，互相点头。苏镜看在眼里，不动声色地问道："6月25号你在哪里？"

原东怀先是一怔，不自觉地咳嗽几声，说道："我在家。"

"几点回家的？"

"下班后就回去了。"

"谁证明？"

"没人证明。"

原东怀虽然面不改色心不跳，但是苏镜看着他极其冷静的样子，反而大生疑问。在面临谋杀指控时，过于冷静未必就能洗脱清白。他将那张纸往原东怀面前一推，说道："请把这句话读一遍。"

原东怀一看那行字，顿时一阵心慌，眼神里瞬间流露出一丝惊恐，只是这惊恐转瞬即逝，如果不是苏镜一直死盯着他，肯定不会注意到。

"这有什么好读的？"

苏镜呵呵一笑，指着邓强和秦风说道："你认识这两位吗？"

原东怀乜斜着眼睛看了看，摇摇头说道："不认识。"

"他们是药狗的，6月25日晚上，有人冒充片警，没收了他们手中的氰化钾。"

"这与我有什么关系？"

"既然没有关系，那就请你把这句话读一遍。"

原东怀看了看苏镜，不得已拿起那张纸，正经八百地读了起来："氰化钾是国家管制药品。"

原东怀读完，苏镜啪啪啪地拍了拍巴掌，呵呵笑道："原先生不当播音员实在可惜了，以你的条件去播《新闻联播》都行。"

原东怀依旧不动声色地看着他，不知道这个警官说这番话用意何在。

"如果我说得没错的话，你刚才用的就是你们行内所说的'播音腔'吧？请问你平时说话也用这种腔调说话吗？"

"哼哼，无稽之谈，"原东怀霍地站起来，说道，"对不起，我们部门还在开会，我没有时间听你啰唆。"说完，头也不回地离开了会议室。

苏镜冷笑着看着他离去的背影，转过头来问道："怎么样，是他吗？"

邓强和秦风几乎是异口同声地说道："是，就是他。"

"这可是人命关天的事，你们敢保证没弄错？"

"不会的，绝对错不了。"秦风说道。

5.信任危机

《顺宁新闻眼》的改版会议正在另外一个会议室如火如荼地进行，明天就要改版，每个人都必须分秒必争，所以，虽然苏镜要找部分人员谈话，但是杨宇风要求，改版会议还要照常举行。与会人员除了杨宇风、欧阳冰蓝、秦小荷、简易、严昭奇、原东怀、苏景准、叶守蓝、米瑶雨之外，还有其他三个编辑、几个导播和摄像。讨论的内容主要有，扩版后栏目如何设置，各个版块如何衔接，是一个人主持还是两个主持人，是否需要向台里申请多加几个编制……

会议开得很不顺利，因为总有人进进出出。没办法，有几个同事需要接受苏镜的调查。每回来一个人，那人就立即成了众人瞩目的焦点，杨宇风看这阵势，也只能暂停发言。

叶守蓝回来的时候，一副无所谓的样子，似乎他只是出去上了个厕所。看他那死气沉沉的样子，众人也没了八卦的兴致；简易回来就不同了，他一进屋，也不管大伙儿是不是在讨论，马上嚷嚷道："天啊，警察说了，咱们这里，就咱们这里，现在这屋里，不但有一个杀人犯，还有一个偷盗犯，一个勒索犯。"

话音未落，大伙唧唧喳喳地说起话来，而且以怀疑的眼神互相打量着。杨宇风见状，怒喝一声："简易，没有证据，不要乱说话。"

"我可没乱说，这是警察说的。"

杨宇风恨铁不成钢地看着他，在节目改版的节骨眼上，最需要的是把大伙拧成一股绳，朝着那个辉煌的目标共同努力。现在可好，在这群人里，不但有个杀人犯，竟然还有个偷盗犯和勒索犯，这样互相猜疑下去，整个栏目都会变成一盘散沙。虽然这么想，他也忍不住偷偷打量了每个同事，只见大伙儿都在看来看去，所不同的是，秦小荷的脸红红的，难道是她？她是杀人犯、勒索犯还是偷盗犯？杨宇风暗自发笑，这真是无稽之谈，太不可思议了。他打断众人的议论："都别说话了，我们还是干好自己的事，我不管这里有什么这个犯那个犯的，反正大家工作做得都很出色，我希望在你们被抓之前，还是能跟大伙儿一起同舟共济，把我们这档节目越办越好。"

这可以说是史上最牛的动员令了，众人哈哈笑笑，便开始继续讨论。过了一会儿，会议室的门又推开了，原东怀黑着脸走了进来，大伙又停止了议论，关切地看着原东怀，都希望他能透露点什么。可是原东怀不声不响地坐进椅子里，根本不理会大伙儿的好奇心。

杨宇风继续说道："台领导对我们这次改版提出了几点要求，一是要充分体现'三贴近'原则，客观反映社情民意，使节目忠于生活，贴近群众；二是节目容量要大，内容要丰富；三是要围绕顺宁市委、市政府的工作中心，服从、服务于全市大局；四是要加强舆论监督的力度，要旗帜鲜明地表明我们赞成什么、反对什么，要随时与市委、市政府保持高度一致，与人民群众的利益保持一致，要在节目的创办过程中随时总结经验教训，把《顺宁新闻眼》办成一档群众喜闻乐见的名牌栏目……"

欧阳冰蓝插嘴问道："加强舆论监督，怎么能跟市委、市政府保持一致啊？"

杨宇风呵呵一笑，说道："领导这么要求的，我们就这么听着嘛，以后怎么操作再说。"

一番话把大伙儿都说笑了。就在这时候，会议室的门被轻轻敲了敲，之后，苏镜微笑的面孔出现在大家面前。

"打扰了，杨制片。"

杨宇风忙站起来，说道："没事没事，苏警官，有什么吩咐？"

苏镜看看会议室的众人，说道："有件事情想麻烦诸位。"

"苏警官尽管吩咐。"

"6月28日晚上，宁子晨被谋杀在直播台上，死因是氰化钾中毒。我们一直在调查氰化钾的来源，现在总算查清楚了。最近，我市药狗贼特别猖狂，6月25日晚上，有人冒充民警没收了两个药狗贼的氰化钾，我们有理由相信，这个人就是《顺宁新闻眼》栏目组的人，"苏镜停顿了一下，观察着会议室里每个人的反应，每个人都在看着他，听他说话，唯独原东怀低着头，面色涨红，像块煮熟的猪肝，苏镜从公文包里取出一粒蜡丸，说道，"这就是药狗用的蜡丸，这蜡丸里包着的就是氰化钾，我想请诸位帮帮忙，从6月26日到6月28日这三天，有没人在任何场合见过这种蜡丸，希望大家踊跃为我们提供线索。"

6.铁证如山

苏镜、邱兴华将邓强和秦风带回局里后，便找了一个馆子吃中饭。邱兴华很是疑惑："他们已经认出来原东怀就是没收他们氰化钾的人了，我们为什么不抓他呢？"

苏镜说道："光靠声音是不能抓人的，这毕竟不是实打实的证据，原东怀只要说现在变声器那么多，价格便宜质量又高，就可以轻而易举地给自己洗脱了。所以，我们需要实打实的证据。"

"你觉得电视台会有人看到那蜡丸吗？"

"不知道，只能碰碰运气了，即使没人看到，也能给原东怀施加一点心理压力。"

苏镜的运气非常好，他们刚吃完饭，就有一个电话打了进来。

"苏警官，你好，我是你眼中的那个偷盗犯。"

苏镜愣了片刻，马上明白过来，简易那厮把他的话当众说了，于是赶紧道歉："哎呀，秦编辑，真是不好意思啊，我不是故意那么说的。"

"没什么，苏警官没有把我抓了，而是让我去治病，我已经很感激了。苏警官，你说的那个蜡丸，我想我见到过。"

苏镜立即埋单，驱车赶往顺宁市电视台，他将秦小荷请上车，问道："你真的看到原东怀包里有那种蜡丸？"

"是，"也许是因为车内太热，也许是因为不好意思，秦小荷的脸红红的，"苏警官，你也知道，我总是克制不住自己，想去翻别人的包。那天，串联单出来得比较早，我送串联单到导播间，那时候导播间里没有人，一个黑色的皮包放在导播台上，我……我……我实在忍不住，就趁没人去翻那个包。我打开包，就看到有五个蜡丸在里面，我当时也不知道那是什么东西，正奇怪呢，屋外传来脚步声，我赶紧把拉链拉上，把串联单放在每个岗位上。"

"那你怎么知道那个包就是原东怀的呢？"

"因为当时进来的人就是原东怀，他走进来把包拿走了，而且现在想想，那时候他的神情真有点慌里慌张的。"

"那是什么时候的事？"

"6月26号。"

"他会不会替别人把包拿出去呢？"

"我想不会的，因为他拿过包，顺手就把拉链打开了，从里面摸出一盒烟来。不管怎么看，那个包都应该是他的。"

"后来几天，他也一直用着那个包吗？"

"我本来也没注意，上午你说了蜡丸的事情之后，我特地看了看他的包，就是那个。"

"秦编辑，假如将来要起诉他的话，我想提前跟你说一下，你恐怕需要出庭作证的。"

秦小荷叹口气说道："自作孽不可恕，我来跟你说这些，就已经做好了挨骂的准备了。"

秦小荷下车后，苏镜说道："看来，我们可以收网了。"

7.欲海情仇

原东怀心神不定地坐在办公室里，脑子里乱成了一团。就在这时候，那两个警察又来了，他不耐烦地看了看他们，也没有打招呼，自顾自地盯着电脑屏幕看，实际上，网页上写的什么，他根本看不进去。

苏镜见他这副样子，呵呵笑了起来，他拉过一把椅子，在原东怀身旁坐下，也不说话，笑嘻嘻地看着他。这是一场耐力的比拼，虽然原东怀已是囊中之物落网之鱼，但是他必须从气势上压倒他，让他毫无反击之力。

所谓不做亏心事，不怕鬼敲门。在苏镜的逼视下，原东怀渐渐沉不住气了，他终于嚷道："你到底想干什么？"

"你说呢？"

原东怀激动得嘴都哆嗦了："我……我怎么知道？"

苏镜掏出几粒蜡丸，往他面前一放，说道："认识吗？"

"不认识。"

"哈哈哈，我上午不是刚给你们看过吗？"

原东怀一愣，不知道该说什么好了，苏镜看他一副失魂落魄的样子，知道他的心理防线已经彻底崩溃了，只听他突然大声叫道："我没有杀人，我告诉过你们，我没有杀人。"

"上午那两个药狗贼认出了你的声音，6 月 25 号晚上，你冒充警察没收了他们五个装着氰化钾的药丸；6月26号，有人在你包里发现了几粒药丸。"

原东怀大叫着："难道她不该杀吗？我们从大二开始恋爱，一起上课，一起自习，一起看电影，毕业后又一起来到顺宁，一起进了电视台，八年了，八年的爱情，在她眼里却一文不值。为了一个什么破主持人，她竟然那么无耻地脱下了裤子，为了她所谓的理想，她出卖了爱情。好吧，我忍了，谁没有理想呢？这个社会本是如此，到处都是潜规则，顺我者昌逆我者亡，在潜规则面前，我们无处可逃。我原谅她了，虽然很屈辱，但是我原谅她了，我装作什么都不知道，整天还人模狗样地在电视台进进出出，见了李国强，我还要像个孙子一样点头哈腰。我忍了，不是吗？大丈夫能屈能伸，为了爱情，这点痛苦又算得了什么？可是……可是我没想到的是，宁子晨这个虚荣的女人，为了钱，竟然到处脱裤子，无耻啊，肮脏啊！我恨不得杀了她，剥了她的皮，把她每个毛孔都洗干净！八年了，我不忍心，我要劝她，让她回到我身边，我告诉她我不会嫌弃她的。可是，可是她的心早已变了，她已经不是原来的宁子晨，这个粗俗的女人，眼里除了名和利，再也看不到任何东西。于是……于是……我终于把她杀了。"

苏镜听着原东怀痛心疾首的自白，心里对他竟然充满了莫名的同情。邱兴华一直低着头，刷刷地记着笔录。

原东怀继续说道："25号，我又跟宁子晨吵了一架，我说我爱她，可是她却很不屑地嘲笑我，还说我执迷不悟。我再也忍受不了了，我要杀了她。我知道最近药狗贼很多，我知道他们用的就是氰化钾，于是晚上的时候，我就在湖山镇的大路口守着，看到两个人骑着摩托车，扛着一个袋子，这种人基本上就是偷狗贼了，我就跟了上去，果然很顺利地就拿到了药丸。可是……可是……我毕竟，毕竟……我不该爱她，这种人根本不值得我爱，可是我没办法，当我看到她的时候，我还是不忍心下手，我简直生不如死，不知道该怎么办好。我跟她说，如果她不回到我身边，我就杀了她，她说我没用，说我没有杀人的胆量。那天是28号，后来苏楚宜来找她配音，她把屁股故意一扭一扭的，我本来还没有下定决心，可是看到她那骚屁股，我再也忍不住了，她的粉盒就放在化妆台上，于是我把一个蜡丸捏碎，把里面的氰化钾全都放了进去。好了，我说完了，杀人偿命，我本来想一直掩饰，但是毕竟天网恢恢疏而不漏，你们还是找到我了。"

第九章　偷天奇谋

蜡烛一共有三包半，是一个厂家生产的红蜡烛，从外观上看，跟原东怀家里的蜡烛一模一样。苏镜吩咐杨湃马上对蜡烛进行比对。下午，杨湃就志得意满地来找苏镜了，一进门便喊道："老大，这蜡烛果真不一样啊。"

1.杀身之祸

案子终于破了，但是苏镜却开心不起来，不管是廖文波，还是原东怀，他都觉得很可怜。宁子晨实在是一个该死的人，假如自己的女友也这样背叛自己，他不敢保证他不会像原东怀一样萌动杀机。只是，想不想杀人是一回事，能不能动手是另一回事。

晚上八点，《顺宁新闻眼》又如期播出了。先是欧阳冰蓝做了一个简单的预告，说宁子晨被杀案有了重大进展，凶手已经被擒获。之后开始正式播新闻，今天的时政新闻不是很多，接着进入第二个版块，什么"谁给三鹿奶粉颁发了杀人执照"，"重庆黑社会团伙垄断市场杀死经营户，主谋终审获死刑"，"广州打工仔杀死情人及其儿子后两次自杀未遂"，"昆明一幼儿园瞒报手足口病疫情被责令停止办学"……吊足了观众的胃口之后，欧阳冰蓝继续公布了几天来观众的投票结果，苏景淮和原东怀、展明秋一直位列前三，杨宇风奋起直追，马上就要挤进前三甲。把这条新闻播完之后，欧阳冰蓝说道："今天警方已经把我们一个同事带走了，他可能就是凶手。广告之后，我们继续关注。"

苏镜拿出了连续几天来观众投票情况的汇总，杨宇风每天都会给他一份最新的排名表。几天来的排名表显示，名次排列变动很大，有的人排名靠前了，有的人靠后了，有的人一会儿前一会儿后。但要说群众是多变

苏景淮	79，257
原东怀	62，481
展明秋	38，021
杨宇风	29，001
秦小荷	25，020
夏秋雨	23，023
叶守蓝	19，200
欧阳冰蓝	17，011
简易	12498
严昭奇	9800
米瑶雨	1832
苏楚宜	803

的，那也是不对的，因为苏景淮一直是高居榜首，苏楚宜一直是垫底。虽然说凶手原东怀一直位列第二，但是也反映了六万多名观众敏锐的直觉。

第二条新闻算是揭晓谜底了，主要内容就是警方发现原东怀曾经去敲诈过药狗贼，得到了五枚氰化钾药丸。原东怀已经供认不讳，就是他杀了前女友宁子晨。

杨宇风真是一个做电视节目的奇才，他能准确把住观众的脉搏，知道观众喜欢看什么。新闻播完之后，苏镜开始上网，网络上关于宁子晨被杀案也早已议论得沸沸扬扬，有的人赞扬警察破案迅速，有的人批评警察太过武断，曾经宣称抓到人了，可是第二天就说抓错了。

晚上九点半，王天琦打来了电话。

"老大，又有事做了。"

"咋了？"

"刚才接到报警，宋园路发生一起谋杀案。"

案发现场在宋园路的一个桥洞下，桥洞长三十多米，没有安装路灯。苏镜赶到的时候，大批刑警刚刚到达。

尸体俯卧在地上，王天琦正在从各个角度拍照，苏镜走上前来，问道："谁报的案？"

"一对情侣，"徐荣说道，"王天琦正在那边做笔录呢。"

苏镜张望一番，找到了王天琦。

一对情侣，年纪都在二十七八岁，女孩子的眼神非常惊恐，王天琦不停地安慰着："请不要害怕，有我们在呢。给我们讲一下经过好吗？"

男子说道："我们看电影回来，路过这个桥洞，这里没有灯，什么都看不见。她突然不知道踩到了什么被绊倒了，后来我拿出手机，借着屏幕的亮光看到地上躺着一个人，而且流了很多血。我摇了他好几下，也没叫醒他，于是便打电话报警了。"

远处，张跃问法医杨湃："能确定死亡时间吗？"

杨湃回答道："应该已经死亡四十多分钟了。"

苏镜看看表，现在是九点五十五分，那么谋杀案应该就发生在九点十分左右。张跃和杨湃正对尸体进行详细的检查。

苏镜问道："怎么死的？"

张跃说道："被刀捅死的，一共中了四刀，其中一刀刺中了心脏，就是这一刀要了他的命。"

"另外三刀呢？"

"两刀在肚子上，一刀在胸口上。"

"都是正面中刀？"

"是，凶手很可能认识死者。"张跃说道。

杨湃本来一直在检查死者的瞳孔、鼻孔和口腔，这时候接着说道："我同意张跃的推断，因为死者根本没有反抗的痕迹。"

张跃继续说道："另外，我们还在死者身上找到了一张纸牌。"

苏镜一眼就认出那张纸牌正是健智俱乐部杀人游戏用的。这个死者为何身上也带着一张纸牌？难道凶手不是原东怀而是一个沉迷在杀人游戏中不能自拔的变态狂？

杨湃的手一离开死者的脸，苏镜迅速蹲了下去，那张脸惨白如纸，眼睛睁得大大的。苏镜一眼就看出来，死者是苏景淮，《顺宁新闻眼》的美编。

苏镜问道："他身上只有这一张纸牌？"

"是。"

"这就奇怪了。"苏镜沉思道。

6月29日，他跟《顺宁新闻眼》的12个人玩过一次杀人游戏，苏景淮是杀手并获胜了，之后他说喜欢那套纸牌，于是苏镜就给了他。如今，他身上只剩下一张纸牌了，其他的去哪儿了呢？这个案子实在太奇怪了。苏景淮很少玩杀人游戏，尤其没有去过健智俱乐部，可是为什么杀手要在他身上留下一张纸牌呢？难道仅仅是一个变态杀手的杀人秀？可是那十万块钱又是怎么回事？拘捕原东怀之后，他曾问过原东怀他是不是田毅，原东怀坚决否认了。苏镜想，也许是苏景淮做了什么见不得人的勾当，赚取了不义之财，难道就是这十万块，给他招来了杀身之祸？

2.手机困局

　　苏镜告诉了杨宇风苏景淮被杀的消息，并让他提供一份跟苏景淮关系比较好的同事的名单。杨宇风发来了短信，说苏景淮没有特别要好的朋友，他只能随便提供几个人的联系方法了，杨宇风说，这几个人平时观察比较敏锐，也许能帮到警方。苏镜翻阅一下，易叶、何旋、陈燕舞、李元电、孙大宝、康晓明、何春辉、展明秋，一共八个人，都是记者，苏镜在6月28号《顺宁新闻眼》的串联单上看到过他们的名字，也曾经跟陈燕舞、何旋聊过。他和邱兴华买了一堆零食和速溶咖啡，来到局里坐到电话前，挨个打电话。他要尽早确定苏景淮被杀的原因，而时间又不允许他逐一面谈，于是只好出此下策了。

　　陈燕舞接到苏镜电话之后，语气里充满兴奋之情。她是一个推理侦探迷，宁子晨被杀之后，她就开始想象着各种可能性了，心里直怪自己当时为什么没有在案发现场。当听说苏景淮被杀之后，她就觉得很不可思议："怎么？是苏景淮？"

　　"陈记者以为谁会被杀？"

　　陈燕舞毫不掩饰地说："我还以为是简易呢。"

　　苏镜顿时来了兴致："为什么？"

　　"他这人口无遮拦，很可能会被凶手怀恨在心。"

　　"可是，凶手已经被抓了啊。"

　　"哦，对不起，这个我倒忘记了。"

　　"你跟苏景淮熟悉吗？"

　　"不熟。"

　　"他这人怎么样？"

　　"我不喜欢他，他的眼睛贼溜溜的，好像总是在偷窥什么。"陈燕舞神秘兮兮地说道，"我觉得他就像一只瘦了吧唧的蜘蛛，编织了一个大网，时刻等待着猎物。可惜的是，他这次成了别人的猎物。"

"你们台里没有人跟他有过节吗？"

"我想不出来有这种人。"

第二个电话打给了何旋，这是一个声音非常嗲的女孩子，苏镜听着，浑身的骨头都快酥了。一听到苏景淮被杀了，何旋发出一声惊呼："啊？不会吧？"

"苏景淮在台里人缘怎么样？"

"这人比较讨厌，我不喜欢他，三十多岁的人了，天天还装得跟个清纯小男生似的，哪里女孩子多，他就往哪里凑，讨厌死了。"

何旋说完，苏镜半天没说话，他还沉浸在一股奶油味儿里呢。是的，何旋说话，就是奶奶的，油油的。

"喂，苏警官，你是不是睡着了？"

"哦，没有没有，"虽然隔着一条长长的电话线，苏镜还是觉得面红耳热的，"他在台里有没有得罪什么人？"

"好像没有，就是讨厌而已。"

还是一无所获，苏镜恋恋不舍地放下了电话，由着他的性子，他倒很想多说一句"改天请你吃饭吧"，可是他听到电话那头一个男人的声音说道："快冲凉去。"于是，苏镜彻底死心了。

接下来是易叶，这姑娘一听说苏景淮被杀的消息，马上惊呼道："不会吧？难道真的是电视台风水不好？"她对苏景淮的评价跟陈燕舞、何旋一样，认为这人是个危险人物："我每次看到他都觉得浑身不舒服。"易叶认为，苏景淮如果是跟同事结怨的话，一般来说，也最多想揍他一顿，不会有人杀他的。

接下来，李元电、康晓明、何春辉、展明秋都没提供什么有价值的线索，唯独那个叫孙大宝的，竟然一口咬定："苏景淮肯定是被我们同事杀的，杀他的人，就是杀宁子晨的人。"

苏镜一时怀疑，这个孙大宝今天有没有上班，难道他不知道凶手原东怀已经被抓了吗？只听他继续说道："苏警官，我总觉得你们抓错人了。"

苏镜听着气不打一处来，一个小记者竟然敢质疑他的办案水平。

"孙记者，原东怀已经交代了他的作案动机和作案经过，难道还会有错吗？"

"呃……也许吧，"孙大宝犹疑道，"苏警官，我给你介绍个人吧，也许将来你能用得着。"

"谁？"

"复旦大学新闻学院陆晔教授。"

苏镜丈二和尚摸不着头脑："找她干吗？"

孙大宝犹豫了一下："呃……到时候如果你觉得需要的话，就跟她联系好了。"

"好的，谢谢你。"苏镜不冷不热地说了一句就挂断了电话，他想这个记者怎么这么自以为是呢。

等把所有电话打完，王天琦也打来电话汇报了情况。之前，苏景淮说起过顺宁市京华地产公司老板图永强是他中学同学，两人关系相当不错，苏镜派王天琦前去调查情况，图永强得知苏景淮被杀，错愕不已，但是问起苏景淮社会上有什么仇家，他也是一问三不知。

这时，王天琦打来了电话。他离开案发现场之后，就给苏景淮老婆打了电话来认尸，苏夫人自然是痛哭一场，说起苏景淮有无仇人，苏夫人哭天抢地地说自己老公为人多么正直，不可能跟什么人结下梁子的。王天琦让她看苏景淮有什么东西少了，她检查一番，说少了一部山寨手机，那部山寨机是他前几天刚买的。

苏镜听到这个消息，更加疑惑了，苏景淮的钱包没少，一部诺基亚 N73 没少，偏偏少了一部山寨机？这个山寨机……"田毅"的名字又浮现在脑海里，到底谁是田毅？也许苏景淮就是用这部山寨机跟"田毅"联系的，"田毅"拿走手机，苏镜就永远查不到他了。

"他老婆知道她那部手机的号码吗？"苏镜问道。只要知道号码，就可以到运营商那里查出通话记录。可是王天琦说："我问过了，她不知道。"

3.化验报告

7月5日早晨的案情分析会，本来是一场小型的庆功会，谁都没想到杨湃的一份化验报告使局势急转直下。会上，先是由苏镜简单汇报了宁子晨被杀案的侦破过程，侯国安局长给予了隆重的表扬，接着苏镜又汇报了苏景淮被杀一案。侯国安马上问道："他的死与宁子晨被杀案有没有什么关系？"

每个人都会把此案与宁子晨一案联系在一起，这是没办法的事，谁让他们碰巧都是《顺宁新闻眼》的人呢？苏镜肯定地说道："我们查过了，暂时没有发现任何关系。"

接着侯国安又说了一番勉励的话，刚说完，杨湃进来了，之前他一直在做化验，化验报告一出来，他便心急火燎地赶到了会议室，给大伙带来一个十分沮丧的消息。

原东怀被刑拘后交代，他敲诈而来的五个蜡丸用掉了一个，其余四个放在了家里。警察去他家把蜡丸搜出来了，杨湃今天一早便开始做化验，最初觉得那不过是例行程序，主要是写报告用的。可是当化验了第一个蜡丸之后，他顿时来了兴致，简直不敢相信自己的结论，难道是仪器出问题了？可是仪器肯定没问题。他又检验第二个蜡丸，还是如此，第三个、第四个同样是这样。最后，他意识到出问题了。

"侯局，苏队，我们可能抓错人了。"杨湃一走进会议室便直愣愣地说道。

众人惊讶地看着他，苏镜问道："哪个人抓错了？"

"原东怀。"

"为什么？"

杨湃将化验报告单递给他说道："你看，这就是蜡丸里发现的东西。"

苏镜看着他的表情，不知道发生了什么事，直到看清楚了报告单上的内容，才突然睁大了眼睛，问道："什么？这是真的吗？"

"怎么了？"侯国安问道。

苏镜窘迫地把化验单递给侯局长，侯国安看了一会儿问道："你确定这个化验报告没有问题？"

"我敢用脑袋担保，"杨湃说道，"里面的氰化钾，我已经吃过了。"

"你怎么看？"侯国安铁青着脸问道。

"也许我们真的抓错人了。"苏镜无奈地说道。

侯国安气愤地说了声："会议解散，继续破案。"说罢，转身就走了。

苏镜如同掉进了五里雾中，这到底是怎么回事？原东怀已经非常肯定是他杀的人，可是……面粉也能杀人吗？

那四个蜡丸里包着的，不是氰化钾，而是面粉。

4.蜡烛之谜

王天琦到秦风家里，把他们用来做蜡丸的蜡烛全都拿回来了。蜡烛一共有三包半，是一个厂家生产的红蜡烛，从外观上看，跟原东怀家里的蜡烛一模一样。苏镜吩咐杨湃马上对蜡烛进行比对。下午，杨湃就志得意满地来找苏镜了，一进门便喊道："老大，这蜡烛果真不一样啊。"

蜡烛的主要原料是石蜡，添加的辅料有白油、硬脂酸、聚乙烯、香精等，其中的硬脂酸主要用以提高软度，具体添加要视生产什么种类的蜡烛而定。杨湃主要从蜡烛的硬度、颜色、味道和原料进行了比对。

"首先，两种蜡烛的硬度不同，"杨湃手舞足蹈，像是在发表演说，"蜡烛的硬度取决于硬脂酸的型号，添加不同的硬脂酸，蜡烛的硬度便不同。我国制定的工业硬脂酸标准，将硬脂酸分为三种型号，分别是 200 型、400 型和 800 型。根据检测，邓强家的蜡烛添加的是硬脂酸 800 型，而原东怀家的蜡烛添加的是 400 型。"看着苏镜冲自己微微点头，杨湃更加兴致勃勃了："颜色也不相同，这两种蜡烛尽管看上去都是红色的，但是放在比较测色仪下检测，便可以发现这是两种不同的红色，色差值是不一样的。还有气味，从表面粗糙程度来分，蜡烛可以分为粗面蜡和光面蜡两种不同的类型，一般粗面蜡烛都有味道，不同的粗面蜡会有不同的气味，比如在卧室里经常放一些熏衣草味的蜡烛，能起到催眠、镇静的作用，在卫生间可以放海洋气味的蜡烛，夏天还可以放一些松味的蜡烛驱赶蚊虫；而光面蜡没有味道，蜡体表面很光滑，容易做出很美的造型。邓强家的蜡烛是光面蜡，没有味道；而原东怀家的蜡烛则带着一股淡淡的花香，我用气味分析仪检测之后发现，这是因为蜡烛里添加了 α—紫罗兰酮香精。"

"这么说，这果然是两种不同的蜡烛。"苏镜皱着眉头陷入了沉思。

杨湃继续说道："还没完呢，还有最关键的一点，蜡烛的主要原料是半精炼石蜡，而这种半精炼石蜡有四种型号，分别是 56 号、58 号、60 号和 62 号，邓强家的蜡烛用的是 56 号，原东怀家的蜡烛是 60 号。"

苏镜听完杨湃的分析，心里并未释然，反而疑虑越来越多，问道："宁子晨粉盒里的蜡烛是什么样的？"

杨湃笑了笑："我正准备跟你说呢，粉盒里的蜡烛，两种都有。"

"什么？两种都有？"

"是，只不过有毒的蜡烛少一点，没毒的蜡烛多一点。"

苏镜仔细琢磨着细微的差别，这也许正能反映出两个人不同的心理素质吧。原东怀准备下毒时心慌意乱，刚刚吵架，非常激动，手一哆嗦，蜡烛渣就多一些。而凶手心思缜密处变不惊，所以留在粉盒里的蜡烛渣就要少很多。同时出现两种蜡烛，是不是就可以肯定凶手另有其人了？不过，也有可能原东怀故意用了两种蜡烛来迷惑警方。只是，原东怀似乎不具备这种心理素质，他不过是一个爱情上的可怜虫罢了。

假如凶手另有其人，那么那个凶手肯定是知道原东怀包里有毒蜡丸的。那人会是谁呢？难道是秦小荷？不像！如果是她，她怎么会来自投罗网呢？如果她不说，没人知道她看过原东怀的皮包。这样说来，还有第二个人翻过原东怀的皮包，那人会是谁呢？带着这个疑问，苏镜找到了原东怀。

"你每天上班，包一般放在哪里？"

"导播间里。"

"26、27、28 号这三天，也是放在导播间？"

"是。"

"有没有发现被人动过?"

原东怀沉思一会儿说道:"有一天,我觉得包的位置不对,但是我没有在意。"

"怎么不对了?"

"我的包放在导播台上,我记得我的包拉链一头是冲着那一排电视屏幕的,后来我在编辑房、配音间溜达一会儿,回来后发现拉链的方向斜了能有45度。当时我想也许是谁碰了一下吧,所以就没在意。"

"那是几号的事?"

"27号。"

秦小荷是26号翻他包的,这么说,果真有另外一个人在27号也动过他的包。

"当时导播间里有人吗?"苏镜问道。

"没人,一般是七点钟把门打开,从那时起到七点半,很少有人坐在里面的。"

"也就是说,任何一个人走进去都可以不被其他人发现?"

"是,"原东怀又问道,"苏警官,你问这些干什么?"

"因为你的蜡丸被人掉包了,宁子晨不是你杀的。"

苏镜离开拘留室后,杨宇风打来了电话,话筒里传来他无奈沮丧的声音:"苏警官,我想你最好来一下,我们办公室都炸开锅了。"

第十章 短信风波

苏镜瞥视杨宇风，只见他气定神闲地看着电脑上的串联单。自己的属下一个被杀，一个被抓，而他还能津津有味地谈论着两人的爱情故事，他对新闻也真够执著的。一个好记者，也许就该是一个六亲不认的人吧。

1.惊魂纸牌

《顺宁新闻眼》现在是人心惶惶，众人聚在一起议论纷纷，脸上不约而同地写满了惊恐。当苏镜来到 12 楼的时候，听到展明秋正对着杨宇风破口大骂："你现在高兴啦？玩杀人游戏？玩电视选秀？现在好啦！凶手又开始杀人了！下一个是谁？是你还是我？你是不是要把我们每个人都逼死，你才开心啊？"

杨宇风阴沉着脸，耐心地劝说着："展明秋，你冷静点，发生这种事，我们每个人都很紧张，你说是不是？你这样大吵大闹的，也解决不了问题，你说是不是？——哎，苏警官来了。"

"到底怎么回事？"苏镜问道。

杨宇风掏出一张纸牌递给苏镜，说道："你看，我也收到一张纸牌了。"

那张纸牌跟苏景淮身上发现的那张一样，代表的都是平民身份。

"你也收到纸牌了？"

"不止是我，我们每个人都收到了。"

展明秋拿出一张"平民"纸牌，递给苏镜说道："我今天一上班，就在我座位上看到这张牌。"

严昭奇带着一身的狐臭味把肥胖的身躯挪到了苏镜面前，丢给他一张纸牌，愤怒地说道："玩什么杀人游戏！迟早都被杀掉！"

叶守蓝说道："苏警官，我不想卷入这种无聊的游戏中，你为什么要逼着我玩这个狗屁玩意儿？"

苏镜颓然说道："游戏已经开始了，要想结束，就必须抓住凶手。"

"原东怀不是已经被抓了吗？"

"我们今天早晨发现他不是凶手。"

米瑶雨说道："这个游戏看来成真的了。"

欧阳冰蓝问道："苏警官，你还是怀疑凶手就是我们同事中的一个吗？"

"为什么不能?"

"没什么,"欧阳冰蓝说道,"我只是担心你太武断了。就像你相继两次说已经抓到凶手了,可是第二天就推翻了自己的结论。"

面对主持人的批评,苏镜脸涨得通红。他觉得他的武断都是被逼出来的,如果不是杨宇风那么迅速地对每件事情进行报道,他完全可以慎重再三,然后公布结果。可是现在,一旦出问题了,全部的屎盆子都扣到自己头上了。但是他不想争辩,他也无力辩驳,错了就是错了,不管原因何在,都只能怪自己太不小心。

正在这时候,夏秋雨慌乱地走了进来,径直走向杨宇风,说道:"杨制片,天啊,我不知道出什么事了。"

"怎么了?"苏镜抢先问道。

"啊?苏警官也在这里,"夏秋雨继续说道,"苏警官,你看你看,我今天早晨收到一张纸牌。天啊,我不知道这是什么意思,拿到这张牌都会被人杀掉是不是?"

"你在哪儿收到这张牌的?"

杨宇风说道:"夏大姐这几天没有上班,一直在家里。"

"嗯,"夏秋雨频频地点着头,"我上午开门要出去倒垃圾,结果这张牌就从门缝掉了下来。苏警官,你告诉我,这是怎么回事啊?"

苏镜冷冷地看着欧阳冰蓝说道:"你现在还不相信凶手就是你的同事?为什么其他人没有收到这张牌,就只有上次玩游戏的人收到过?如果凶手另有其人的话,他怎么知道都有谁玩过杀人游戏?"

米瑶雨说道:"我就跟其他同事讲过这事啊。"

"可是其他人根本没有机会在宁子晨的粉盒里下毒,"苏镜环视一圈,问道,"你们拿到的牌都是平民牌吗?"

杨宇风说道:"是,没有杀手牌。"

"把你们牌都给我,"苏镜把每个人手中的牌都收了回来,但是走到秦小荷面前时却遇到了麻烦,她满脸通红,一颗颗青春痘仿佛要爆掉似的发着亮光,她迟疑地说道:"我……我没收到纸牌。"

"你没收到?"苏楚宜问道。

米瑶雨也惊讶地看着她:"为什么你没收到?"

"我……我真的……我……"秦小荷越是紧张，说话越不顺溜。

苏镜转念一想，笑嘻嘻问道："你拿到的是杀手牌吧？"

秦小荷更加慌张了，无助地看了看苏镜，然后点了点头。

"把牌拿出来吧！"

秦小荷从包里拿出一张纸牌，果然是一张杀手牌。

简易说道："秦编辑，你不会是凶手吧？"

"不！"秦小荷突然叫道，"我没有杀人！"

苏镜没有说话，他要观察每个人的反应，只听苏楚宜说道："小荷，你别紧张，凶手不会愚蠢得把杀手牌留给自己的。"

简易却笑道："没准秦编辑在用逆向思维呢。"

"真的不是我，"秦小荷着急地辩解道，"我不知道怎么回事啊，我今天一上班就在我抽屉里看到了这张牌。"

严昭奇和叶守蓝漠然地看着秦小荷，仿佛周围发生的事与自己一点关系都没有，而夏秋雨看秦小荷的眼神明显带着紧张和惧怕。

米瑶雨笑道："这下好玩了，这才是真正的杀人游戏啊。"

欧阳冰蓝淡淡地笑道："生活本来就是一场大鱼吃小鱼的杀人游戏。"

展明秋应道："只是现在谁是大鱼谁是小鱼呢？"

苏楚宜则笑嘻嘻地说道："苏警官，我们不妨再玩一次杀人游戏，如何啊？"

苏镜呵呵笑着，看着苏楚宜说道："在观众投票中，你的得票是最少的。而我们的凶手隐藏得特别深……"

"苏警官，这可不能乱说啊，我可不是凶手。"

简易说道："这个主意不错，在这种情况下玩杀人游戏才更刺激。"

2.模拟谋杀

"天黑了，请闭上眼睛……"苏镜在低沉的语调中，开始了新一轮的杀人游戏。他一边说着台词，一边观察着每一个人。上次玩游戏还有十二个人参与，这次就只剩下十个人了，苏景淮被杀了，原东怀被抓了。凶手就在这十个人中间，会是谁呢？他为什么杀人？杀人之后明知道警方已经怀疑栏目组了，但是他偏偏不逃跑，他的心理素质绝对是一流的，对自己的作案手法肯定满怀信心。

此时，每个人的心里都在打着小九九：

"这么刺激的游戏，还是第一次玩呢，凶手到底是谁呢？"

"愚蠢的游戏，这样就能抓到凶手？"

"我已经杀了两个人了，还要不要继续呢？如果杀的话，我该杀谁呢？"

"我是不是应该帮帮苏警官？毕竟这已经不仅仅是一场游戏了。对，我就杀她！起码，我觉得她不会是凶手，把她杀了之后，就可以让其他人多说几句话了。言多必失，也许苏警官能看出些什么吧。"

"凶手难道真的在我们十个人中间？这实在是太疯狂了。"

"凶手会不会杀我？我最近有没有得罪什么人呢？"

"该死的凶手，早点抓出来吧！"

"杀手会不会杀我？"

"栏目组竟然有个杀人犯，真是滑天下之大稽。"

"他们会怀疑我吗？可是我跟苏景淮没有仇冤啊！"

众人闭着眼睛想着各自的心事，只听苏镜说道："天亮了，请大家睁开眼睛。"

米瑶雨、简易、苏楚宜三人好奇地互相打量，其余七个人都是阴沉着脸，仿佛要上绞刑架。

简易问道："谁死了？"

苏镜说道："夏大姐，你有什么遗言吗？"

夏秋雨慌乱地说道："我……我……我刚刚跟老公重逢，我想说……你在游戏中把我杀了就杀了吧，但是不要……不要来真的，求求你了，我平时也没得罪什么人。"

叶守蓝安慰道："不会的不会的，夏秋雨，你别胡思乱想。我们每个人都接到了牌，难道凶手会把我们都干掉？不可能的。"

苏镜说道："夏大姐，我已经注意到一些蛛丝马迹，怀疑你们其中的一个人。但是现在还缺少证据，我怕欧阳主持又说我太武断，所以我一直不肯说。

不过，你放宽心，我们很快就会揪出凶手的。"

简易问道："真的吗？"

苏镜沉着地点点头，然后说道："案子的事，咱们先放一放，现在开始自由发言。"

简易说道："我觉得这个杀手以前没怎么玩过杀人游戏，是个生手。因为夏大姐不会玩这个游戏，她对任何人都没有威胁，一个成熟的杀手肯定不会杀她的。所以，我觉得老严、老叶、展大姐嫌疑最大。"

展明秋冷冷一笑："又来诬陷我！我告诉你简易，这可不是简单的游戏，你说我是杀手，苏警官会以为我杀了宁子晨和苏景淮的。"

苏镜笑道："不会，这一点请展记者放心。"

"那好吧，"展明秋说道，"我怀疑杨宇风。"

杨宇风说道："刚才简易已经说过了，杀手应该是个生手，你觉得我是生手吗？"

"我就觉得你不顺眼，可以吗？"

杨宇风任凭脾气再怎么好，此刻也禁不住有点火气了，他冷冰冰地说道："可以，上次拒绝你之后，我就已经做好了让你看不顺眼的准备。"

苏镜转向严昭奇问道："严先生，你怀疑谁？"

严昭奇说道："随便，我怀疑自己吧。"

叶守蓝说道："我谁也不怀疑，我至今不相信凶手是我们同事。"

苏楚宜说道："我同意简易的分析，凶手应该是个生手，但是我不觉得展记者是生手。"

米瑶雨说道："我觉得杀手也许是在故布迷阵，他故意杀个生手，让人以为他也是生手。"

欧阳冰蓝笑道："这种要转好几个弯的逻辑，能把人绕死。我还是赞同简易、苏楚宜的分析。"

秦小荷犹豫着说道："我也赞同。"

杨宇风说道："我怀疑严昭奇、叶守蓝如果当杀手的话，他们肯定不会杀夏秋雨，因为夏秋雨跟他们一样都是被迫玩这个游戏的。他们杀人的话，也许会杀苏楚宜、米瑶雨和简易。"

等没人发言了便开始举手投票，结果展明秋果真投了杨宇风一票；严昭奇四票，分别是欧阳冰蓝、简易、苏楚宜、秦小荷投的；苏楚宜两票，是杨宇风和叶守蓝投的；简易两票，是严昭奇和米瑶雨投的。

严昭奇被顺利地淘汰出局，然后众人便等待着下一轮了，这说明没人认为他真的是杀手，也许大家只是觉得味道太重，想让他赶紧离开吧！严昭奇不负众望地站起身来："没事了吧？那我走了！"

苏镜说道："严先生，当心点啊！"

"当心什么？"

"因为你也收到纸牌了，我担心凶手还会继续逞凶的。"

严昭奇什么都没说，大步流星地走了，唯有满屋子的狐臭味久久不能散去。

夏秋雨问道："苏警官，我可以走了吗？"

苏镜点点头，说道："夏大姐，注意安全。一个人在家的话，不管谁去找你都不要开门，尤其是不能给同事开门。"

夏秋雨走后，苏楚宜乐呵呵说道："苏警官，你就这样让他们走了？不想多观察一下他们？"

苏镜呵呵一笑，说道："每个人都有嫌疑，而他们俩是嫌疑最小的，当然，他们可能也是凶手。"

"那你怎么放他们走了？"米瑶雨问道。

"这里毕竟是电视台的会议室，不是公安局的审讯室，他们当然可以走啦，"苏镜说道，"如果你们谁想离开，我也不反对。"

简易笑道："现在谁嚷着离开，谁就是最大的嫌疑人啦，哈哈哈。"

叶守蓝说道："我实在不愿意再坐在这里了，哪位是杀手，下一轮赶紧把我杀了吧。"小沈阳说，眼睛闭上再睁开，一天就过去了，如今叶守蓝闭上眼睛再睁开，他的愿望就得到了满足，他被杀了。听到这个消息之后，他问道："苏警官，我可以走了吧？"

"当然可以，"苏镜说道，"不过，你没有遗言吗？"

"没有，"叶守蓝说道，"谁爱杀我就杀吧。"他看了看每个人，接着问道："你们都知道我家在哪儿吧？"

杨宇风说道："老叶，别胡思乱想了，赶快回去吧。在凶手没有抓到之前，不要相信任何人。"

"包括你吗？"

杨宇风苦笑一声说道："当然，我也是嫌疑人啊。"

叶守蓝走了，会议室里难得的安静，就连一直活跃的苏楚宜、米瑶雨等人也沉默了。苏镜说道："怎么都不说话了？"

米瑶雨说道："我开始觉得这个游戏不好玩了。"

苏楚宜说道："游戏已经开始了，要想结束，只能抓到凶手。"

杨宇风说道："先别扯其他的了，还是猜一猜谁是杀手吧。刚才苏楚宜说，杀手可能是个生手，所以才会杀毫无威慑力的夏秋雨。可是如果真是生手的话，他第二个人应该不会杀叶守蓝了，因为叶守蓝也是生手。他完全可以先杀别人，然后再把叶守蓝冤死。所以我觉得杀手应该就是简易、苏楚宜、米瑶雨中的一个，你们应该是最喜欢玩这个游戏的。"

简易说道："杨制片，你分析得这么头头是道，难道还是生手？"

苏楚宜说道："依我看，现在七个人每个人都能玩得很好。杨制片一棒子就打死了我们三个人，明显是在转移注意力，我推测你就是凶手。"

杨宇风忙说道："请注意措辞啊！你可以推测我是杀手，但是别推测我是凶手啊。"

"哈哈哈，"苏楚宜笑道，"这个游戏和现实老是混在一起，我也犯这毛病了。"

秦小荷说道："我同意杨制片的意见，杀手应该就是你们三个中的一个。而叶守蓝刚才投票投给了苏楚宜，所以我怀疑苏楚宜就是杀手。"

苏楚宜说道："可是我是杀手的话，杀杨制片不是更好吗？他也投我票了。"

简易说道："我同意苏楚宜的意见，以他的水平，他不可能杀叶守蓝的，他肯定会杀杨制片。"

欧阳冰蓝说道："我同意杨制片是杀手。"

杨宇风忙说道："不要冤枉我啊，我真的是清白的。我虽然很少玩杀人游戏，但是我也能看出来夏秋雨、叶守蓝都是菜鸟，假如我是杀手，留着他们肯定对我有用的。"

展明秋说道："我同意杨宇风是杀手。"

"你到底是不是在玩游戏？"杨宇风有点恼了。

"当然不是。"展明秋毫不客气地说道。

米瑶雨突然说道："秦编辑，你说你为什么会有一张杀手牌？"

"我……我没有啊，我不是杀手。"

"我说的不是现在，而是那张杀手牌为什么在你那里，而不是给别人的？"

苏镜饶有兴致地看着米瑶雨，他刚才一边听着其他人的发言，一边就在观察她。她很喜欢玩杀人游戏，甚至当这个游戏变成真的时候，她也依然表现出了极大的兴趣。可是叶守蓝一走，她整个人似乎都变了，也许她现在才刚刚清醒过来，意识到这个游戏的危险性。

秦小荷大声叫道："我怎么知道？那个凶手肯定是个疯子，也许你就是凶手，现在故意栽赃陷害我。你跟宁子晨之间有矛盾，难道我们都是瞎子看不出来吗？"

杨宇风赶紧说道："行了行了，都少说几句。"

展明秋懒洋洋地说道："吵吧，都吵吧，吵得越凶，苏警官越能了解我们的底细。是不是啊，苏警官？"

苏镜嘿嘿一笑："展记者这么一说，我的如意算盘就打不响了。"

杨宇风说道："苏警官，我有意见。像你这么破案，即便把凶手抓到了，我们同事之间的关系也全都破坏了，你能不能换种方式啊？"

苏镜说道："杨制片批评得对，咱们就不扯别的了，先把这局游戏玩完吧！"

投票结果是杨宇风四票，投票人分别是：简易，苏楚宜，欧阳冰蓝，展明秋；苏楚宜被秦小荷投了一票，秦小荷被米瑶雨投了一票，简易被杨宇风投了一票。

苏楚宜眼巴巴看着苏镜问道："游戏结束了吗？"

"没有。"苏镜说道。

展明秋得意地笑了，杨宇风恨恨地说道："展记者，你隐藏得好深啊。"

"杨制片，你不要血口喷人啊。"

杨宇风说道："什么都别说了，继续吧。"

"天黑了，请闭上眼睛。"苏镜开始说台词了，他心里疑惑着，杀手的杀人逻辑到底是什么呢？尤其是第一步先杀掉夏秋雨，实在是出人意料。

大伙睁开眼睛后，苏楚宜问道："这次又是谁死了？"

"秦小荷。"苏镜答道。

简易说道："苏楚宜，你太会装了，你就是杀手吧？刚才只有秦小荷投你票，于是你杀掉了她！"

"拜托，我有那么蠢吗？"苏楚宜说道，"这摆明了就是杀手的反间计嘛！"

秦小荷说道："我觉得苏楚宜就是杀手。"

"为什么是我？"

"直觉。"

"天啊，你的直觉会把我害惨的。"

展明秋说道："那我就相信一下秦编辑的直觉吧。"

欧阳冰蓝说道："苏记者，你就委屈一下吧，早点把人杀光，早点结束这无聊透顶的游戏。"

米瑶雨淡淡地说道："同意。"

苏楚宜说道："可是……可是为什么是我？"

简易说道："你就配合一下吧，大不了被冤死。"

苏楚宜说道："你们就这么把我出卖了？让杀手逍遥法外？你们这样太不负责任了吧？"

简易看着苏楚宜，突然笑了："我现在越来越相信你就是杀手了，因为在杀人游戏里，如果有一种人永远都不会厌倦的话，那就是杀手了。之前，我本来跟大家想的一样，就是早点结束得了，谁知道你反应竟然这么大。所以，你肯定是杀手。"

然后开始投票，一共五个人，四个人投票给苏楚宜，苏楚宜看了看，然后也举起了手："既然你们都举手了，我也举吧，算是全票通过啦！"

欧阳冰蓝淡淡地问道："苏警官，是不是还要继续啊？"

"不用了。"苏镜微微摇摇头。

简易大笑道："哈哈，被我说中了，我看你那么紧张就觉得不对头。"

苏楚宜说道："我输得很不服气，是你们的厌倦害了我。"

苏镜问道："苏记者，你为什么第一个杀夏秋雨？"

米瑶雨问道："是啊，我也一直奇怪呢。"

"没什么，"苏楚宜说道，"杀夏秋雨和叶守蓝，都是因为人家不爱玩，还不如趁早让人家回去呢。"

"啊？"简易惊讶地问道，"竟然是这种理由！"

苏楚宜嘿嘿笑道："其实还有一层原因，我自己想当一次警察，把认为嫌疑最小的人全都排除出去。"

杨宇风问道："也就是说，你认为夏秋雨和叶守蓝不会是凶手，我们这些人都有当杀人犯的潜质?"

"呵呵,杨制片,你别生气嘛,"苏楚宜说道,"如果你生气的话,我就得套用简易说我那套来说你了。"

"说我什么?"

"说你干吗那么紧张?"

"你……你……"杨宇风气得哭笑不得,最后只好说道,"简直就是无理取闹。"

苏镜说道:"苏楚宜,我觉得你得更加小心一点。"

"为什么?"

"上次玩杀人游戏,苏景淮是杀手,后来他就被杀掉了。"

苏楚宜觉得后背一阵阵发凉,随后说道:"秦编辑还拿到了凶手发的纸牌呢!"

秦小荷一听大惊失色,忙问道:"那……那我怎么办啊?"

苏镜说道:"这个凶手就在你们中间,你们现在只能互相设防了。现在,我需要苏景淮昨天一天活动的时间表。"

"要这个干吗?"见苏镜微笑不语,杨宇风便接着说道,"我只能跟你说一部分。昨天上午十点我们栏目组召开改版讨论会,他出席了,讨论会一直开到十一点半。晚上七点钟左右,我看到过他,再就是在直播时看到他了,八点半直播结束我回家了,之后他什么时候离开的,我就不知道了。"

简易说:"早上九点他来上班的,我跟他前后脚进的台里。"

叶守蓝说:"中午十一点半,我跟他一起在食堂吃饭。"

……

之后的时间,众人你一言我一语,终于将苏景淮一天的活动情况都勾勒出来了。

09:00,来到电视台;

09:00—10:00,在办公室上网;

10:00—11:30,开扩版会议;

11:30—12:10,食堂吃饭;

12:10—14:00,从食堂回到办公室,午休;

14:00—14:15,上厕所,抽烟;

14：15—19：00，在办公室上网；

18：30左右，用山寨机发过几条短信；

19：00—19：30，在编辑房转悠；

19：30—20：30，直播间。

4. 泄露天机

问话结束之后，苏镜和邱兴华两个人留在会议室里。邱兴华纳闷地说："老大，你把苏景淮一整天的活动问那么清楚干吗？"

"脑子是用来干什么的？不是整天想着泡妞的。"

邱兴华一脸讪笑地说道："我哪有啊？我那不是奉旨泡妞吗？"

"没长进，告诉你吧，"苏镜说道，"我们先假定就是苏景淮敲诈了凶手，为什么凶手早不杀他晚不杀他，偏要昨天杀他？"

"凶手本来想息事宁人，谁知道苏景淮不停地要钱，于是凶手决定斩草除根。"

"哼哼，绝没那么简单。卧榻之侧岂容他人酣睡？凶手是什么人？是《顺宁新闻眼》里的一个工作人员，有一份体面的工作，有优厚的待遇，有较高的社会地位。如果有人知道他杀了人，他第一个想法肯定不是花钱封口，而是杀人。要知道，养痈成患啊！可是为什么昨天才杀苏景淮？因为在这之前，凶手并不知道是谁在敲诈他，直到昨天他才知道了，于是晚上就杀了他。"

"哦，我明白了，"邱兴华连连点头，"你调查苏景淮一天的行踪，就是想看看他在什么时候泄露了自己的身份？"

"是啊，你才想通啊？你这糨糊脑袋！"

邱兴华却哈哈大笑起来："愚者千虑必有一得，智者千虑必有一失，要是你早点跟我说出你的意图，你就不用这么费劲地挨个找他们谈话了。"

"什么意思？"

"哈哈哈，"邱兴华笑道，"因为苏景淮的身份，不是他自己泄露的，而是别人泄露的。"

"你别吞吞吐吐的，大喘气啊？你就不能一气说完？"

"嘿嘿嘿，被老大追问，不是很有成就感吗？"邱兴华说道，"你还记得秦小荷给你打电话时是怎么介绍自己的吗？她说：苏警官，我是你眼中的那个偷盗犯。"邱兴华看了看苏镜，继续说道："老大，你什么时候说过她是偷盗犯的？是你跟简易谈话的时候说的，当然你并没有直接说秦小荷就是偷盗犯，你当时说的是：'光是你们栏目组，就有一个杀人犯，一个偷盗犯，一个勒索犯。'"

"对，我是那么说的。"

"除此之外，你再也没有说过'偷盗犯'这个词吧？"

"没有。"

"那么秦小荷怎么知道你说过她是'偷盗犯'呢？很明显，是简易说的。"

苏镜兴奋地拍了拍邱兴华的肩膀："不错，有长进!"

苏镜做了这样的假设：凶手在6月28日直播时，发现导语有异动，但是当时并不知道为什么。直到简易说起栏目组里有个勒索犯，凶手马上就会想到自己也被勒索了，但是那时候并不知道是谁在勒索自己，而警方那时候不知道凶手遭到勒索了。那为什么会断定有勒索犯呢？肯定是之前这人就勒索过别人，于是凶手想到了导语的异常变化，当时看到"黑天鹅宾馆、图永强"几个字并不知道意味着什么，可是联系宁子晨的为人，凶手便可以马上断定，宁子晨也被勒索了。而能操作导语的，就只有苏景淮一人了。虽然说，勒索凶手和勒索宁子晨的，可能不是一个人，但是哪怕只有一丝的可疑之处，凶手还是果断地干掉了苏景淮，毕竟这样可以减少一点威胁。

苏镜立即找到了简易，问道："昨天你们栏目组开改版会议，当时你跟我谈话之后回到会议室说：'警察说了咱们这里不但有一个杀人犯，还有一个偷盗犯，一个勒索犯。'是这样吗？"

"呵呵呵，"简易笑道，"这个……不能说吗？"

"你把这么耸人听闻的事情一宣布，肯定引起很大的反响吧？"

"是啊，当时会议室就像炸开了锅一样，而且每个人都互相打量来打量去的。后来是杨宇风厉声制止了，大家才停止了交头接耳。"

"你当时是站着的吧?"

"是。"

"你肯定会观察每个人的面部表情喽?"

"那是,说这事,我就是要看大伙都是什么样子的。"

"你看到谁的表情不自然了吗?"

简易笑了笑:"要说不自然,我记得秦小荷的脸特别红,苏景淮过于兴奋了,他转来转去看每个人的脸,还有……我们的主持人欧阳冰蓝好像……怎么说呢?似乎太大义凛然了,她也是转着头看看大伙,但是其他人的表情有的是嘻嘻哈哈的,有的是充满了惊奇的,但是,欧阳冰蓝的眼神似乎有股仇恨。"

"仇恨?"

"这个……你知道,人的眼神是很难描述的,同样一个眼神,在不同的人看来会有不同的意思,所以……我也不知道我用词是否准确。"

5.短信迷踪

苏镜观察着欧阳冰蓝的神色,她一直微微笑着坐在对面,时不时皱一皱眉头,看她泰然自若的神情,他很愿意相信她的话。不过,小心驶得万年船,苏镜虽然喜欢美色,却绝不会为美色所迷。

"我想向欧阳主持打听一个人。"

"打听谁啊?"

"田毅。"

"田毅?干什么的?没听说过。"

"不知道就算了,那你昨天晚上下班后去哪里了?"

"我跟几个同事唱歌去了。"

"都有谁?"

"我跟米瑶雨,还有几个记者。"

欧阳冰蓝报出了几个人名，邱兴华立即联系进行确认，欧阳冰蓝的确唱歌去了。

苏镜说道："还有个问题，6 月 28 号那天傍晚，你为什么要上班？那天是轮到你休息的。"

"呵呵，我记得我跟你说过，我是去找宁子晨的。"

"对，你是说过。不过我想知道的是，你为什么去找她？"

"苏警官，我记得我也说过……"

苏镜打断了她的话："欧阳主持的话，我每句都记在心里，你说等我怀疑你是凶手的时候，你才会跟我说。"

两人对视良久，欧阳冰蓝终于沉不住气了，问道："你现在开始怀疑我了？"

"是。"

"为什么？"

"第一，你有时间杀宁子晨；第二，你有杀宁子晨的动机；第三，当你听简易说起你们栏目组有勒索犯的时候，你的眼睛里充满了仇恨。"

"切，"欧阳冰蓝不屑地说道，"我有什么杀人的动机了？"

苏镜琢磨着措辞，说道："大家打开天窗说亮话吧。宁子晨被杀后，我们对当时在场的每个人都做了详细的调查，其中就包括你。我们调查发现，电视台……怎么说呢？我很喜欢你主持的节目，但是像你这么优秀的主持人也要被潜规则，我觉得很痛心。"

欧阳冰蓝看了看苏镜，又马上把目光转向别处。

"如果是我，付出了那么多，到头来却被另一个女人取而代之，我心里肯定也会十分不爽的。"

"但是，那不足以杀人吧？"

"不见得，当年马加爵不过是因为打牌输了，被人数落几句，就杀了自己四个同学。"

"你觉得我像那种疯子吗？"欧阳冰蓝微微笑着看着苏镜，灯光下，迷人的眼睛里有一种泪光盈盈的神采。

"杀人的不一定是疯子，杨佳就不是疯子。"

"可即便我告诉你我找她干什么，你也不知道我说的是真还是假啊。"

"这个你放心，不管什么事情，我们都会查得水落石出的。"

欧阳冰蓝呵呵笑了一阵说道："我找宁子晨是问她我新买的衣服款式怎么样。"

苏镜一怔："你会为了这么点事情去找宁子晨吗？"

"是啊，女人嘛，有时候心血来潮，为了买一件衣服都会跑遍全城呢。"

苏镜看着她，不知道该说什么好了，却听她继续说道："所以啊，苏警官，凡事都不要太自信。你说这事你到哪儿调查去？呵呵呵，不过既然你已经怀疑我了，我还是实话实说了吧，省得你整天茶饭不思的。我找宁子晨是打听一件事。"

"什么事？"

"我想问她最近是否被人敲诈过？"

"你为什么突然要问这事？"

"因为我被人敲诈了，"欧阳冰蓝平静地说道，"有个陌生的号码给我发短信，说他有我和我们台长在一起的照片，说我和宁子晨一样都不是什么好东西。我被搞得心烦意乱，于是就想去问问宁子晨，她最近是否也收到这样的短信了。我知道，这事说起来会很不可思议，但当时我觉得我已经被逼到绝路上了，于是想到什么就做什么了。"

"当时你不知道敲诈你的人就是你们栏目组的？"

"是，所以当简易在会场上说我们栏目组有一个勒索犯的时候，我很震惊，我没想到这种人渣竟然是我们部门的。"

"你知道那人是谁吗？"

"不知道。"

"没有怀疑过任何人？"

"我觉得苏景淮的表现很做作，故意大大咧咧嬉皮笑脸地看看这个看看那个，我当时就觉得他要么是勒索犯，要么是偷盗犯。"

"他是勒索犯，所以他死了。"

"啊？活该！这样我就可以高枕无忧了。"

苏镜又问道："4 号下午六点半左右，有没有发现谁接到过短信？"

苏景淮下午六点半左右曾经用那个山寨机发过几条短信，而且表情得意又邪恶。苏镜想知道，这条短信发给谁了。

欧阳冰蓝掏出手机说道："我先自证清白，我没收到过。"

"不用看了，"苏镜说道，"你完全可以删除。"

欧阳冰蓝笑了笑，说道："六点半的时候，我听到周围有短信响，但是不知道是谁收到的。"

"当时谁坐在你附近？"

"杨宇风，秦小荷，苏楚宜，简易。"

"简易？他一个导播也跑到编辑房？"

"那倒没什么，他经常过来的。另外，我听到的短信铃声是两种，也就是说，六点半的时候，有两个人收到过短信。"

"苏景淮当时发了几条短信，那两种铃声，有没有其中一种声音响的次数比较多？"

"这个我倒没注意。"

6. 杀手选秀

傍晚时分，正是《顺宁新闻眼》最忙的时候，二十几个记者坐在 12 楼的编辑房里噼里啪啦地写着稿子编着片子，杨宇风、秦小荷和另外两个编辑则聚精会神地审阅稿件。只听杨宇风突然大叫道："苏楚宜——"

苏楚宜在远处一台电脑前答应着："哎。"

"你稿子什么时候写完啊？"

"马上马上，好了，提交了，"苏楚宜一边说着一边走到杨宇风跟前，"这个稿子写起来好写，但是画面太单调了啊。"

"没事，重在故事，没画面你随便用几张照片都行。"

苏楚宜答应着离开，抬头看到了苏镜和邱兴华二人："哎呀，苏警官，邱警官，你们又来啦。"

杨宇风站起来问道："苏警官，你看需要我们怎么配合？"

"没事，你们忙你们的，我们就是随便看看。苏记者，今天有什么大作啊？"

"没什么，就是讲讲原东怀和宁子晨的爱情故事。"

苏镜又问道："杨制片，你们的节目今天是不是从今天开始扩版啊？"

"是，本来半个小时扩版到一个小时，工作量增加了一倍，人手还是这么多，甚至少了几个人。唉，难办啊。"

苏镜跟杨宇风打过招呼，便在编辑房里溜达起来，想象着6月28日那天傍晚发生的每一件事。他溜达到化妆室，米瑶雨正在那里看小说，苏镜问道："你们主持人呢？"

"配音去了。"

"什么时候化妆啊？"

"苏警官，你是不是喜欢我们冰蓝啊？"

"我只是想把《顺宁新闻眼》每一个岗位的每一道程序都了解清楚一点。"

"怎么？苏警官想改行搞新闻了？"

"哈哈哈，像我这样的，只能被新闻搞。"

"我们都在被新闻搞。"

苏镜又笑了一阵，问道："苏景淮这人怎么样？"

"交往不多，好像没什么人喜欢他。"

苏镜轻轻点点头。今天一天，同事们着手调查苏景淮参与的一切社会活动，没有发现他干过什么见不得人的勾当，那十万块钱到底是怎么回事呢？在确定了蜡烛的不同之后，他就开始想苏景淮会不会是被同一个人杀害的，那个化名为"田毅"的人很可能就是凶手，可是"田毅"为什么还要杀人呢？当时原东怀明明已经被抓，他完全可以高枕无忧了。唯一能说通的解释就是，苏景淮很可能掌握了一点蛛丝马迹，知道谁是凶手。他能敲诈宁子晨，为什么就不能敲诈凶手呢？记者陈燕舞说，苏景淮就像一只大蜘蛛，这话一点都不假。

19：30。

中央电视台的《新闻联播》刚一结束，一阵悠扬的音乐紧接着响起，改版后的《顺宁新闻眼》开始播出了。苏镜和邱兴华站在导播间里看着一群人聚精会神地忙碌着，心里暗暗佩服杨宇风的能力。短短几天时间，《顺宁新闻眼》说改版就改版了，而且时长增加了一倍。

改版后的《顺宁新闻眼》开篇是《封面故事》，其实就是一个新闻导读，欧阳冰蓝端庄地坐在演播台上说道："我们经常说一句话，叫'爱情真伟大，把一切都融化'。爱情是人世间最美妙的情感，有时候又是最残酷的情感。这几天，我们一直在跟踪报道我们的节目主持人宁子晨被杀一事，昨天，顺宁警方经过多方取证，确定我们栏目的一位美编曾经试图谋杀宁子晨，而这位美编却是宁子晨交往多年的男朋友。他们从大学时就开始恋爱了，几年来，他们相伴一路走来，是什么力量使一对恩爱情人反目成仇？他们之间到底发生过什么？请看稍后的《封面故事：谋杀案里的爱情》。"

苏镜瞥视杨宇风，只见他气定神闲地看着电脑上的串联单。自己的属下一个被杀，一个被抓，而他还能津津有味地谈论着两人的爱情故事，他对新闻也真够执著的。一个好记者，也许就该是一个六亲不认的人吧。

改版后的《顺宁新闻眼》分为五个版块，第一个版块是时政新闻，时政新闻也有所变化，市里务虚的会议能短则短，务实的会议则尽量抽取百姓关心的话题；第二个版块就开始打砸抢了，多是顺宁和全国各地的重大交通事故、火灾、水灾、恶性案件，等等；第三个版块是封面故事，每天就一个热点进行深入报道；第四个版块是网言妄语，主要搜集网络上的趣事以及各种新鲜热辣的评论；第五个版块是嘉宾访谈，主要针对当天重大新闻进行点评。嘉宾访谈的时间段并不固定，可以插播在以上任何一个版块中。

首播这天的时政新闻不是很多，接着进入第二个版块，什么"躲猫猫调查结果公布：死者系狱霸殴打致死"，"三匪徒入室抢劫，七龄童镇定自若救母报警"，"丈夫将重病妻子遗弃在出租屋后逃离"……之后杨宇风精心策划的封面故事便隆重登场了，这条新闻是苏楚宜做的，用了大量宁子晨和原东怀的照片，还采访了几个同事，总之把两人的爱情粉饰得就像童话故事一般，但是说起两人情变的原因，也只好顾左右而言他了，他们总不能说自己电视台存在严重的潜规则吧。讲完两人爱情故事之后，两人为什么反目成仇便留下了一个悬念。接着进入嘉宾访谈环节，请来的嘉宾是顺宁市精神病院的院长柳左飞。柳左飞对着镜头大言不惭地开始分析原东怀的性格特征，说他性格内向，不擅与人沟通，这种人遇到挫折之后，难以发泄不满的情绪，这种情绪越积越多，便很容易走极端给他人带来伤害……

苏镜听着他的分析不禁嗤之以鼻，他连原东怀的面都没见过，竟这样大言不惭。时下所谓的电视明星，有几个是货真价实的？大部分都是在作秀罢了。不过，电视观众又有几个能看清楚他们的真实嘴脸呢？

导播间里，坐着杨宇风、秦小荷、简易、严昭奇，还有另外一个编辑两个美编，他们是杨宇风借调来的。苏镜逡巡着走到每个人身后，有时候俯身凑到每个人跟前看他们都在忙什么，其实是在用眼睛的余光扫视前方的二十几个屏幕，他发现每个岗位上的人，只要留个心眼或者不经意一瞥，都能看到播放导语的屏幕，之前认为只有简易一个人看到导语的结论是站不住脚的。

专家分析之后，欧阳冰蓝开始播出一条更加有吸引力的新闻，说的是观众投票最高的凶手嫌疑人苏景淮，昨天晚上被人杀了。她说道："今天早晨上班时，我们之前公布的每个嫌疑人都收到了这样一张纸牌，这是杀人游戏中使用的，这张纸牌代表的是平民身份。而宁子晨和苏景淮身上，也都发现了这样的纸牌。所以，我们已经被迫卷入了一场杀人游戏中。我们的编辑秦小荷也收到了一张纸牌，不过她的纸牌是杀手牌。我们现在不能断定她就是凶手，她很可能是被凶手诬陷的。观众朋友们可以给我们发送短信，谈谈你对此事的看法，以及你认为凶手会是谁。"

苏镜心中一惊！这将是一百五十万人共同参与的杀人游戏！

杨宇风太疯狂了！

7.敲诈短信

7月6日。

欧阳冰蓝似乎是随意地坐在编辑房的一台电脑前，打开新闻报片系统，看着当天的稿件，两只耳朵却竖了起来。一阵丁零丁零的音乐在编辑房响起，她忙抬头四顾，只见杨宇风拿出了手机，开始阅读短信，继而脸上泛起一阵笑意。

那是一则短信笑话：

记者去精神病院采访，问道：如何区分精神病？院长回答：注满水的浴缸旁放一个汤匙和一把舀勺，要求把浴缸腾空。记者问道：正常人会用舀勺？院长回答：正常人会拔掉浴缸塞子。

与此同时，苏镜坐在 12 楼的会议室里，给目标人物发送短信。发送四次之后，他静静地等待着。这时候，邱兴华插嘴赞道："老大，我真是太佩服你了，你对女人真是有一手！"

苏镜乜斜着眼睛说道："学着点儿。"

电影《真实的谎言》里，施瓦辛格的老婆跟一个假间谍厮混在一起，就是因为她觉得间谍事业非常刺激。这说明女人都有好奇的天性，欧阳冰蓝也不例外。当苏镜要她帮忙的时候，她起初是拒绝，后来是答应，到最后已经乐在其中了。她安静从容地从杨宇风身边走过了，从秦小荷身边走过了，从苏楚宜身边走过了，又从简易身边走过了，最后走进了会议室。

苏镜连忙站了起来，故意做出一副急吼吼的样子，以表示对这一任务的重视程度："怎么样？"

欧阳冰蓝特别紧张，又觉得很兴奋，说道："杨制片手机短信的声音跟其他三人都不一样。"

"铃声都是你那天听到过的吧？"

"是，没错，杨制片的声音是丁零丁零，其他三人的声音是丁零零丁零零。"

苏镜沉着地点点头："这说明杨宇风那天六点半肯定收到过短信，而另外三人中只有一个收到过。"

"对。"欧阳冰蓝凝重地点点头，这时候她真觉得自己做了一件头等重要的大事了。

苏镜友好热情地握住了欧阳冰蓝的手，她的手滑滑的，他恨不得多握一会儿："谢谢你，你给我们提供的线索太重要了。"

欧阳冰蓝轻轻甩开了苏镜的手，嗔道："少油嘴滑舌了，我配音去了。"

等欧阳冰蓝仪态万方地走出了会议室，邱兴华说道："啧啧，真迷人。"

苏镜瞪了他一眼，便走出了会议室。两个人在编辑房里无所事事地转来转去，转到了杨宇风身边。见到两人走来，杨宇风笑道："苏警官，你也太嘲笑我们记者队伍了吧？"

"哈哈，玩笑而已，"苏镜呵呵笑道，"哎呀，杨制片手机很高级啊。"

"嗨，高级啥？凑合着用用。"

"我来欣赏一下，看看改天我也去买一款，"苏镜说着便拿起了杨宇风手机，"手感很好啊，握着很舒服，这摄像头多少像素的？"

"三百万。"

"哇，这么高！号码本有多少个啊？"

"两千个。"

"不错不错，改明儿我也买一个去，收件箱可以存放多少短信呢？"

"这个我倒忘记了，从来没存满过。"

"啊？你用了多久了？"

"一年多吧。"

"一年多，短信都没存满？"

"我经常删，现在垃圾信息太多了，什么卖房的、卖车的、卖保险的，甚至造假证的、放高利贷的，总之是乱七八糟什么都有。我隔三差五就删除一次。"

"哦，你最近又删除过短信啊，这里就这么几条了。"

"今天早晨刚删除。"

"真是太遗憾了，"苏镜把手机递给杨宇风说道，"想看看你前天晚上六点半的短信记录都看不到了。"

杨宇风皱着眉头问道："看那个干什么？"

"我要看看苏景淮有没有给你发短信啊。"

"哦，发过的，这与他被杀有关吗？"

苏镜没有回答，继续问道："那是用他的手机号码发的短信？"

"是啊，那还会用谁的？"

"你有没有收到陌生号码发来的短信呢？"

"收到过啊，都是垃圾短信嘛。"

苏镜怀疑地问道："只有垃圾短信吗？"

"哦，当然还有其他短信了。"

"说说看？"

杨宇风这才紧张起来了，问道："苏警官，你是在查案吗？"

"哈哈，杨制片，你难道以为我是来实习当记者或者编辑的吗？"

杨宇风沮丧地说道："好吧，让我想想，你是说只要前天下午六点半左右的记录是吧？"

"是。"

"我记得好像手机响了四五次，具体几次我也记不清了。有一条是一个记者发了个笑话……"

"谁？"

"陈燕舞。"

"其他的呢？"

"其他的都是陌生号码了。哦，对了，我还收到一条诈骗短信。"

"诈骗？"

"就是时下最流行的那种诈骗短信啊，说什么钱汇到什么账号，除此之外也没有别的内容。我还给他回了一条呢，我说'你去死。'那个骗子还来威胁我，说要搞死我全家，我也懒得理他，后来他又给我发了一条，还是要搞死我全家。"

"你没有报警？"

杨宇风看着苏镜呵呵笑了："苏警官，报警管用吗？这么多骗子横行，你们警察要管的话早就管住了。"

苏镜被杨宇风一通抢白，脸色红一阵白一阵。这种事情不归他们刑侦大队管，但是这话又不能说，要不就有推诿塞责之嫌了，所以他只能是哑巴吃黄连，有苦说不出。

"你记得那个账号吗？"

"不记得，谁有空去记那些东西啊？我只记得是建设银行的账号。"

"收款人姓名呢？"

杨宇风皱着眉头想了想说道："好像是叫什么兰，对了，徐玉兰。"

这时，苏镜手机响了起来，是一条短信，简易发来的，这条短信针锋相对，把警察给糗了一顿。

某女到阿拉伯饭店用餐，见凡留大胡子者吃饭不需付钱。正疑之，老板道：留胡子者皆警察。女遂将裙子一掀道：吾乃秘密警察。

随后，苏镜又挨个询问了每个人同样的问题，基本上都是否定的，只有秦小荷例外，她收到了一条敲诈短信：

你这个贼！如果不想让我揭发你，就在三天之内把1万块钱汇到这个账号，中国建设银行，账号：6227007200500181424，收款人：孙元磊。

"你是第几次收到这条短信了？"苏镜问道。
"第一次。"
"以前没有收到过？"
"没有。"
"你汇钱了吗？"
"没有。"
"你知道这是谁发的吗？"
"不知道。"
"你为什么没有报警？"
"因为……因为我不知道这是谁发的，不知道他到底知道些什么事情。"
苏镜默默地点点头，他在想这条短信会是谁发的呢？应该也是苏景淮吧。他怎么知道小偷是秦小荷呢？那天开《顺宁新闻眼》召开改版会议，简易说栏目组有一个杀人犯，一个偷盗犯，一个勒索犯，当时所有的人都开始互相打量，苏景淮还问过秦小荷话，而秦小荷当时面红耳热，也许就是那时候，苏景淮推断出秦小荷就是那个贼！

第十一章 新闻逻辑

　　一条条新闻犹如一堆形态各异、色彩斑斓的散乱的珍珠，通过新闻编辑的精心搭配，用"播出顺序"这根无形的金线把它们串接起来，变成一条美丽的珍珠链。这条珍珠链就叫串联单，陆教授扬了扬手中的串联单："你是说这七张纸里暗藏着谋杀线索？"

1.新闻转型

一阵激昂的音乐之后，《顺宁新闻眼》开始播出了，主持人皱着眉头出现在投影屏幕上，过了一会儿，她赶紧换上一副笑脸，但是笑容里却带着一丝厌恶。

"前几天的暴雨使顺宁市很多地段发生水浸，其中最严重的地段是文心路，积水一度淹到腰部。很多人说暴雨造成积水，这是天灾，可是记者调查发现……"

主持人说话越来越急促，到后来干脆不说话了，她面色通红，大口大口地喘着粗气，继而浑身颤抖起来，眼神也变得散乱，她的双手一抖一抖的，脸部肌肉也跟着抽搐。过了片刻，她一头栽倒在直播台上，一头乌黑的秀发垂落下来，在屏幕上晃啊晃……

最后视频停止播放，画面定格在一头乌黑的秀发上。

几十号学生看着那一个恐怖的画面，惊讶地张大了嘴巴，就连平时上课喜欢睡觉的也都睡意全消，一个个眼珠子瞪得老大。其中部分学生曾经看到过这一幕，再次温习，还是带来了强烈的震撼。

一位长发披肩的女老师走到投影屏幕前，问道："怎么样？吃惊吗？"

短短一句话，两个问号六个字，女老师爽朗的性格便活脱脱展现出来。她瞪着大大的眼睛，充满笑意地看了看每一个学生，教室最后一排的角落里，一个陌生人引起了她的注意。虽说她的课平时会有很多其他系的学生来旁听，但是那个陌生人明显不是学生。他目光犀利地看着自己，聚精会神地听自己讲课，浑身散发着一股英气。这是谁呢？似乎有点面熟，在哪里见过又不是很清楚。女老师并没有太在意，目光只是在那陌生人身上一扫，便继续问学生们："有看过这档节目的没有？"

七八个学生稀稀拉拉地说看过。

"这是顺宁市电视台的招牌栏目《顺宁新闻眼》。6月28日，他们的主持人宁子晨被人谋杀在直播台上，"女老师侃侃而谈，"后来，《顺宁新闻眼》继续播报这起谋杀案，甚至把每个嫌疑人都采访了一遍，再后来，他们甚至发起了观众投票，让观众来指认谁是凶手。由于这种形式极大地满足了观众的猎奇心理，所以收视率节节攀升。今天我们这堂《广播电视新闻理论与实践》课的主题就叫'死亡直播'。我们以'死亡直播'为文本，来分析中国电视新闻乃至电视栏目的发展走向问题。"

女老师说完便按播放键，一头乌黑的秀发从屏幕上淡出，欧阳冰蓝又出现了，这是 6 月 29 日的新闻片段，之后《顺宁新闻眼》每天关于谋杀案的新闻依次播放……所有新闻播完之后，有学生问道："怎么没啦？"

"看得很过瘾是吧？"女老师笑呵呵问道。

"是啊，就像看电影一样。"

"对，像看电影一样，"女老师说道，"这就是我们今天要讨论的一个主要话题，就是电视新闻的故事化、娱乐化。你刚才问怎么没有了，这是因为谋杀案还没有破，我想他们肯定会继续报道的。"

女老师说着话，瞥了一眼角落里的陌生人，她现在认出他来了，他刚才就出现在"死亡直播"里。

"新闻故事化和娱乐化已是老生常谈。美国哥伦比亚广播公司在上个世纪六十年代末开播的《60 分钟》栏目，算是新闻故事化的开山鼻祖。我国的电视事业起步比较晚，1958 年 5 月 1 日，北京电视台试验播出，中国电视事业才由此诞生，后来 1978 年的 5 月 1 日，北京电视台更名为中央电视台。从 1958 年到改革开放，我国的电视事业基本上处于故步自封的局面。那时候的电视新闻就像是黑板报。改革开放，丰富了我们的电视节目，但同时，商业化浪潮在很大程度上也冲击着新闻专业的理念。

"近几年来，新闻竞争越来越激烈，很多电视台都把收视率和广告创收作为考核一个栏目的重要指标，收视率低、没有广告收入的栏目，那就对不起，制片人下课吧！当然，有后台的制片人不算。于是，到底怎样才能吸引观众眼球，提高收视率，增加广告创收，避免下课，成了很多电视人苦苦思索的问题。于是这几年，社会新闻越来越多，上海电视台的《新闻坊》、江苏电视台的《南京零距离》、湖南电视台的《都市一时间》、海南电视台的《直播海南》、深圳电视台的《第一现场》等等，都属于社会新闻栏目。

"社会新闻初出江湖时，的确让人眼前一亮，但是当所有电视频道都挤向社会新闻时，同质竞争使社会新闻栏目变得千篇一律，逐渐失去受众的喜爱，导致社会新闻收视率的降低。在这种情况下，部分电视台开始在社会新闻的基础上，追求新闻故事化、甚至娱乐化。再来看这档《顺宁新闻眼》，这档节目本来也是主打社会新闻，最高收视率达到了8%，可后来逐渐走了下坡路，最后收视率只有2%。你们有一个师兄就在那里工作，他说收视率下降是因为后来时政新闻多了。我跟他讲，这只是一个原因，更主要的原因其实是在社会新闻同质化竞争中逐渐失去了观众。6月28日，主持人被谋杀在直播台上，给栏目提供了一个契机，它开始从单纯的社会新闻，走向新闻故事化，本身选取的题材就很好，关注度高，影响面广，故事性强，而且只要不破案，观众就会持续关注。等过一段时间，案子破了，受众也培养起来了，栏目风格也就成功转型了。"

女老师滔滔不绝、口若悬河、声情并茂地讲完后，下课铃声适时响起，一屋子学生正听得津津有味，还没回过神来呢，却听女老师说道："好了，今天的'死亡直播'就到这里。"学生们三三两两地站了起来，恋恋不舍地离开了课堂。

女老师收拾着讲义，看了看教室后排，那个人还坐在那里，直等所有的学生都走完了，那人才走向前来，乐呵呵地恭维道："陆教授的课真精彩啊！"

陆教授自得地笑了笑，然后问道："你就是苏警官吧？"

"呵呵，是。"苏镜笑道。

"哇，真人比电视上要帅。"陆教授哈哈笑道。

这位陆教授，正是孙大宝向苏镜推荐的复旦大学新闻学院的陆晔。孙大宝说，要破案需要陆教授的帮助，苏镜一直百思不得其解，他问为什么，那个胖子却说："我不方便说，你只要把串联单拿给陆老师看看就行了。"

顺宁到上海只有一个小时的车程。苏镜昨天晚上离开顺宁电视台后上网查阅了这位陆教授的资料，今天一早便坐车来到上海复旦大学，几经打听知道陆教授在这儿上课，便决定再当一回学生。此时被陆教授夸奖长得帅，苏镜竟微微有点脸红了，如果邱兴华在这，他肯定会奇怪老大这是怎么了？苏镜对女人向来有一套，但是在这位女教授的注视下，他竟然有点不自在了。也许这就是教授的魅力吧，站在教授面前，自己永远都是个学生。

陆晔笑了："苏警官大老远跑到上海来找我有什么事情啊？"

"想请陆教授帮忙，查出谋杀宁子晨的凶手。"

"啊？"陆晔的眼睛本来就大就圆，此时睁得更大更圆了，一张瓜子脸上写满了惊讶、错愕以及不可思议。过了片刻，她又哈哈大笑起来："你在开玩笑吧？"

那是一种纯粹的笑，亲和而友善，友好里有拒绝伪善与平庸的距离感。讲话的时候，上唇稍有些压迫下唇，语速快，音色脆，还没等苏镜解释，便连珠炮似的继续说道："你找错人了吧？其实我只是个老师，我对破案一点没有研究。如果有什么疑问，你应该去上海公安高等专科学校，他们的专家肯定比我在行，你一定是找错人了。"陆晔说着话，收拾好讲义捧在胸口准备离去了。

苏镜连忙说道："是孙大宝让我找你的。"

"孙大宝？"陆晔略微皱了皱眉头。

"他号称是你学生。"

"不用号称，的确是，"陆晔更加惊讶了，"他让你找我？"

"是。"

"他好像不是嫌疑人之一啊。"

"也难说。"

"不会，不会，他那人捣捣乱还行，杀人他没那胆量。"陆晔眉头皱得紧紧的，苏镜觉得她认真的样子非常可爱，"他让你找我……那你准备问我什么呢？"

苏镜掏出厚厚的一摞纸递给陆晔，说道："这是《顺宁新闻眼》从6月28日到7月4日的串联单，我怀疑谋杀线索可能藏在这里面，但是我没有学过新闻，所以看不出来。"

"苏警官，说话不用那么文绉绉的，6月28号就好，不用28日，要口语化，哈哈哈。"

虽然被当面批评，但是陆教授说话真诚，笑得也真诚，苏镜倒是一点气都生不出来。

陆晔领着苏镜来到新闻学院的办公大楼，大楼里非常静谧，苏镜心里产生一种敬重之感。两个女老师从前方走来，跟陆晔打个招呼，一个问道："陆晔，下课了？"

一个说道："老是这么风风火火的。"

陆晔答道："嗨，咱现在改行当警察了。"

"啥？"

"不说了不说了，等把案子破了，再跟你们讲。"

两个女老师打声招呼就走了，狐疑地看了看苏镜，苏镜也正好奇地打量两人，然后看着两位女老师的背影渐渐远去。

"行了，别看啦，"陆晔说道，"那是我们学院的两个美女老师，诱惑了好多届学生，一个叫孙玮，一个叫吕新雨。别看了，你没戏！都比你大，而且都结婚了。"

苏镜脸色红了红，在陆教授面前，他越发像个孩子了。

2.七个咒语

一条条新闻犹如一堆形态各异、色彩斑斓的散乱的珍珠，通过新闻编辑的精心搭配，用"播出顺序"这根无形的金线把它们串接起来，变成一条美丽的珍珠链。这条珍珠链就叫串联单，陆教授扬了扬手中的串联单："你是说这七张纸里暗藏着谋杀线索？"

"应该是吧，"苏镜答道，"我看这几页串联单时，总觉得怪怪的，但是又不知道哪里出了问题，你那学生孙大宝又语焉不详。"

"呵呵，甭理他，"陆教授笑道，"看来我得改行当警察去了。"

"哈哈，陆老师，警界欢迎你啊，要不你再改一次行吧。"

"我可以考虑一下。"陆教授说着，拿起6月28号的串联单仔细琢磨起来。她时不时皱紧眉头，时不时又点点头，而苏镜的心情则跟着陆教授的表情起起伏伏。陆教授看完6月28日的串联单，又开始看29日的，大概用了一个小时的时间，才把几份串联单看完了。

"陆老师，有什么发现吗？"

陆教授沉吟片刻说道："发现了一点东西，但是又不确切。要知道，我不清楚你的破案方向在哪儿，所以我也不知道我的发现是不是对你有用。"

"陆老师，不管发现什么都请告诉我，也许真的有用呢。"

"人命关天的事，还是慎重一些好，"陆教授说道，"这样吧，所谓师傅领进门，修行在个人，我把一些主要的东西讲给你听听，看看对你有没有启发。"

苏镜连忙点头称是。

陆教授说道，电视新闻编排体现着编辑的政策水平、审美能力、编排技巧、技术手法等多个方面。以往受到"大记者、小编辑"的心理定式的束缚，电视新闻编排一直不太受重视，编排意识淡薄，电视新闻编排很大程度上局限在"1＋1＝2"，甚至"1＋1＜2"这种简单的稿件组合与单一串联上，局限在填鸭式的模式中。而随着电视新闻事业的飞速发展，电视新闻节目的编排也呈现出新的变化，新闻编排变得有规律可循，不再是"抓到筐里就是菜"。

编排思想是新闻编排的灵魂，编排思想明确，新闻编排起来就高屋建瓴、层次分明，新闻节目就主题突出、导向清晰、结构严谨；相反，编排思想不明确，新闻编排起来就杂乱无章，新闻节目势必支离破碎。一档新闻栏目水平的高低，一方面取决于单条新闻的质量，另一方面则取决于栏目编排水平的高低。

陆教授饶有深意地看了看苏镜继续说道："新闻编排要注意构成绵延不断的节目流动，让节目和节目之间有关联，有过渡，决不能东一榔头西一锤，要紧紧地抓住观众，不能让观众有机会用遥控器换频道。"

"怎样形成节目流动？"

陆教授无奈地说道："真是隔行如隔山啊！让节目流动起来，就是相似的新闻、有关联的新闻放在一起，比如最经常说的时政新闻、经济新闻、社会新闻、娱乐新闻、体育新闻都是最基本的分类。当然，节目编排还可以用导语串联，不过这一块对《顺宁新闻眼》这档节目不是很适用。"

陆教授说罢，将串联单递给苏镜说道："仔细看一下，你就会发现奇怪的地方在哪里。"

"啊？就这样啊？"苏镜说道。

"我已经说得很明白了啊，"陆教授指了指苏镜的脑门，"自己多开动一下脑筋。"

苏镜无奈地离开了陆教授，立即坐车回到了顺宁，将自己关在屋里冥思苦想。七份串联单就像七个咒语，紧紧地箍住了他的思维，他拼命地撕扯着头发也想不出个所以然来。打开电脑，查询陆晔发表过的文章，大多都是关于媒介素养研究、广播电视产业、新闻专业主义、新闻生产过程和中国媒体改革等方面的东西。对新闻编排，陆教授研究得其实很少，也许这是很小儿科的东西吧，所以陆教授关注得并不是很多。

"哎，对她是小儿科，对我可是天大的难题啊。"苏镜想着，又回忆着陆教授说过的话，他灵机一动，在搜索框里输入"延绵不断的节目流动陆晔"，点击确定，然后跳出几十个网页，原来这是陆教授在文章《力量游戏：全球化过程中世界电视业的市场重构》中提到的观点。他兴冲冲地打开文章，竟然有一万多字，苏镜一目十行地看了一遍，还是没发现什么端倪。没办法，他只好硬着头皮钻研起这篇论文了。终于，在最后，他看到了陆教授谈论节目编排的一段文字：

　　　　对于商业电视来说，最基本的节目构成策略有这样几种。第一，要构成延绵不断的节目流动（FLOW），让节目和节目之间有关联，有过渡，在节目编排上不能让观众有机会用遥控器换频道。第二，可以在一个时段内用相同类型的几个节目的组合，构成一个相对完整的版块（BLOCK-ING）以吸引相同视听趣味的观众。第三，采用"吊床"式构成（HAM-MOCKING），即把一个比较弱的节目排在两个强的节目中间，就像一个吊床要拴在两棵结实的树上一样。第四，强化一个时段的首、尾节目对中间节目的影响力（LEAD-INS 和LEAD-OUTS）。第五，"帐篷"式构成（TENTPOLING），即用一个热门节目来拉动其前后节目的收视率，像搭帐篷。第六，采取反向节目构成策略（COUNTERPROGRAMMING），也就是编排一个与竞争对手频道同时段完全不同类型的节目来吸引不同的目标观众。第七，做些与众不同的节目安排，比如用专门制作的特别节目来造成轰动效应，给观众留下深刻印象（STUNTING）。

看完这段文字之后，苏镜开始疑惑起来，关于节目编排，陆教授在文章中提到了七点，为什么跟自己只说了一个方面？是了，肯定是陆教授认为其他几个方面对自己没什么帮助。那么《顺宁新闻眼》那七份串联单里必定有一份，节目和节目之间没有关联、没有过渡，找出这份串联单，也许就找到了一个线索。

"既然陆老师说新闻可以分为时政新闻、经济新闻、社会新闻、娱乐新闻、体育新闻，那我就把《顺宁新闻眼》的每条新闻都分分类。"这么想着，苏镜便开始对串联单上的每条新闻进行梳理，等把七天的新闻全部分类完毕，他豁然开朗，有问题的串联单，是 6 月 30 日的。

SNTV 2009–06–30 星期四 【顺宁新闻眼】
制片人：杨宇风 责任编辑：夏秋雨，林亚飞 主持人：欧阳冰蓝
美编：原东怀，苏景淮 导播：简易，严昭奇 摄像：叶守蓝 化妆：米瑶雨

序号	形式	节目标题	带号	时长	累计长	记者
1	无导语	片头广告＋新闻提要	A	0' 45''	0' 45''	夏秋雨
2	图像	顺宁着力推进百企帮百村活动	15	2' 02''	2' 47''	康晓明，何春辉
3	图像	顺宁大企业打造职业经理人高地	11	2' 00''	4' 47''	殷千习，易叶
4	图像	广告 1+《顺宁新闻眼》小片头	4	2' 00''	6' 47''	任一，王函
5	图像	子晨被杀，全城耸动	6	1' 26''	8' 13''	杜长惟，连恒福
6	图像	热心市民热议谋杀真相	9	1' 32''	9' 45''	舒茜，董强
7	图像	成都公交大火吞命 20 余	12	1' 11''	10' 56''	樊玉群，凌岚
8	图像	邓玉娇称心存感恩不打算上诉	15	1' 15''	12' 11''	陈蕾，冯敬
9	无导语	广告 2+《顺宁新闻眼》小片头	B	1' 30''	13' 41''	
10	图像	新闻后续：三鹿奶粉倒闭之后	5	1' 32''	15' 13''	姚笛，杨署风
11	图像	警惕：毒狗肉流向顺宁餐桌	7	1' 20''	16' 33''	丁川林，何旋
12	图像	热线爆料：嚣张毒狗贼	8	2' 15''	18' 48''	秦昭燃，余榭
13	图像	顺宁路桥公司今天上市 涨幅 170%	10	1' 45''	20' 33''	刘春阳，陈巧媚
14	图像	亿霖传销案终审宣判四人减轻处罚	13	1' 23''	21' 56''	陈燕舞，苏楚宜
15	无导语	广告 2+《顺宁新闻眼》小片头	17	3' 00''	24' 56''	
16	图像	广东纪委调查广州海事法院巨款出国考察事件	19	1' 15''	24' 50''	陈燕舞，许伟才
17	口画	鼓吹人肉搜索入刑法的人大代表被双开	14	0' 50''	25' 40''	庄雪涯，卓均彦
18	图像	武大劫持人质案受伤特警获武汉劳模称号	18	1' 40''	27' 20''	姚琐涵，丁川林
19	图像	"躲猫猫""俯卧撑"带来的启示	20	1' 16''	28' 36''	殷小柠，乔昭宁
20	无导语	李连杰加入新加坡籍已购 1400 万美元豪宅	22	1' 15''	29' 51''	胡薇，叶振一
21	口播	结束语	29	0' 9''	30' 00''	

第十二章　最后时刻

第一次终审稿：2008年2月14日情人节那天，陈某第一次攻击了一家大型网站，赚取了第一笔网络黑金。从那之后，他一发不可收拾，多次攻击他人网站，赚取网络黑金。

第二次终审稿：2008年2月14日，陈某第一次攻击了一家大型网站，赚取了第一笔网络黑金。从那之后，他一发不可收拾，多次攻击他人网站，牟取不正当收益。

1.峰回路转

当苏镜再次来到顺宁电视台时，已是 7 月 8 日晚上八点半了，《顺宁新闻眼》刚刚播完。他找到制片人杨宇风，感谢他的大力配合。杨宇风说道："应该的，我们栏目组连续两人被杀，现在人心惶惶，我们都指望着苏警官能早点破案呢。"

"我会尽力的，"苏镜沉着地点点头，"你跟大伙儿都说了吧？"

"说了，都在会议室等着呢。"

"那好，我们现在就过去。"

会议室里，简易正跟苏楚宜聊着天。

"把你也叫来啦？"

"是啊，我也是嫌疑人嘛。"苏楚宜笑道。

"哎，这都什么事啊，一不小心就成嫌疑人了。"

"哈哈，你不觉得挺有意思的吗？"

"是啊，有意思，太有意思了，这辈子都再也遇不到这么有意思的事了。"简易无奈地说完，突然又问道，"哎，展明秋咋没来啊？她不也是嫌疑人吗？"

"这我就不知道了。"

秦小荷一个人坐在椅子里发着短信，不管发生什么似乎都与她无关，严昭奇铁塔一样坐在椅子里，一声不吭地看着前方，叶守蓝打开窗户站在窗边吸烟。

杨宇风陪着苏镜走进会议室，立即叫道："叶守蓝，会议室不能吸烟。"

叶守蓝瞪了杨宇风一眼，然后问苏镜道："苏警官，你们审讯室能吸烟吗？"

"能。"

"那好，走吧，我们一起去审讯室。"

杨宇风被噎得够戗，恶狠狠瞪了他一眼，低声嘟囔道："什么素质？"

叶守蓝也懒得跟他争辩，自顾自地大口大口吸着烟。

苏镜环顾一圈问道："怎么就这么几个人啊？"

苏楚宜呵呵笑道："死了两个，抓了一个，还有一个好几天都没来上班了，就剩下这几个人了。"

"主持人和化妆师呢？"

"哎哟，苏警官想着我们呢？"一个声音从门外飘来，却是米瑶雨，只听她咯咯笑道："俗话说，不怕贼偷，就怕警察惦记着。我们迟到一会儿，苏警官就到处找我们，这兆头可不好啊。"

苏镜笑道："米小姐，你不需要那么大声告诉我，你那里没有银子。"

"什么？你什么意思？"

"他是说你此地无银三百两，"欧阳冰蓝说道，"苏警官，瑶雨刚才帮我卸妆去了。"

两人坐定后，杨宇风问道："苏警官，可以开始了吗？"

苏镜看看表，说道："再稍等一会儿吧。"

"还要等谁啊？"

"夏秋雨和展明秋。"

"夏秋雨也要来？"杨宇风欲言又止。

"哈哈，你知道那句广告词吗？一切皆有可能。"

简易问道："苏警官，难道今天就要抓人了？"

苏镜微笑着说道："也许吧。"

"哇，好刺激啊，"简易说着看看旁边的苏楚宜，"不会是抓你吧？"

苏楚宜顿时做出一副紧张兮兮的样子，说道："苏警官，我是无辜的。"

杨宇风皱着眉头制止了他们："别油嘴滑舌的，都什么时候了，还在胡闹。"

两人互相瘪瘪嘴做个鬼脸，也便噤声了。

走廊里传来一阵咯噔咯噔的高跟鞋敲击地面的声音，听这声音，大伙儿就知道展明秋来了。她走进屋后，顿时闻到一股烟味，厌恶地皱了皱鼻子，瞅了一眼叶守蓝，又看了看苏镜，也不言语，便在欧阳冰蓝旁边坐了下来。

"展姐也被叫来啦？"欧阳冰蓝问道。

"是啊，"展明秋说道，"谁让咱摊上这事呢？"

"展姐，你家股票最近有没有什么内部消息啊？"米瑶雨觍着脸问道，简易在一旁也竖起了耳朵。

"这我不知道的，我们回家从来不说工作上的事情。"

"哎呀，展姐，就帮我们问一下嘛。"

"哎，好吧，有什么消息，我及时通知你。"

"呵呵，谢谢展姐，今后就跟着展姐发财啦。"米瑶雨的脸笑成了一朵花。

展明秋抬眼看看苏镜，问道："苏警官，我们可以开始了吗？"

"还得等等。"

展明秋不耐烦地看了看他。

大概又等了五六分钟，夏秋雨才姗姗来迟，她显得苍老了很多，走进会议室的时候非常拘束，她感激地看了一眼苏镜，然后找个座位坐了下来。

"可以开始了吗？"杨宇风问道。

"可以了。"

"好，大家安静一下，"杨宇风大声说道，"苏警官还有一些问题要问大家，这也是为大家好，毕竟这乌云已经笼罩我们十几天了，我们每个人都希望早点把案子破了，一来可以告慰宁子晨和苏景淮的在天之灵，二来，也让无辜的人早日洗清罪名。"

苏镜呵呵一笑，说道："真是不好意思，又麻烦大家，不过我想这应该是最后一次了。案情大家都很清楚了，不过我还是愿意不厌其烦地再简单重复一遍：6月28日晚上，主持人宁子晨被谋杀在直播台上，死因是氰化钾中毒；7月4日晚上，苏景淮被刺杀在电视台附近的桥洞下面，他身上什么东西都没少，只少了一部山寨手机。你们在座的每个人都是嫌疑人，尤其是宁子晨一案中，你们每个人都有下毒的机会。——简易，简导播，你似乎一直很兴奋啊。"苏镜突然面向简易质问道，"你能告诉我你为什么这么开心吗？"

"这……这……我有开心吗？"简易支支吾吾地说道。

"你的贷款还清了吗？"

"差不多了。"

"宁子晨把你害得很惨吧？"苏镜说道，"她一个虚假的内幕消息，把你套得死死的，银行不断地催缴贷款，你穷途末路之余，唯一能做的就是跟宁子晨大吵一架。6月28号那天晚上，你明明上过直播台，却撒谎说没上过。当然，后来你也给出了自己的解释，我就姑且相信你。可是，这个你又怎么解释呢？"苏镜说着，将一张纸递到简易面前，那是中国移动出具的一份收发短信记录证明。7月6号那天，苏镜询问了每个人收发短信的情况，今天上午他又和邱兴华一起去中国移动的营业厅核实，拿到了每个人收发短信的记录，不过能看到的只有手机号码，内容却是查不到的。

简易看着那张纸，一时之间丈二和尚摸不着头脑，问道："这个是干什么的？"

"苏景淮被杀之前，曾经给人发过短信，用的是那个后来被偷走的山寨手机。苏景淮是干什么的？你们也许不知道吧？他是个敲诈勒索犯，之前曾经给宁子晨发过类似的短信，后来他肯定又给凶手发过短信了，只是他没想到的是，凶手之前不知道谁在敲诈他，可是到了7月4号，凶手知道了，于是苏景淮就被干掉了。而在他被干掉之前，他曾经发过几条短信。"

"可是……我没收到他短信啊。"

"没有？"苏镜问道，"7月4日晚上六点半，你收到过三条短信，但是你却跟我说只收到一条垃圾短信。你为什么撒谎？"

简易面色窘迫地说道："这个……我也不是有意的啊……我当时……当时也许是忘记了吧？"

"那你现在想起来了吗？另外两条是谁发的？"

"那……那是一个朋友发的。"

"什么朋友？"

"一个……一个证券公司的朋友，我保证这与谋杀案一点关系都没有的！"

"有没有关系不是你说了算。"

"这个……"简易说道，"他其实……其实……不过是给我提供一点内部情报。"

"什么内部情报？"

"告诉我哪支股票马上会涨。"

"简先生吃亏还不够啊，宁子晨坑了你之后，你还没吸取经验教训？"

简易涨红了脸，一个劲儿地说："我说的都是真的，我没有杀人，你不信可以打这个电话问问。"

"哼哼，你早点说真话，也不用害我们绕这么大一个圈了。"苏镜冷冷地说道。之前他早已打电话确认过了，而且为了保险起见，还让邱兴华约见了那个证券公司的蛀虫。

随后，苏镜又转向叶守蓝，说道："叶先生，其实我一直搞不懂，6月28号那天晚上，你为什么要上直播台？你说是为了帮宁子晨调整位置，可是这个说法我总觉得不可思议。"

叶守蓝漠然道："随便你怎么想。"

"谢谢你的理解，"苏镜针锋相对道，"不过，后来联系宁子晨的为人，我也许倒可以理解你。宁子晨这人一向做作得很，而且特别自以为是，恨不得全天下的人都围着她一个人转，所以虽然自己挪挪屁股就能对准机位了，可还是愿意让你帮忙，这样她才有一种优越感。"

叶守蓝看了看苏镜，还是一脸漠然的样子，似乎对苏镜的分析根本就不领情。

"要说杀人动机，"苏镜继续说道，"宁子晨经常对你横挑鼻子竖挑眼的，如果换做一个脾气暴躁的人，久而久之，难免会动杀机。你说是不是？"

叶守蓝哼了一声，说道："无稽之谈。"

苏镜拍拍手道："的确，为这种事杀人，对你来说确实是无稽之谈。你虽然平时表现得很冷漠，不合群，但是你却是一个好父亲。从7月4号的短信可以看出，你很爱你的儿子，为了儿子，你也不会为了这种理由冒险去杀人。是不是？"

叶守蓝看了看苏镜没有说话，算是默认了。

苏镜继续说道："宁子晨得罪过很多人，这也是这个案子难破的原因所在，每个人都可能为了这样那样的理由去杀她。你说是吗，严昭奇？"

严昭奇一惊，粗声粗气地问道："怎么了？"

"宁子晨也把你得罪了吧？"

"是。"

"所以你冲到直播台上大骂她一顿？"

"是。"

"当时你还拿着粉盒？"

"是，但是我没下毒。"

"你有没有下毒没人知道，"苏镜道，"关键是你的嫌疑很大！宁子晨在背后说你坏话，当时就把你气得暴跳如雷……"

　　"你……你怎么知道的?"

　　苏镜摇摇手，制止他："要让人不知，除非己莫为。"

　　"我没有杀人!"严昭奇又狂吼道，"我说过多少遍? 我没有杀人! 我告诉你，我是想杀了那个贱人，我恨不得拧断她的脖子!"

　　"对，对，"苏镜说道，"这跟我的推测一模一样。你如果要杀人，绝不会想到下毒的，我跟我同事就说过，你杀人的话，会直接把宁子晨的脖子拧断。而且，宁子晨是死于氰化钾中毒，凶手必须提前准备氰化钾，但是你却是'临时'被宁子晨得罪的，你来不及去找氰化钾。"

　　听到这里，严昭奇才放下心来，挤在椅子里呼哧呼哧地喘着粗气。

　　苏镜又突然转向杨宇风说道："杨制片，这几天最气定神闲的就是你了，可是你的嫌疑同样很大。"

　　"啊? 哈哈，"杨宇风惊叫道，"我?"

　　"你进过化妆室，而且当时只有你一个人在，你完全有机会在粉盒里下毒。你的解释是，你要去找宁子晨，谈论转变播音风格的事。可是你找她谈工作的时候是在晚上七点半左右，离播出只有半个小时了。你什么时候找她不行，非要这时候去找她呢? 所以，我一度怀疑你只是找个借口走进化妆室去下毒。"

　　杨宇风长长地吁了一口气："还好，你用了个'一度'，要不然被你说的我真以为自己是凶手了呢。"

　　"我后来之所以推翻了我的猜测，是因为我联系到你的性格。"

　　"哦? 我的什么性格?"

　　"我可以说你是工作狂吗?"

　　"呵呵，大伙儿都这么说。"

　　"你为了《顺宁新闻眼》这档节目，可以说是呕心沥血，多少年来都是兢兢业业，为的就是办出一档老百姓喜闻乐见的新闻节目。但是宁子晨的主持风格，却让你不满意。你为这事，跟她谈过很多次，可总是收效甚微。你一定很头痛很着急，恨不得能马上给宁子晨洗洗脑，所以即便离播出只有半小时了，你还是不厌其烦地再次找到她。我说得对不对?"

　　杨宇风叹口气说道："是啊，那段时间，我确实急得要命。"

"可是宁子晨这人浅薄得很，你三番两次找她，她都不答理你。于是，你就想到了另外一个办法，杀了她。"

"啊?"杨宇风大叫一声。

"这个办法最直接，干净利落，立竿见影。"

"不不不，苏警官，"杨宇风争辩道，"这个实在犯不着，我们都是为了工作，难道跟我意见不合的人，我就全杀了啊?"

"不错，后来我也是这么想的，"苏镜说道，"据我的观察，杨制片不是这种人，所以我就换了一种思路。我开始想，谁会从宁子晨的死亡中受益呢?"

"我们这里谁会受益啊? 没人啊!"杨宇风说道。

"不，我想还是有的，"苏镜看了看欧阳冰蓝，"宁子晨死后，你喜欢的欧阳冰蓝又回来了。"

"苏警官又开始说我了吧?"欧阳冰蓝插嘴道。

"是，"苏镜继续侃侃而谈，"如果问宁子晨被杀之后，最直接的受益人是谁，那肯定就是你了。"

"可以这么说吧。"

"《顺宁新闻眼》从开播起，你就是主持人了。可以说，只有杨宇风，没有你欧阳冰蓝，这档节目也不会那么火，因为你的主持风格正好契合了这档节目。"

"谢谢苏警官夸奖。"

"可是后来你莫名其妙地被宁子晨取代了，你心里肯定很难受吧?"

"是，我连杀她的心都有过。"欧阳冰蓝平静地说道。

"而宁子晨果真死了，你又如愿以偿地重新回到主持的岗位上。"

"你认为是我杀了她?"

"先说说看，6月28号那天你到底为什么去找宁子晨吧。"

"我不是跟你说了吗? 我收到诈骗短信，便去问她有没有收到。"

"你的解释是，你觉得已经被逼到绝路上了，于是想到什么就做什么了。可问题是，这种被敲诈的事情你怎么会想到跟别人说呢，尤其是跟一个自己恨的女人讲? 你故意向我敞开心扉，把自己的隐私都说出来了，以为这样我就会轻信你了吗? 我在中国移动查询了你半年来的收发短信记录，根本就没看到苏景淮用来敲诈宁子晨的那个手机号码。也许他给你发短信时，用的是另外一个号码？"

"是。"欧阳冰蓝涨红着脸说道。

苏镜将一叠收发短信记录单推到她面前说道："哪个号码？"

欧阳冰蓝红着眼睛说道："你不要逼人太甚。"

"欧阳主持，我最不喜欢的就是别人骗我，"苏镜说道，"就因为那天你撒了一个低级的谎，我才会去查询你的短信和通话记录。"他指着其中一个电话号码问道："这是图永强的电话吧？"

"我不认识他。"

"不认识？顺宁市京华地产公司老板图永强你不认识？他可认识你啊。"

"你……你都知道了，为什么还要来问我？"

"我刚才说过，我最不喜欢别人骗我，"苏镜怜悯地看了看她，说道，"其他的事情我就不说了，你就直接说说看，你28号到底为什么去找宁子晨？"

"我拿到了几张照片，她和图永强的照片，我去找她……就是这样。"

"你要威胁她？"

欧阳冰蓝捂着脑袋说道："是。"

这时候，苏楚宜呵呵笑着插嘴说道："苏警官，你是来查案的，不是来查别人隐私的，哈哈哈，是吧？"

"也对，"苏镜说道，"那就来说说你吧。"

"我很清白的，没啥好说的。"

"真的没有？"

"我去化妆室找宁子晨时，原东怀也在的，不信你可以去问他啊！我根本就没在化妆室待过。"

"哼哼，你还记得那天你做的是什么新闻吗？"

"记得记得，辛辛苦苦做出来没播出去，能不记得吗？《网瘾少年失恋攻击网站赚黑金》。"

苏镜将两页纸推到苏楚宜面前："是这篇吗？"

"是，就是这个。"

"你这篇新闻我打印了四份，分别是你的初稿，提交时间是6月28日18：30；一审稿是秦小荷审的，时间是19：01；终审稿是杨宇风审的，时间是19：19……"

"对啊，终审完了，我就去找宁子晨配音了。"

"可是，在19：36分，杨宇风又改了几个字，难道你没再去找宁子晨重新配音？"

"呃……这个……"苏楚宜看了看杨宇风，又看了看苏镜，一时间不知道该如何回答了。

"这问题很难回答吗？"

"呃，是很难，"苏楚宜讪笑着说道，"其实……我没去找她，因为我觉得那个改动也不是很大，我就……我就……"

杨宇风一听瞪大了眼睛："你小子，还跟我说宁子晨懒得动，不愿意重新配了，原来你根本没去找她！"

苏楚宜窘迫地支吾着："呃……嘿嘿……这个……"

"你少这个那个的，还幸亏苏警官，要不然一直被你蒙在鼓里了，"杨宇风气道，"你晚上回家写检讨去，明天一早交上来。"

"哦。"苏楚宜低眉顺眼地说道，简易冲他眨眨眼，似乎在嘲笑他。

苏镜呵呵一笑："苏记者，真是不好意思啊，这绝对是误伤啊。"

"误伤也是伤啊。"苏楚宜无辜地咕哝道。

"待会儿我给你向杨制片求求情啊，"苏镜笑了笑，突然转向秦小荷问道，"再来说秦编辑。你上过直播台，有机会下毒，而且你也知道原东怀有毒药，会不会是你顺手牵羊就把蜡丸拿走了呢？"

"没有，那只是蜡丸而已，我怎么会知道蜡丸里面装的是毒药啊？"

"你一个新闻编辑，难道会不知道最近顺宁有很多药狗贼？你不知道他们用的就是这种毒药？"

"我……我当时没想那么多，我根本就没往那方面想。"

"秦编辑，不要着急，我还没说你是凶手呢。还有人比你嫌疑更大呢，比如米瑶雨，"苏镜说道，"米小姐，你也是既有作案动机，又有作案时间啊。"

"时间我倒是有，可是我没想过要杀她啊。"

"宁子晨不但对叶守蓝横挑鼻子竖挑眼，对你不也是一样吗？还经常闹着说要告到台长那里，你难道就不恨她？"

"谈不上，我只是讨厌她而已。"

"那天，宁子晨上直播台时忘记带粉盒了，这应该算是一个低级错误吧。

按说，作为化妆师应该会提醒主持人带齐东西吧？"

"提醒她？我巴不得她出丑呢。"米瑶雨说道。

"这些根本就不足以让你洗脱嫌疑，"苏镜说道，"不过你这人爱出风头是有的，爱慕虚荣也是有的，让你杀人，你似乎没那个胆量。尤其是你这小细胳膊小细腿儿的，即便能毒杀了宁子晨，也无法刺杀苏景淮。"

米瑶雨长长地出了口气："虽然你极其刻薄地评价了我，但是鉴于你不再怀疑我了，我就原谅你了。"继而又满脸疑虑地看看夏秋雨和展明秋，因为就剩下她俩还没问了。

夏秋雨越发局促不安了，而展明秋则更加趾高气扬起来。

苏镜呵呵一笑，说道："夏大姐，你老公还好吧？"

"谢谢苏警官，他住院了，过几天就要开庭了。"

"哦，好，"苏镜说道，"其实最初呢，夏大姐的嫌疑是最大的，不过她杀人的方式却只是一种巫蛊之术，所以我早就把她排除在外了。"

简易笑问道："那你还把夏大姐折腾来干吗？"

"宁子晨毕竟是夏大姐的干女儿啊，难道不关心是谁杀的她吗？"

夏秋雨说道："凶手是我的恩人，我应该感谢他才是。"

苏镜微微笑着，转向展明秋："夏大姐是不是该感谢你呢，展记者？"

展明秋冷笑一声道："哼哼，不用那么客气，我没帮她什么忙。"

"真的没有？"苏镜问道，"让我们再回头看看你是如何突然回到电视台的吧。据你说，你是接到在座的某个人的电话，说是有条新闻是批评顺宁路桥公司的，于是你急匆匆地赶回来。是吗？"

"是，我早跟你说过了。"

"你说要找制片人杨宇风，可是却没在编辑房找到他。"

"是。"

"能再跟我们讲讲你找杨宇风的经过吗？"

"哼，"展明秋不耐烦地说道，"你要我讲多少遍？"

"这是最后一遍。"

"我到了电视台，先去编辑房找他，他不在。秦小荷说他去找宁子晨了，于是我便到了化妆室，可是他也不在。我在化妆室里等了两三分钟，这时候杨宇风来了。就是这样。"

"嗯，对！就是这两三分钟，完全有机会下毒。"

"哈哈哈，"展明秋突然大笑起来，"是，两三分钟，时间足够了。"

苏镜笑道："你来电视台的目的，说是为了跟杨宇风求情，可是杨宇风没有答应你，你竟然没有坚持就放弃了，我觉得很奇怪啊。"

"难不成要我给他跪下磕头吗？"展明秋挑衅地看着杨宇风说道。

杨宇风面色铁青，低着头，不敢直视展明秋咄咄逼人的眼神。

苏镜继续说道："不管怎么说，这条新闻万一出街的话，对顺宁路桥的股价肯定会造成极大的影响，说不定一上市就跌破发行价了呢。而你只为了制片人拒绝你了就不再想办法了，实在是说不过去嘛。你和杨宇风是老同事了，彼此应该非常了解。那天你接到电话时，应该就想到了，杨宇风肯定会六亲不认，找他求情根本就无济于事，而那时候打电话给市领导也太仓促了。于是，你立即就想到了一种办法，就是干掉宁子晨。"

"苏警官，你真是异想天开啊。"展明秋说道。

"哈哈，办案有时候也需要一点想象力的，"苏镜继续说道，"那天你来到电视台后，专挑杨宇风不在的时候去找他，然后借机去了化妆室，你迅速将氰化钾放进宁子晨的粉盒里，然后装作没事人一样等着杨宇风回来，然后故意跟他说了几句话就离开了。这一切真是天衣无缝啊！"

屋里众人此时都屏气凝神，怔怔地看着展明秋。却见简易搔搔头皮，疑惑地说道："可是……难道苏景淮也是展大姐杀的？"

展明秋恶狠狠地盯着简易说道："小心割了你的舌头！"

简易连忙捂住了嘴，眼睛睁得大大的，戏谑地看着展明秋。

杨宇风这时插嘴道："苏警官，展记者是不会杀人的。"

"少在这猫哭耗子假慈悲！"展明秋瞪着杨宇风呵斥道。

杨宇风无奈地看着她，说道："我们合作这么多年，何必搞这么僵呢？"

"哼，你也知道我们合作这么多年了！"

苏镜摆摆手制止了两人的争论，说道："最难办的事情就在这里，我追查了一圈，最后发现只有展明秋才最有杀人的动机，而且她还说谎了。可是，她也不是凶手！"

所有的人都睁大了眼睛看着苏镜，就连展明秋也惊讶地看着他，不知道他何以这么肯定。

苏镜继续说道："6 月 28 日，宁子晨补妆后，开始播那条深度报道的导语，就在这时，她毒发身亡。我觉得这只能是一个巧合，因为你展明秋并不知道宁子晨什么时候补妆，也许是播完这条新闻之后才补妆呢？"

众人一直被苏镜牵着鼻子走，听到苏镜的每次分析，都觉得很有道理，这次自然也不例外。的确，通过杀人阻止新闻播出，几率比连中十个五百万大奖都小。苏楚宜问道："那……那是谁杀的？凶手不在我们中间吗？"

"这就是问题的关键了，"苏镜说道，"转了一圈之后，竟然没有一个人是凶手，难道凶手是外人吗？"

杨宇风说道："我们台的保安，看来得换了。"

苏镜转向夏秋雨："夏大姐，那天在电视台 12 楼的外人，只有你老公廖文波。"

夏秋雨顿时紧张兮兮地说道："怎么会呢？你不是说过不是他吗？"

"呵呵，也许是因为我太轻信他了，"苏镜狡黠地笑道，"当时他躲在洗手间里，等到没人的时候再出来，神不知鬼不觉地走进化妆室下毒，这是完全有可能的。他跟我解释说等他出来的时候，宁子晨已经上直播台了，于是他就离开了电视台。可是这一切，根本就没有证人。况且既然凶手不是在座的诸位，那么肯定就是你老公了。"

夏秋雨着急地哭了起来："这怎么会呢？怎么可能呢？"

"夏大姐，别忘了，你老公精神不正常，什么事情做不出来呢？"

夏秋雨哽咽着说道："原来，原来真的是他……我明白了，我明白了，你当初之所以坚持说宁芬不是他杀的，是为了麻痹我们……"

"夏大姐，当时你口口声声说你是杀人凶手，着实把我弄得晕头转向，我就在想，这中间肯定有隐情。所以，我只好说你老公不是凶手，这样才能让你说出实话。"

"我……我好傻啊。"

屋里众人都如释重负，案子终于了结了，每个人都去了心头一个包袱。杨宇风说道："我们总算可以不用相互猜忌了。夏大姐，你也不用太伤心了，给女儿报了仇，你老公即便是死也应该瞑目了。"

2.危险人物

苏楚宜却突然问道："可是，苏景准呢？难道他也是夏大姐老公杀的？他有作案时间吗？"

苏镜呵呵笑道："不错，连杨制片都把这事给忘记了，就你还记得。我看，你的水平在杨制片之上啊！"

"苏警官，你这是害我呢！"苏楚宜说道，"当着领导的面说我比领导强，你这不是要我难看吗？"

杨宇风说道："少贫嘴了，我还真把这事给忘记了。苏警官，你倒是说说，凶手到底是谁啊？难道是另外一个外人？"

苏镜笑道："有件事情，我想问问简导播。简易，廖文波在洗手间的时候，隔壁是你，对吧？"

"是，我跟你讲过的，只是那时候我不知道那人是谁。"

"这个不重要。他离开洗手间的时候，你还没走？"

"没有。"

"你说你是一个很有时间观念的人，你清楚地记得是几点几分进的洗手间？"

"对，那时候是七点三十六分。"

"你隔壁那人走的时候，你有看时间吗？"

"看了，七点四十三分。"

苏镜转向杨宇风问道："你知道这意味着什么吗？"

杨宇风莫名其妙地看着苏镜摆摆手："不知道。"

"宁子晨是七点四十二分走上直播台的，接着说化妆盒没带，米瑶雨帮忙拿来，路上被严昭奇接走，他把粉盒送给宁子晨，并且骂她是婊子。而廖文波七点四十三分离开洗手间，根本就没有机会接触粉盒，所以，他不是凶手。"

苏楚宜笑了，问道："苏警官，你这圈子兜来兜去的，到底谁是凶手啊？"

夏秋雨说道："他……他没有杀人？"

"是的，以前说他没有杀人，只是凭推理，而现在则是有证据了。"

杨宇风说道："苏警官，你绕这么一大圈，就是要告诉我们，谁都没杀宁子晨？是她自杀的？"

"当然不是，"苏镜笑道，"办案有时候光靠证据是不行的，必须要结合对人性的分析。有时候分析人性，能给破案带来非常有益的启示，把人性琢磨透了，再去找证据，往往可以事半功倍。"

米瑶雨插嘴说道："这叫性格决定命运。"

"对，"苏镜突然转向杨宇风说道，"杨宇风，你作为《顺宁新闻眼》栏目组的制片人，对每个员工可以说是非常熟悉吧？"

杨宇风摇摇头："唉，本来我以为自己很了解大伙，可是谁知道我们中间有杀人的，有偷盗的，还有勒索的呢。"

"哈哈，不，杀人、偷盗、勒索，那只是表面现象，"苏镜说道，"而对每个人的性格，你却是了如指掌的。那次你把每个人的性格特征都跟我说了一遍，于是我把每件事情根据每个人的性格比对了一番，觉得真是天衣无缝啊。"

"真的吗？"杨宇风微微笑道。

苏镜突然转向米瑶雨，说道："你知道杨制片是怎么说你的吗？"

米瑶雨睁大了眼睛，疑惑地看看苏镜，再看看杨宇风。

杨宇风着急了："苏警官，那些私下说的话，就不要到处散播了吧？我也只是随便说说。"

"放心！"苏镜说道，"你那番话可是破案的关键啊。"

米瑶雨愠怒地看着杨宇风——他肯定没说什么好话。

苏镜说道："杨制片说米瑶雨这人没什么原则性，凡事享乐第一，从来不顾及别人的感受。只要对自己有利的事情，她才不管别人死活呢。"

米瑶雨生气地骂道："有你这样在背后说别人坏话的吗？你什么操性！"

杨宇风无力反驳，只是恨恨地看着苏镜，懊悔不该对这个警察什么都说。

苏镜笑道："米小姐，你有什么话说吗？"

"我没杀人！"米瑶雨吼道，"我再怎么享乐第一，我也不去会杀人，杀宁子晨，对我一点好处都没有。"

"我同意。"苏镜笑道。

众人大眼瞪小眼，不知道苏镜葫芦里卖的到底是什么药。只见苏镜又转向秦小荷问道："秦编辑，你还记得 6 月 28 日傍晚，杨宇风是怎么跟你讨论那条顺宁路桥新闻的吗？"

"啊？这个……"秦小荷皱着眉头说道，"好像是杨制片跟我说：这稿子可不能出了什么差错，要是提前让展明秋知道了，她肯定要来找我。"

"你是怎么回答的？"

"我说：你播了之后，她肯定会跟你拼命。然后杨制片又说：管不了那么多了，先播了再说。"

"米小姐，秦小荷没说错吧？"

"没错。"

"杨制片？"

"当时我们就是这么说的。"

"问题就出在这里，"苏镜继续问道，"秦编辑，在说这番话之前，你们在说什么？"

秦小荷迷茫地说道："好像什么都没说啊。"

"杨制片？"

"我们没说别的。"杨宇风不耐烦地说道。

"你们当时都在改稿子吧？"

"是。"两人异口同声说道。

"这就怪了，改稿子改得好好的，怎么突然说起这事了？你们不觉得很无厘头吗？"苏镜看着每个人，大伙儿都像泥塑的一样，不知道他在想什么，"让我来告诉大家这几句话是什么意思吧，"苏镜说道，"有时候，我们绝不能去照一句话的表面意思去理解，而要去找它的潜台词。这几句对白的潜台词就是：米瑶雨，我现在要做一条片子揭露顺宁路桥公司，你赶紧给展明秋打个电话，可以拿到好处哦。"

"胡说八道！"杨宇风大叫道。

"杨制片，少安毋躁，"苏镜说道，"我刚才已经说了，你非常了解每个员工的性格特征、心理状态，所以当你看到米瑶雨走过来的时候，你便马上灵机一动，说出了这么一番话，目的就是为了让她给展明秋打电话。而米瑶雨果然打了。"

"哈哈哈，笑话！我生怕这新闻被阻挠播不出去，我干吗要让展明秋知道？"

"展记者，也许你也不知道你为什么会回到电视台的吧？让我来讲一下吧，你得知这条新闻要播出之后，立即给杨宇风打了电话是不是？"

"是。"

"当时他并没有马上拒绝你，而是叫你到电视台来谈，是不是？"

"是。"

"可是你来了之后，他却不跟你谈了，你不觉得奇怪吗？"

"这个……我还没想过，只是觉得被愚弄了。"

"不，你不是被愚弄了，你是被利用了。"

"什么意思？"

"杨宇风挂断你电话之后，估计你差不多快到了之后，就借口去化妆室，结果却去了消防通道吸烟。你来了之后没找到杨宇风，自然要去化妆室。"

"是啊。"

"你只要走进化妆室，杨宇风的目的就达到了。"

"你……你这是在说什么？"杨宇风着急地问道。

"杨制片，不要着急嘛！我又没说你是凶手。"苏镜继续对展明秋说道，"杨宇风把你叫到电视台的唯一目的，就是让你走进化妆室，这样就会多出一个嫌疑人，这水就会越来越浑……"

"你……你有什么证据？"杨宇风继续叫道。

苏镜微微笑道，又转向米瑶雨问道："你还记得杨制片说这话的时候是几点吗？"

"我记得跟你说过，是七点零二分。"

"秦编辑，是这时候吗？"

"这个我记得不是很清楚，反正就是七点多一点儿吧，具体时间，我就不知道了。"

苏镜拿出几页纸，递给杨宇风说道："这是 6 月 28 号《顺宁新闻眼》的头条新闻《林达夫：合力推进顺宁项目建设》。根据修改轨迹显示，七点零二分，你正在审这个稿子。我不明白，你竟然能一心两用，看着这个稿子，却说着另外一条稿子的事情？"

杨宇风不屑地说道："为什么不行？"

苏镜哈哈一笑，转向苏楚宜问道，"苏记者，你的那条稿子《网瘾少年失恋攻击网站赚黑金》，杨宇风改了两次，你不觉得奇怪吗？"

"这个……这个……我只是觉得……觉得……"

"不好说吗？"苏镜笑问道，"是不是有点小题大做？"

"呵呵，这个……"当着领导的面，苏楚宜能说什么呢。

杨宇风说道："苏警官，我看你才是小题大做吧！改稿子那是很正常的事！"

苏楚宜将两页纸递到杨宇风面前，说道："我倒要请教杨制片，你这个改动是出于什么目的？"

两份终审稿只有两处不同：

> 第一次终审稿：2008 年 2 月 14 日情人节那天，陈某第一次攻击了一家大型网站，赚取了第一笔网络黑金。从那之后，他一发不可收拾，多次攻击他人网站，赚取网络黑金。

> 第二次终审稿：2008 年 2 月 14 日，陈某第一次攻击了一家大型网站，赚取了第一笔网络黑金。从那之后，他一发不可收拾，多次攻击他人网站，牟取不正当收益。

3.细微之处

杨宇风看了看说道："既然苏警官这么好学，我就给你上上语文课。第一句话，2 月 14 日和情人节两个词是同义反复，2 月 14 日就是情人节，情人节就是 2 月 14 日，没必要啰啰唆唆地说什么 2 月 14 日情人节，那完全是废话。"

"原来这样啊，"苏镜继续问道，"那'赚取网络黑金'和'牟取不正当收益'之间又有什么区别呢？"

"没有区别，"杨宇风不屑地说道，"但是之前已经说了一句'赚取了第一笔网络黑金'，后文再用'网络黑金'这个词，就显得重复累赘，语词贫乏。"

"懂了懂了，原来是这样啊！"

"哼哼，"杨宇风说道，"我不知道苏警官什么时候也学会审稿子了。"

"不，不，我不是审稿子，我是审人性，从这个小小的改动里，洞察人的某种心理状态。"

"那你洞察到什么了？"

"什么都没有。"

"哼。"

"就因为什么都没有，我才觉得奇怪，"苏镜面向众人说道，"杨宇风杨制片是个什么样的人，不用我说，大家也都该知道吧？事业心非常强，好胜心也非常强，对工作非常认真负责，但是这种认真绝不是这种抠字眼的认真。我记得很清楚的是，6月29号，有一个记者让你赶快看稿子，他等着配音。你当时问有没有市领导，当听说稿子里没有市领导的时候，你说不看了，让他直接配音去。还有，7月5日那天，苏楚宜在做一条新闻，是宁子晨被杀案的后续报道，苏楚宜说没有画面，而你说'没事，没画面用几张照片就行。'而我跟很多记者聊天时得知，杨制片是很少改动稿子的，除非有原则性的错误，确实需要改动，而其他语词、修饰方面的瑕疵则很少改。所以，我得出一个结论，杨制片是一个成大事不拘小节的人，只要新闻本身吸引人，用什么画面、如何措辞，都是无关紧要的。可是，你却对一句话如此耿耿于怀，是为了什么呢？"苏镜环视一圈，继续说道，"我们来看看修改时间吧，刚才说了，你最后一次修改这篇新闻，是在19：36，在这之前，你在哪里呢？19：23，展明秋在化妆室门口遇到你，想跟你求情被你拒绝了，展明秋走了，而你走进了化妆室；这个时候，宁子晨正在给苏楚宜配音；19：28分，宁子晨配完音回到化妆室，你开始跟她谈改变播出风格的事情，结果没谈拢；19：35，宁子晨说要上厕所便离开了化妆室，而你也是在这时候走的。从化妆室走到编辑房要十五秒钟，你改这篇稿子的时间不到一分钟，在这么短的时间里，你竟然能把一条已经终审过的新闻再改动一遍，我很佩服你啊！而这几个字的改动，无非就是为了让苏楚宜单独走进化妆室，目的跟之前一样，就是为了多一个嫌疑人。"

"你的意思是，我是凶手了？"杨宇风问道。

苏镜没有理会他，问秦小荷道："秦编辑，你还记得杨制片改稿子的事情吗？"

秦小荷不知所措地看了看杨宇风，说道："记得。"

"跟我说一下当时的情形。"

"好像也没什么吧，杨制片改完稿子之后，叫苏楚宜去找宁子晨重新配音，然后就走了。"

"走了？"苏镜转向杨宇风问道，"你又去哪儿了？"

"我去洗手间了。"

"杨制片好忙啊，一会儿去抽烟，一会儿又去洗手间，"苏镜追问道，"你去洗手间干什么？"

"哈哈哈，去洗手间还能干什么？真是废话！"

苏镜笑嘻嘻地问道："我只是想了解清楚一点，你是大便去了，还是小便去了？"

苏楚宜扑哧一声笑了，看到杨宇风阎王般的脸色，这才生生忍住了。

只听杨宇风闷声闷气地说道："小便。"

"那时候应该是 19：37 左右吧？"

"我不记得了。"

苏镜转向简易问道："你记得吗？"

简易睁大眼睛问道："什么？"

"你当时不是在洗手间吗？"

"哦，是，我在。"

"那你看到杨宇风了吗？"

"我在办大事呢，关着门，哪能看见啊？"

"有人去小便吗？"

"我哪知道啊？关着门呢！"

苏镜指着自己脑袋说道："有时候需要动动脑筋的，当时在洗手间的还有廖文波，他都能知道去洗手间的人有没有小便，你难道不知道？"

"我今天晚上被你搞晕了，我得好好想想."简易皱着眉头，想了半天恍然大悟道，"我们电视台小便池是自动冲水的，我好像没有听到自动冲水的声音。"

"那就意味着根本没人小便，"苏镜笑嘻嘻地说道，"杨制片，你该不会去女厕所了吧？"

"胡说八道！"杨宇风道。

苏镜继续问简易道："你还听到什么没有？"

"有人进来洗手。"

"对了，这就跟廖文波说的一样了，"苏镜转向杨宇风，"你去洗手间，不是去小便而是去洗手，是不是？"

"是。"

"你手弄脏了吗？"

"没有。"

"那洗什么手？"

"我……"

"你是担心氰化钾沾到手上了吧？你拒绝展明秋之后，就一个人待在化妆室里将蜡丸捏碎，把氰化钾放进粉盒里，然后像没事人一样等着宁子晨回来讨论工作。之后宁子晨上厕所了，你又匆匆地回到编辑房，改了苏楚宜的稿子，然后又赶到洗手间洗手，因为你担心中毒，所以这些事情你都做得匆匆忙忙，连廖文波都听出来了，你脚步匆匆直奔水龙头。"

"你血口喷人！"

"杨宇风，你的尾巴其实早就露出来了，只是最初没有怀疑你，也就没在意，当我开始怀疑你的时候，什么事情都不对劲了，"苏镜转向夏秋雨说道，"夏大姐，6月28号那天，你是什么时候上直播台给主持人送观众短信的？"

"八点十分。"

"那些观众短信是从哪儿来的？"

"这个……"夏秋雨说道，"因为刚播出没多久，所以没什么短信，都是我编的。"

"你为什么要编造观众短信？"

夏秋雨畏惧地看了看杨宇风说道："是制片人让我编的。"

杨宇风气呼呼地说道："任何一个新闻栏目，只要开通了观众交流平台，就肯定要编几条短信应急的。"

"这个我理解，可是据我观察，29 号的直播，是在播出 23 分钟后送短信上直播台的。而我了解到，你们的短信环节，一般都固定在 8 点 25 分。28 号那天，八点十分就开始送短信，未免太早了吧？"

"这叫未雨绸缪，有什么不可以的？"

"好一个未雨绸缪！先把展明秋诱骗进化妆室，让她成为嫌疑人；又在播出顺宁路桥新闻的时候，毒死宁子晨，这样就更坐实了展明秋的罪名；而且同时，你又把夏秋雨陷入嫌疑人的境地，使本来简简单单的案情变得越发扑朔迷离。最初我也深陷其中，后来越想越奇怪，为什么几乎每个人都有机会下毒呢？这实在是不可思议的。后来我总算想明白了，除了一些偶然因素之外，还有不少人单独进入化妆室或者接触粉盒，是人为制造的机会。于是，我就开始找这幕后的黑手到底是谁，于是我发现展明秋、苏楚宜、夏秋雨或者单独进入化妆室，或者趁大家注意力都集中在播出流程上而走上直播台，都有你刻意安排的影子。还有原东怀，这是一个很好的嫌疑人选，你自然不能不用，本来原东怀心情苦闷，一直想杀了宁子晨，但是他的内心一直在挣扎。这个时候，你却突发善心，像一个知心大姐一样，让他去找宁子晨聊聊。这样一来，就又多了一个单独待在化妆室的人。

"再想一想，严昭奇、叶守蓝、简易与谋杀扯上关系，都有极大的偶然性，假如一切正常的话，能在 20：15 分之前接触到粉盒的人只有米瑶雨、秦小荷和你杨宇风。三个人当中找凶手，你当然心里没底，所以你便人为地增加了展明秋、苏楚宜、原东怀和夏秋雨来做掩护，而严昭奇、叶守蓝和简易只是误打误撞，正好被你利用罢了。让我告诉你，你是怎么露出马脚的吧！"

苏镜拿出一沓串联单，找出 6 月 30 号的，得意地说道："这个是我请教了复旦大学新闻系的教授陆晔之后才发现的。当时我看新闻的时候，就觉得挺别扭的，后来总算是明白了。"

苏镜指着串联单说道："在第二段广告之后，来了一条《男子掉进排污管被冲走身亡》。这条新闻比之后面的毒狗肉事件，重要性差得远了，但是却排在了前面，为什么？为的就是在八点十五分时播出这条毒狗肉的新闻。宁子晨就是在八点十五分死亡的，每个观众到了这个时刻，都会情不自禁地盯紧屏幕看，我也不例外。杨制片这么编排新闻，其实就是为了给我看，让我意识到氰化钾的来源可能是毒狗肉，这样就可以把水搅得更浑了，而且即便找到氰化钾的来源，也可以轻而易举地栽赃到原东怀头上。当然，如果放松一点要求，这样编排也倒没什么。可是杨宇风你聪明反被聪明误，你以为我是一个新闻的门外汉，就可以把这个串联单爱怎么编排就怎么编排吗？你看看 30 号这档新闻，除了两条书记、市长的时政新闻必须报道之外，其他的都是耸人听闻的社会新闻，可是偏偏在毒狗肉之后，播了一条顺宁路桥公司上市的经济新闻，这条新闻放在这里要多各色就有多各色，一条新闻打破了整个串联单的逻辑！杨宇风，你说你这么编排的目的是什么？"

"你少在这儿班门弄斧了！"

"哼哼，收起你的自以为是吧！你的目的就是为了引起我的注意，而你果然也达到了目的，我看了这条新闻之后，马上开始怀疑展明秋了。"

"胡说八道信口雌黄，我为什么要杀宁子晨？杀宁子晨对我一点好处都没有！"

"真的没有好处吗？"苏镜又从公文包里拿出一张纸来，说道，"这是央视索福瑞公司的一份收视率调查表，《顺宁新闻眼》的收视率从草创时的1%一直飙升到8%，接着又不可遏制地走了下坡路，到后来收视率只有2%了。按照这个趋势下去，恐怕迟早有一天要跌破1%。而现在呢，收视率高达20%！你曾经说过，你们台长李国强9月初给你下了死命令，要求在两个月之内把收视率拉到6%。如果没拉到6%会怎么样？你没说。不过我问到了，按照你们台里的规定，完不成任务，你这制片人就别想当了。你把收视率下降的原因归结为两条，一是天天播领导新闻，开个屁会也要报道，肯定影响收视率；二是宁子晨的播出风格太像教训人了。可是即便马上换个主持人，也不可能把收视率在几天之内从2%拉升到6%，因为收视人群是需要培养的。其实，我从一开始就有一个疑问，如果说谁跟宁子晨有仇要杀她的话，为什么偏要在直播台上杀她？后来线索纷乱，我把这个疑问暂且搁置起来了。可是最后，我把这个问题往每个人身上套的时候，都遇到难题了。比如，如果夏秋雨和廖文波要杀宁子晨，没必要这么惊天动地；展明秋如果要杀人，在宁子晨上直播台前就有机会下手；原东怀呢？他杀人的时机更多，没必要让她死在直播台上。所以我想，让宁子晨倒毙在直播台上，肯定是别有深意的。后来，我再联系你跟我说过的话，一切就洞若观火了。你曾经跟我说过中央电视台几档节目的主持人对着镜头打哈欠或者补妆的事。你说，主持人时不时地出点小错误，有利于提高收视率。我把这些乱七八糟的线索贯穿在一起，顿时眼前一亮，一点小错误尚能提高收视率，如果是一场谋杀呢？没有任何一条新闻会比一场死亡直播更加令人震撼！"

"这……这真是无稽之谈，天大的笑话！"

"不，这不是笑话。首先，是你让宁子晨补妆的；其次，当宁子晨眼神散乱面部肌肉抽搐的时候，你也没有及时把画面切走，这对一个训练有素的制片人来说，实在是不应该啊。而你的目的果真达到了，收视率节节攀升，而且你很会利用这次事件，竟然把每个同事当成了新闻当事人进行炒作。不过，杨制片，你的观念落伍啦！你的收视率降低，绝不仅仅是由于领导新闻太多了，更多的是因为社会新闻太多了。你单纯地追求耸人听闻，追求语不惊人死不休，可是观众看多了这种鸡毛蒜皮七零八碎的东西，也会有审美疲劳的。"

杨宇风冷冷地说道："苏警官，我很佩服你的推理能力，可这不是侦探小说，你有证据吗？你凭什么说我杀人了？"

"哈哈哈，要证据还不容易吗？"苏镜说道，"不过，还是让我告诉你，我最初是怎么怀疑上你的吧。不可否认，你的所作所为都很像一个无辜的制片人，可是6月28日，我问你什么时候找过宁子晨时，你的回答是：应该是在七点二十到七点半之间。这个时间是很不精确的，而我问其他人的时候，基本上都能说出几点几分的确切时间。我本来也没有在意，可是后来再想想苏楚宜说的一番话，我就开始起疑了。他那番话给我的印象特别深刻。"

"我？"苏楚宜疑惑地问道。

"是。我问：你们同事是不是每个人的时间概念都很精确？你的回答是：能不精确吗？一个萝卜一个坑，少一条新闻就要开天窗，这个责任谁负得起？——每个人的时间观念都这么强，但是作为制片人却对时间概念如此模糊，不由得我不怀疑。"苏镜说完又转向杨宇风，说道，"接着，我问你：主持人的包是不是都放在那张桌子上的。你说是，而且还补充说：他们的化妆盒一般也都是放在那里的，一些常用的东西还会放在桌子上。我接着问你是否看到粉盒了，你说看见了，还说粉盒、眉笔还有一些其他的化妆品，都放在桌子上。"

"哼，这又怎么样呢？"杨宇风挑衅地说道。

"这就完全不一样了，先是一个制片人没有时间观念或者假装记不清时间，接着一个大男人竟注意主持人的粉盒、眉笔，这实在是不可思议。当然，一个花痴会注意这些东西，但是你杨宇风是做大事的，不应该注意这些小玩意儿的。也许我这么想有点牵强，但就是这一丁点儿的疑问，使我开始注意你。也正因为如此，我开始去注意你的串联单和你修改过的所有文稿。"

形势急转直下，屋里众人一时都愣住了，大伙儿不知道苏镜是不是在开玩笑，因为杨宇风表现得那么镇定，脸上甚至带着一丝嘲弄的微笑，很多人在怀疑，苏镜是不是搞错了。只听苏镜又说道："你先借机走进化妆室，在粉盒里下毒，然后直播时又让宁子晨补妆，多么简单而又完美的一出谋杀啊！可惜的是，你杀人的事竟然被苏景淮发现了，我一直想不通，苏景淮怎么会知道你去下毒了呢？因为当时就你一个人在化妆室啊！而唯一的可能就是，苏景淮也知道得并不确切，他只是看到了一些事情，然后进行了一番联想，之后推定你就是凶手。他看到什么了呢？我们都知道，25 号晚上原东怀从两个药狗贼那里拿到了五个包着氰化钾的蜡丸，可是他的蜡丸却被掉包了。这里有人曾经在26 号那天看到过原东怀包里的蜡丸，我本来推断凶手应该是在 27 号掉包的，可是后来一想，凶手为什么就不能在 26 号掉包呢？那人看到的蜡丸，很可能就是已经被掉过包的蜡丸。这样一来，时间段就很长了，似乎任何一个人都可以轻而易举地偷走蜡丸。可问题是，苏景淮，一个敲诈成性的人，大伙儿是怎么形容他的？说他像是一个蜘蛛，随时都在准备捕获猎物，他一直在观察着每个人，希望能捞到一点好处，所以也只有他才会注意每个人的一举一动，他很可能看到你杨宇风从原东怀的包里拿东西了。他本来也许不知道那是什么，可是当原东怀被捕之后，他马上便明白了其中的关联，于是又买了一个山寨手机，对你进行敲诈勒索。你最初并不知道是谁在敲诈你，你只想息事宁人，于是对方要十万，你就给了十万。可是，苏景淮这十万块钱却因为来源不明，被警方给冻结了，他不甘心，便再次向你提出敲诈要求。而就在这个时候，你知道了是谁在敲诈你。

"你是怎么知道的呢？苏景淮给你的账号，用的是化名，他做事非常谨慎，是不会露出马脚的。后来，我把所有的事情连在一起想了一遍，发现竟然是我害了苏景淮。7 月 4 日，你们栏目组召开改版会议的时候，我挨个约见了你们，在跟简易谈话的时候，简易说电视台里是没有秘密的。而我说光是你们栏目组，就有一个杀人犯，一个偷盗犯，一个勒索犯。"

"是啊，你当时就是这么跟我说的。"简易说道。

"后来秦小荷告诉我，你一回到改版会议室，就跟大伙儿嚷嚷着说了这件事，是不是？"

"是啊。"简易回答得有点犹疑了，他似乎已经知道自己犯了一个天大的错误了。

"我真是后悔，不该跟你说这事，就是因为这句话，把苏景淮的身份泄露了。"

"这个……不会吧？"

"不会？"苏镜转向杨宇风，说道，"你们肯定不会根据这句话就断定苏景淮就是勒索犯，但是杨制片会。"

"谢谢苏警官抬爱，杨某真是不胜荣幸啊。"杨宇风说道。

"杨制片肯定不方便说，就由我来再现一下杨制片的推理过程吧！"苏镜说道，"杨制片第一次接到勒索短信后，马上就能肯定勒索者就是同事，但是他并不知道是谁，这个人有可能是任何一个人，而且还不仅仅是直播间里那几个人，其他任何一个同事比如陈燕舞、何旋等人，都有可能看到杨制片翻原东怀的包，所以杨制片接到短信后只好乖乖就范。可是，当听到简易说出栏目组内有勒索犯的消息时，他马上就觉得很奇怪了，因为他并没有报警，警方怎么会知道有勒索犯呢？唯一的可能就是这个勒索犯曾经还勒索过别人。勒索谁，会引起警方的注意呢？无疑，正是宁子晨。这个时候，导语提示器就显得尤为重要了，在直播间里，你们每天都要面对几十个电视屏幕，其中一个屏幕上显示的，正是每条新闻的导语。宁子晨被杀之前，导语曾经快速地滚动过，夏秋雨注意到了这一情况，后来调查发现，简易也曾经看到过导语在快速滚动，但是这两个人都不知道导语为什么会这样，当时并没有人改动导语。杨制片最初对导语快速滚动也没有在意，可是当推论出宁子晨被敲诈后，快速滚动的导语立刻就有了意义，他马上就可以断定苏景淮在通过导语威胁宁子晨，而他的推测确实是对的，苏景淮正是在导语上加了几个字，以威胁宁子晨早点交钱。"

杨宇风大笑道："哈哈哈，苏警官，你就像我肚子里的蛔虫一样啊，哈哈哈，你今天晚上是不是一直在开玩笑啊？今天不是愚人节吧？苏警官，在我那个座位上，是根本看不到播放导语的屏幕的。"

苏镜点点头，说道："是，你抬起头来看不到，你甚至斜着眼睛也看不到，可是你转过头去，难道还看不到吗？"

"可是我根本就没有转头去看啊。"

"没有？哈哈哈，"苏镜大笑道，"6月30号，我跟苏景淮谈话时，我跟他说：要想人不知除非己莫为，你当时以为每个人都在注意着自己手头的工作，可是你没想到有一个人恰好看到了你改的导语。你们知道苏景淮怎么说的吗？他立即问道：谁？是杨制片？我问他：你为什么以为是杨宇风看到的？他的回答是：因为我发现当时他好像看了看导语。"

"哼，真是胡说八道，"杨宇风说道，"苏警官，你们警察办案什么时候开始耍嘴皮子了？你说的所有这一切都是你的胡乱猜测。你说是我杀了人，那你说，那两张杀人游戏的纸牌怎么解释？我从来没去过那家健智俱乐部玩过，我怎么会有那两张纸牌？"

"呵呵呵，"苏镜笑道，"这就是杨制片的聪明之处了，宁子晨去健智俱乐部玩杀人游戏拿走一张纸牌纯属偶然，纸牌一直放在包里没拿出去纯属偶然，于是当她遇害之后，我们所有人都开始怀疑她的死是否与杀人游戏有关。你杨制片随机应变，立即发现这张小小的纸牌可以把水搅浑，于是杀害苏景淮之后，取走了他身上的纸牌，并且给每个人发了一张，为的就是让每个人都觉得这两宗谋杀案都与杀人游戏有关。不但如此，你还成功地把杀人游戏做进了你的新闻里，以此来拉动收视率。"

杨宇风白了他一眼，十分无奈地说道："苏警官，我真的怀疑你的推论是否正确，因为之前你抓过廖文波，抓过原东怀，现在怎么又盯上我了？你说我是凶手，你有证据吗？没有证据，就不要血口喷人。"他说着话站了起来："时间也不早了，我们都还急着回家呢！"

"先别着急，要证据我会给你的。"苏镜拦住了杨宇风，然后掏出手机，拨了一个电话号码，对着话筒问道："怎么样？你们什么时候到？"得到对方的答复后，他放下电话，对着大伙说道："今天辛苦大家了，这么晚还要陪着我和杨制片聊天。"

米瑶雨说道："没事，看你们聊天很有意思。"

苏镜冲米瑶雨笑笑，然后冲杨宇风说道："杨制片，7月6号那天，我问你7月4号傍晚六点半你是否收到过短信息，你说收到过一条诈骗短信，你还记得吗？"

"哼，我是收到过。"

"杨制片的确很聪明，你说你收到的是时下最流行的那种诈骗短信，说什么钱汇到什么账号，除此之外也没有别的内容，你甚至还记得那个诈骗短信的银行账户户名是徐玉兰。"

这时候，屋里众人稍微有了点动静，因为这种诈骗短信很多人都收到过。

苏镜却说道："但是，杨宇风，你收到的根本就不是什么诈骗短信，而是敲诈短信，是苏景淮给你发来的。"

"胡说八道，你可以去中国移动查询那个号码啊，看看到底是不是苏景淮的!"

"哈哈哈，谢谢杨制片提醒，我已经查过了，给你发短信的号码就是苏景淮的。"

"不可能！你怎么会知道?"

"你杀了苏景淮之后，将他的山寨机偷走了，sim 卡估计也砸烂了扔掉了，所以我就没法确定那就是苏景淮的号码了，你是这个意思吗?"

"我……我……我没那么说。"

"杨制片，苏景淮这人也真是找死，他不但敲诈了宁子晨，敲诈了你，还敲诈了另外一个人，就是那个小偷。而 7 月 4 号傍晚六点半左右，他同时给你和那个小偷发了敲诈短信，你立即把短信删除了，但是那个小偷却没有删。"苏镜又从公文包里掏出一张纸来，推到杨宇风面前，说道，"看，你收到的敲诈短信，就是这个账户吧?"

那张纸上写着：

中国建设银行，账号：6227007200500181424，收款人：孙元磊。

杨宇风看了一眼，说道："我不知道，我从来没收到过这条短信。"

"杨制片，苏景淮在给这个小偷发完这条短信之后三分钟，便用同一个手机号码给你发了一条短信。"

"也许，发这两条短信的人根本就不是苏景淮呢?"

苏镜不由得拍拍巴掌，赞道："杨制片真是不到黄河心不死，不见棺材不落泪啊。还是让我把这事再给顺一遍吧，苏景淮第一次敲诈你时，用的账户名是刘东强，这个账户也是他敲诈宁子晨时使用的。面对敲诈，你立即给他转了十万块钱，当然你不会傻到用自己的真名去转账，而是用化名，你的化名是田毅。"

"真是天方夜谭。"杨宇风不屑地摇摇头。

"要到银行开户，其实很简单，只要拿个身份证就行了，于是你拨通了东南亚证件公司的电话，一个叫钱利的男人接待了你。本来办张身份证只要两百块钱就够了，但是去银行开户，工作人员要核对照片的，于是你又给了钱利三百块钱，让他提供自己的照片，最后又是让他去银行开了户，这之后一切就都好办了。"

"胡说八道，胡说八道，"杨宇风越来越沉不住气了，他声嘶力竭地大声嚷嚷着，"完全是栽赃陷害，你抓不到凶手，就开始来诬陷我了！"

正在这时，会议室的门被推开了，邱兴华走了进来，他先是看了看米瑶雨，冲她笑了笑，然后说道："苏队，人带来了。"

"哈哈，好，来得正好，"苏镜说道，"杨制片，你要不要认识一下？"

一个形容猥琐的男子走了进来。他头发乱糟糟的，一直低着头，两只眼睛贼溜溜地觑视着屋里的人。

"杨制片，认识他吗？"苏镜笑呵呵地问道。

杨宇风面色苍白，嘴唇也有点哆嗦了，最后从牙缝里挤出来几个字："不认识。"

"哦，那我给你介绍一下，他就是钱利，"苏镜又转向钱利问道，"你认识他吗？"

"认识。"钱利低声说道。

"他叫什么名字？"

"我不知道，我只知道他办的身份证上的名字叫田毅。"

4.万恶之源

晚上七点半，久违的音乐声再次响起，苏镜坐在电视台附近的一间茶馆里，看着改版后的《顺宁新闻眼》。主持人还是欧阳冰蓝，主持风格还是像邻家小妹一样，开心而不乏俏皮地讲着一个个新闻故事，只是不再是那种耸人听闻的社会新闻，不再是那种语不惊人死不休的小道消息。改版后的《顺宁新闻眼》着力于深度报道，今天的主题是《三鹿奶粉之痛》。在新闻一开始，欧阳冰蓝先跟观众道歉："《顺宁新闻眼》又跟大家见面了，在今天的节目开始之前，我代表栏目组所有同人先跟大家道个歉，由于 6 月 28 日的谋杀案，我们栏目停播了一个月，今天终于重新开播了。今后，我们将本着'为政府服务到位，为百姓服务到家'的宗旨，关注发生在百姓身边的难事、烦事、不平事，发掘新闻背后的新闻，回应社会对有关政策法规等方面的疑难问题……"

晚上八点，新闻播完了，苏镜又续了一壶茶，静静地等待着。过了十几分钟，几个人说笑着走了进来，走在前面的是陈燕舞，后面跟着何旋和易叶。苏镜立即对陈燕舞说道："恭喜你啊，陈制片！"

陈燕舞娇滴滴地说道："嗨，有啥好恭喜的？"

"哎哟，当上制片人了，还不值得恭喜？"

何旋说道："我们陈制片精着呢，你这一恭喜，说不定就得让她埋单。"

何旋一说话，苏镜就觉得浑身发酥，甚至情不自禁地咽了口唾沫。只听陈燕舞说道："不就是埋个单吗？有什么大不了的？"

易叶便开心地叫起来："好啊，那我点两盘瓜子。"

"随便点。"

易叶接着说道："再点十盘打包带走。"

"也不怕吃了嘴上长痔疮。"一个胖子说着话走了进来。

易叶怒道："你个死大宝，真是狗嘴里吐不出象牙来。"

"能吐出象牙的，就不是狗嘴，"孙大宝又指着三个女人，转头对苏镜说道，"看上哪个了，待会儿带走。"

苏镜便认真地端详起三个女人。这三人环肥燕瘦，各有各的风韵，一时之间还真不好取舍。三个女人却叫道："苏警官，你怎么也跟他一样没个正经的。"

一听这话，苏镜便马上正经起来，正色道："陈制片，请问找在下有何吩咐？"

"少来了，假模假式的，"陈燕舞说道，"我就是对那个案子很关心，有个问题一直搞不懂。那天晚上你逼问杨宇风的事情，我们都听说了，但是有个问题我们还是不明白，你们从什么时候开始去寻找那个钱利的，怎么那么快就找到了？"

苏镜倒吸一口凉气，说道："我觉得这很像一个陷阱啊。"

何旋笑道："也许，这就是一个陷阱。"

苏镜看着何旋说道："何记者，你的声音太甜了，所谓牡丹花下死，做鬼也风流。我就直说了吧。你们这些当记者搞新闻或者被新闻搞的人，肯定会追问为什么东南亚证件集团存在那么久了，警方一点动静都没有，而一旦出了命案，那么快就能找出一个钱利来。你们要是问这个问题的话，我只能实话实说：无可奉告。因为这不归我们刑警管，你们要问这事，直接找我们宣传处。"

"行了行了，"易叶不耐烦地打断了他，"你还真以为我们要采访你啊？你赶紧直入主题吧。"

孙大宝笑道："易叶一向这么心急，可偏偏心急有时候也能吃到热豆腐。"

"别打岔。"这是陈燕舞的声音。

苏镜说道："确定杨宇风就是凶手之后，我们缺少的就是证据了。于是刑警队几乎是全部出动，一部分人去调查商店卖蜡烛的事，一部分人去寻找这个做假证的人。你们知道，凡事最怕的就是认真二字，东南亚证件集团虽然盘踞顺宁多年，但要真想端掉他们或者找出一点线索来，也是轻而易举的。"

众人恍然大悟，但是陈燕舞却说道："但是我觉得，你那天晚上所说的证据似乎也不充分啊。"

苏镜惊喜道："陈制片，幸亏你不是凶手啊！一个多月了，只有你才看出来我们其实根本没有充分的证据。那个买蜡烛的事，根本就不能作为杀人的证据，当时杨宇风要说他就是买着玩的，我们能拿他怎么样？"

"是啊，"陈燕舞说道，"还有那个做假证的，即使他做了假证，即使他真的给苏景淮汇了钱，又能怎么样呢？这也根本不是证据啊。"

"哈哈哈，"易叶笑道，"其实杨宇风是被他自己出卖的。"

"对，"苏镜点头道，"那天晚上，我先是东拉西扯，一会儿怀疑这个一会儿怀疑那个，把自己搞得很弱智似的，目的就是为了让杨宇风放松警惕，等他觉得非常安全了，我再突然收网，慢慢地把他逼进死角，到最后钱利出现的时候，他就彻底崩溃了。那天晚上，我们把他带走之后趁热打铁，连夜进行审讯，他把犯罪过程全都交代了。"

"苏警官打的是一场心理战啊。"何旋说道。

苏镜骨头又酥了一阵，说道："是啊，好像《顺宁新闻眼》制片人都很狡猾，光靠找证据是很难的。"

"你什么意思嘛！"陈燕舞嗔道，"小心我不埋单了。"

易叶咯咯笑道："终于找到借口了。"

众人又说笑一阵，苏镜突然说道："对了，孙记者，我还没感谢你呢。"

"谢我干吗？"

"如果不是你向我介绍了陆教授，我估计要很久才能破案呢。"

孙大宝一本正经地说道："这是我应该做的。"

苏镜突然来了兴致："案子破了，还没给陆教授打个电话感谢呢，我打个电话。"

等苏镜放下电话，孙大宝立即问道："陆老师说啥了？"

"陆老师引用了崔永元的一句话总结了这两桩谋杀案。"

"什么话？"众人异口同声问道。

苏镜一字一顿地说道：

"收—视—率—乃—万—恶—之—源。"

什么是 "杀人游戏" ?

概括地说，"杀人游戏"是一个多人参与的较量口才、分析判断能力（推理）以及心理素质的益智游戏。游戏通常分为两大阵营，好人方和杀手方；好人方以投票手段投死杀手获取最后胜利，杀手方隐匿于好人中间，靠夜晚杀人及投票手段消灭好人方成员获取胜利。"你亲手杀死过自己的朋友吗？"这是杀人游戏最好的广告词。

在"杀人游戏"中，每个参与者的身份由抽牌随机确定。身份不公开的N个杀手（注：建议杀手与良民比例为1:3）为一方，他们趁着黑夜出动逐个杀人；3N个良民和身份不公开的N个警察为另一方，要在N+3轮内揪出所有真正的杀手。

◆杀手彼此了解身份；杀手可以每轮任意杀死一个良民或警察；杀手不能杀死杀手；任何人都可以宣称自己是杀手，但大家未必要相信。

◆警察彼此了解身份；警察可以在每轮指认一个怀疑对象，法官以点头或摇头予以肯定或否定；任何人都可以宣称自己是警察，但大家未必要相信。

◆良民彼此不了解身份；良民每轮都将被杀害一个；任何人都可以宣称自己是良民，但大家未必要相信。

在这个推理追寻杀手的过程中，每个人的举动、言行、语态、眼神、表达都将成为判断自己和别人身份的重要依据，无论是指证、推理、判断、逻辑和态度，都要最大程度地保证自己一方获得最后的胜利。

时长	累计长	记者
0'45"	0'45	夏秋雨
2'32	3'17	康破明
	4'32	
	5'55	
0'26'		
0'32		

"杀人游戏" 的版本、形式及其他

版本

当前国内比较常见的杀人游戏规则版本主要是从1.0到3.0（无警规则、有警规则、有医生规则）。所谓的1.0是指只有杀手和平民的基础游戏，而后的版本都是在基础游戏之上添加角色得来的，例如警察、医生、秘密警察等等。当然各地玩家在实践中也产生出了规则上的多种细致的差别，而且版本也从1.0发展到6.0。

形式

杀人游戏发展至今已有一段不短的时间，目前大约分三种形式：面杀，线杀，版杀。

面杀，以"杀人吧"为载体，讲究的是察言观色。由于身临其境，刺激度也最大，往往使人乐而忘返。

线杀，以QQ、聊天室为载体，讲究的是直觉。虽然没有面杀那种身临其境的刺激感，不过由于时间短，信息量大，也是非常刺激的。

版杀，以BBS为载体，如果说面杀是高手过招，线杀是沙盘推演，那么版杀就是一场世界战争。由于时间的宽裕，版杀中，各种策略都可以成功地细腻运用，只有你想不到，只有你不敢做，没有不可能。

另外由于时间的宽余，版杀可以使用比线杀、面杀更为复杂多变的规则。这也给游戏参与者提供了更广泛的表演空间。

当你经历了一次版杀后，你会这么认为：是的，版杀不是休闲，甚至，版杀比面杀、线杀更加累。

其次还有群杀，语音杀。不做一一介绍。

1950年出版的阿加莎·克里斯蒂的侦探小说《谋杀启事》中，已经提到杀人游戏，内容基本像是现在游戏的雏形。在国内，王志文、吴倩莲、李小冉等主演的电影《天黑请闭眼》，为"杀人游戏"的推广和普及起到了不可忽视的作用。